ハヤカワ文庫JA
〈JA1569〉

ＡＩ法廷の弁護士

竹田人造

早川書房
9051

目　次

ＡＩ法廷の弁護士

登場人物

機島雄弁（きしまゆうべん）……………………自称魔法使いのハッカー弁護士。他人の泣き言が主食
軒下智紀（のきしたともき）……………………依頼人。一見特徴のない小柄な青年。得意科目は道徳
錦野翠（にしきのみどり）（錦野博士）………エンジニア。機島のサポートと嫌がらせ担当
田淵（たぶち）…………………………………新人検事。他人に心酔しやすく、妙なサロンをハシゴする
宮本正義（みやもとまさよし）………………機島の旧友で生真面目な検事。名古屋地検の敗戦処理屋
錦野唱歌（しょうか）……………………………錦野翠の姉。米国判事ＡＩ開発メンバーの一員

〈Case 1〉
虎門金満（こもんかねみつ）…………………軒下の中学時代の同級生。ビジョンある成り上がり者
井ノ上翔（いのうえかける）…………………自称現代のミダス王。虎門の友人で若手実業家

〈Case 2〉
大槻水琴（おおつきみこと）…………………若手医師。次世代脳波義肢のテストに従事する
千手樟葉（せんじゅくずは）…………………自称ポストヒューマンの脳波義肢開発者
古茂田明男（こもだあきお）…………………脳波義手ユーザーの警備員

〈Case 3〉
瀬川小晴（せがわこはる）……………………食品加工会社の敏腕社長
瀬川大小（だいこ）………………………………小晴の母。六年前、国賠訴訟を起こすも敗訴
白湯健介（さゆけんすけ）……………………北関東ヤンキー系高齢プログラマー
久慈祐介（くじゆうすけ）……………………白湯の戦友。生涯現役高齢プログラマー

〈Case 4〉
杉原学（すぎはらまなぶ）……………………大学教授。ＡＩ裁判官導入プロジェクトの一員
越谷真（こしがやまこと）……………………東京地検刑事部部長。子煩悩

Case 1　魔法使いの棲む法廷

1

ヒッキー・フリーマンのスーツ　＋133
同ブランドのダークレッドのネクタイ　＋61
アレン・エドモンズの黒の六穴革靴　＋89
アップル社製タブレット　＋4
すらりと伸びた手足（身長百七十八センチ）　＋131
ジム通いで得た健康的な胸板　＋88
適度に張った頬骨と高い鼻（整形済）　＋146
青色カラーコンタクト　＋31
矯正＆ホワイトニング済の白い歯　＋87

耳に残るバリトン声　＋１６２
ワックス輝くオールバック　＋４３
磨き抜かれた弁護士バッジ　＋１

合計９７６。これは魔法の数字だ。魔法使いだけがその意味を理解できる。

この私、機島雄弁は魔法使いだ。いい大人が何を言っているのかと思うだろうが、事実だから致し方ない。

釘を刺しておくと、９７６は何の値なのか、教えるつもりはない。誰にも教えないし、誰も見破れない。それこそ魔力の源なのだから。


「こういった仕事をしていると、それはもう多様な呼び名をいただく事がありまして」

私は高級なブランドの靴で証言台の周囲を歩き回り、高級な音を鳴らした。

「一方では不敗弁護士。魔法使い。他方では無罪捏造家。冷血男。犯罪ロンダリング装置。諸悪そのもの。間接殺人犯などと言われることもありました」

大動脈を思わせる電源ケーブルに視線を這わせ、その先の法壇を窺う。

「〝人の心がない〟などと罵られる辛さは、裁判長ならわかっていただけると思いますが」

日本の正義、法を司る神聖なひな壇の上に、三台の裁判官が座していた。

〝三人〟ではない。〝三台〟だ。そこにはネットワーク接続されていない、スタンドアローン状態のサーバーマシンが並んでいた。

ＡＩ裁判官。複雑化していく訴訟社会にあって、最高裁判所の鳴り物入りで導入された機械の裁判官だ。誤解なく、偏見なく、正義を正確に執行する。裁判を省コスト化、高速化し、広く国民に法の恩恵を行き渡らせる。そんな触れ込みで生まれた新たなる法の番人。

かつて録画録音が禁止されていた聖域に、所狭しとマイクとカメラが並んでいる。天井からはぶら下げ式のモニタが三枚。室温は年中二十六度。ＡＩ制御の空調システムと大型消音ファンが、常にサーバーにとって快適な温度を保っている。

ある弁護士は「法廷から四季が消えた」と言い、去りゆく裁判官は「ここは宇宙戦艦か？」と皮肉った。

今、法廷は一つの機械となっていた。

「異議あり。意図が不明瞭な発言です」

検察官からユーモアの欠片もない異議が飛ぶ。

『異議を認めます』

裁判長のスピーカーは合成音声でそう鳴らした。

『弁護人、これは最後の被告人質問です。有効な質問を行うように』

「失礼。少々前置きが過ぎました。私が言いたいのは、今から皆さんのご期待に応えようということです。つまり……」

ここで一度タメ。裁判官、検事、依頼人、その他オーディエンスが次の一言に集中するのを待つ。

「正義を代弁して、依頼人を責め立ててみようかと」

意表を突いた宣言に検事が眉をひそめる。傍聴人もひそめる。あいにくと裁判官にはひそめる眉がない。最も面食らっていたのは、もちろん依頼人だった。

「ま、待ってくださいよ！　突然何を言い出すんですか、機島先生⁉」

依頼人は爆竹のように叫んだ。小柄で痩せぎすで低所得な青年だが、元気は十分。役者としては及第点だ。雇った弁護士に法廷で裏切られたのだ、自然な反応だろう。その自然さこそ私が望むものだ。

「依頼人……いえ、被告人。あなたは事件当日の午後十時に、虎門（こもん）氏の高級マンションを訪れ、翌日一時まで二人で酒を飲んでいた。間違いありませんね？」

「弁護士の裏切り以上の間違いなんてあります⁉　利益相反じゃないんですか？」

「イエスか、ノーですよ。質問するのは常に私だ」

「……間違いありません」

「被害者の死因は失血死。凶器のナイフにはあなたの指紋が付着していた。認めますね？」

「………認めます」

「よろしい」と私は笑ってみせた。

通った鼻筋と大きな瞳は、私の笑顔をより力強い印象に変えてくれる。それだけでも、高級車一台分の整形代には価値があった。

「では続けましょう。死亡推定時刻である午前一時ごろから救急隊が到着した二時二十二分まで、マンションの監視カメラにはあなた以外誰も映っていなかった。そうですね？」

「そう、聞きましたけれど」

傍聴席もいよいよ裏切りを実感したのか、法廷全体がざわつき始める。動揺と困惑の囁きは、私にとって擦れ合う木の葉同然の癒し系環境音だ。もし法廷での録音行為が許されていれば、録り溜めして夜中にベッドで流していた。

「あなたは現場から被害者のスマートフォンを持ち去った。それも事実ですね？」

「……事実です」

ざわめきが渦を巻いていく。傍聴人達は思ったはずだ。これはシンプルな密室殺人で、被告人以外に犯人はあり得ない。だから弁護人が音を上げて、証拠から動機まで全て認めさせたのだと。裁判長がブザー音で黙らせるまで、傍聴席のざわめきはやまなかった。

「では――」

私は皆の視線が再び集まるのを十分に待って、最後の質問を繰り出した。

「被害者は酔ってバケツを蹴りましたか？」

「はい？」意表を突かれ、依頼人の声が裏返る。

私は肩をすくめて、タブレットをスワイプし、法廷のメイン画面に現場の写真を映した。時価四百万は下らないだろうペルシャ絨毯を、ガラス机が無造作に踏みつけている。生々しい血痕のついた机の脇に、仰向けに倒れた男が一人。彼の腹にはナイフが突き刺さっており、机の反対側には薬瓶と錠剤が散乱していた。

どこをどう見ても事件の核心はこの遺体周辺だ。しかし、私は凶器も血痕もスルーして、机付近から階段を三段上ったところにある上流マンション御用達のバーカウンターを拡大した。上流御用達の黒い大理石カウンターに上流御用達のワインセラー。上流御用達のラベルのついた空き瓶が転がっている。

「ここにワインクーラーがありますね。中の水がこぼれています。さて、被害者はこのバケツを蹴りましたか？」

「……ええ。酔っ払って蹴飛ばしてましたね」

「虎門氏は自らバケツを蹴った。あなたはそれを目撃した。事実ですね？」

「その通りですよ。次はなんです？　ＵＦＯの目撃証言でも聞くんですか？」

依頼人の声が苛立ちで高まる。

「まさか。あなたの精神鑑定は終わっています」

私は裁判長に向かって、恭しく頭を下げた。

「以上になります。裁判長殿」

『検察官、異議はありますか？』

田淵（たぶち）検事が私を睨む。自分にかけられた魔法を見透かそうと、無い知恵を絞って悩んでいる。私に言わせれば時間の無駄だ。肉を差し出されて食わない狼はいない。

結局、検事は素直に頷いた。

「ありません。ただいまの供述で、事実関係が立証されたかと思います」

かかった。私は笑いを噛み殺しながら、もう一度深々と頭を下げる。

法廷の空気が臭う。正義を求める空気だ。金銭がらみで動機は明白。カメラと指紋で証拠は十分。挙げ句に弁護士にまで裏切られた。被告人席にいるのは純度百パーセントの人殺し。絶対に断罪されるべき。誰もが事件の真相如きに気を取られ、法廷で何が起こっているのか見えていない。所詮彼らはユーザーだ。スペシャリストには程遠い。

被告人席に戻るや否や、依頼人は私に食ってかかった。

「どういうつもりですか、機島先生。どうしてみんなの反感を買うような真似……！」

「何故、弁護士は依頼人を裏切ったのか？」……それが聞きたいのなら、やめておきたまえ。時間の無駄だよ」

噛み付いてきそうな依頼人から目を逸らし、私は裁判官席を見やった。カメラアイを閉じて、行列演算ユニットのファンを激しく回転させている。室温の若干の上昇を感じる。

「三分足らずで変わるのさ。「何故、裏切ってなお勝訴したのか？」にね」

宣言通り、きっちり三分後。ＡＩ裁判官はこう読み上げた。

『判決。被告人を無罪とします』

「ほらね」

傍聴席から怒声と罵声が膨れ上がる。ふざけるな。不当判決だ。あり得ない。これだけ証拠が揃っていて何故。犯罪者を野放しにするのか。それらの囀り(さえず)をじっくりと味わいながら、私は背広についた糸くずを払う。

傍聴人の誰かが叫んだ。「ここに正義はないのか」と。

「バカバカしい」

正義とは勝訴のことだ。百パーセントの無罪と勝訴。それが私の魔法だ。

2

形態は機能に従う。

アメリカ建築三大巨匠の一人、ルイス・サリヴァンの言葉だ。私の座右の銘でもある。美とは、すなわち最適化なのだ。

渋谷駅から徒歩二分。筍(たけのこ)のように生え並ぶオフィスビルの一角。打ち明けられない悩みを抱えた人物が、人混みから隠れてそっと入れる場所。

そこに、機島法律事務所は居を構えている。人流データと心理学と懐事情を考えた、最適な立地だ。

事務所の内装にも、当然意を用いている。

大手の法律事務所と比べれば立地もサイズも見劣りするが、格調は負けていない。自動ドアを入ってすぐのカウンターには、スマートスピーカーと3DCGホログラムディスプレイを組み合わせた受付AIを配置している。居酒屋チェーンの受付に毛が生えた程度の代物だが、気鋭のＣＧデザイナーに発注したゴッホ風猫のモデルと自らカスタマイズした対話モデルで、ひと味違うと感じさせる出来だ。

　猫君の案内で角を曲がると、そこは自慢の待合室だ。反射を抑えた黒を基調とした落ち着いた色合いの部屋である。米国著名法律事務所で好まれる著名ブランドのテーブルに、七十万かけてイタリアから取り寄せたレザーソファー。そして壁には自慢の名画。あえて端の方に目立たない形でかけることで、事務所の格式を見せつける効果がある。控えめな環境音楽と共に時を刻むのは、馴染みの古物商からぜひ先生にと言われ買い取ったアンティーク柱時計……おっと、二秒遅れているな。私は電波時計を見ながら振り子をそっと指で押し、柱時計の秒針を調整した。これでよし。

「いや、我ながら見事な仕事だった。意表を突く逆転演出。検察の吠え面。特等席で観戦した気分はどうだね？　依頼人君」

　待合室の椅子に座り、ソファーでうつむく青年に聞く。

「……いい加減、名前で呼んでくれませんかね。軒下（のきした）ですよ。軒下智紀（ともき）」

　そういえば、そんな名前だったか。

　依頼人、軒下智紀。二十七歳。関東近郊のベッドタウン出身で、並程度の大学を出て、中規模の企業に就職した、ごく普通のサラリーマン。全国を震撼（しんかん）させた殺人事件の被疑者とは思えない、満員電車一両に三人は乗っていそうなモブ男。それが彼という男だった。誤解しないでもらいたいが、ここでモブは褒め言葉だ。私に言わせれば、ごく普通の依頼人は、金払いのいい依頼人の次に優秀だ。予想内の感情、予想内の行動、予想内の証言、予想内のこだわり。ノイズにならない人格は、私の最適な仕事を乱さない。仕事を終えればすぐ忘れられるというのも、メモリの節約になっていい。

モブ下君はうつむいたまま、じっと自分の手を見つめている。

「機島先生。俺は迷ってるんですよ。右か、左か」

「と言うと？」

「右手は先生に差し出したい握手で、左手は先生に叩きつけたい拳なんです」

「利き手は？」

「左です」

私は彼の左側の席から右側の席に移った。

「理解はしてるんです。先生がいなきゃ、俺は来年には絞首台だ」

大げさだが、あり得ない話じゃない。反省なしの強盗殺人だからね。最低限の自己認識はあるようだ。

「正直、捕まった時は絶望でしたよ。いくら事実をありのまま訴えても、他の弁護士先生はどう罪を認めて情状酌量を引き出すかの話しかしませんでしたから」

それもそうだろう。依頼人の主張は信憑性（しんぴょうせい）があまりに薄い。鍵のかかった現場で、被害者と二人きり。殺人を裏付ける決定的な証拠こそないが、その状況で「僕以外の誰かが殺した」と言われて、誰が信じられる？

「中には虎門の厄介者イメージを利用しようなんて言う人までいて……無実を信じてくれたのは、機島先生だけだった。だから依頼したんです」

信じたというより、単に興味がないだけだが。

こちらとしても依頼人の案件は都合が良かった。虎門氏の死はセンセーショナルな事件で、大口顧客獲得のための宣伝商材にうってつけだったのだ。

「先生は本当に魔法みたいに無罪を勝ち取ってくれましたね」

検察は即日控訴しましたけど。と彼は付け加えた。

「そうとも。君は私の魔法で得た無罪と保釈で、こうして自由を謳歌している。そこに一体何の不満があるんだね？」

「その、魔法ですよ！」

依頼人はカッと目を見開いて立ち上がった。膝を机にぶつけても痛い顔一つしない。

「あんな詐欺みたいな弁護じゃ誰も納得出来ません！　見てくださいよ、この有様（ありさま）！」

依頼人はスマートフォンでネットのニュース記事を開いた。

画面に映った依頼人のアパートは、それはもう新種の芸術ではないかという有様だった。落書き、卵、廃材、生ゴミが溢れ、住居と三角コーナーの中間の存在になっていた。だからネットは見るなと言ったのに。

「監視カメラを取り付けておいて正解だったろう？　新生活の準備資金は彼らの財布に期待しよう」

「それだけじゃないんですよ。テレビだって俺を人殺し扱いだ！」

依頼人はそう言って、今度はワイドショーの動画を見せてきた。どこの局でも、小難しいコメンテーターが小難しい顔つきで婉曲に軒下を罵っていた。

「慰謝料が増えるな。新しい家にバスルームが二つ作れる」

依頼人は重いため息をついて、再び席に腰を落ち着けた。

「そういう問題じゃないんですよ。素人にプロの世界は難しいのかもしれませんけど、どうしても何が起こったのかわからないんです。俺は嘘を一つもつかなかったのに、気付いたら虎門が自殺した事になってた。……一体最後の質問はなんだったんですか？　虎門がバケツを蹴ったことに何か意味が？」

さてね。私は曖昧に首を振った。企業秘密の最たるものだ。教えてやるわけがない。

「ごく普通に事実を並べただけだよ。被告人は情緒に問題を抱えていて、裁判官は虎門氏の自殺の可能性を考慮した。それだけのことさ」

「本当に、そんな事考えたんですか？　あの機械が？　変なバグを起こしたわけじゃなく？」

依頼人が吠える。何にでも噛み付くスイッチが入ったらしい。

負けてこの手のラッダイト思想に染まる話は聞くが、無罪で言い出すのは珍しい。

「虎門だったら、絶対にあんな裁判許しません。だってあいつのモットーは」

「『幸福とは納得だ』だったかね」

虎門金満（かねみつ）。享年二十八。ここ数年で頭角を現したＩＴ業界の寵児だ。納得主義の権化（ごんげ）と言われる頑固者で、経営、技術、あらゆる面で自分が納得するまで一歩も企画を進ませなかった。

そんな虎門が社会に与えた最大の影響は、やはりクローンバースになるだろう。日本発、虎門発の、メタバースの再発掘的な位置づけで生まれたバズワードだ。現実空間をそのままコピーした仮想空間を作り、そこに物質的社会的制約のない世界を作るというものだ。ゼロから空間を設計するよりもデザインが容易で馴染みやすく、そのわかりやすいコンセプトが投資家の興をかきたてた。今やクローンバースの情報から離れて暮らすには、目を瞑（つぶ）って耳をふさぐしかない。

「『幸福は納得であり、納得は選択だ。俺は自分の生きる世界すら選択できるようにする』……そんな事、人前で豪語する奴です。決めたことは徹底的にやり遂げます。絶対自殺なんかしない」

「君からは、そう見えていたのだろうけれどね」

私は壁の隅にさり気なく飾った絵を指した。

「たとえば、そうだ。私はあの絵に四百万払ったのだが、どう思うかな？」

「あの缶の奴ですか？　どうって、なんというか、高い買い物だと思います」

「では、あれが実はかの有名な、アンディー・ウォーホルの未発表作だと聞いたら？　途端に私の運と目利きに感服してしまうだろう」

「え、あれが……？」

「虎門氏の自殺だってそうさ。あのガッツは誰しもが認める所だが、噂によれば、彼はサヴァン症候群だったそうじゃないか」

虎門の少年期を物語る逸話に、こんなものがある。

十三年前、国立宇宙開発機関主催で流星群の軌道予測コンペが行われた。年度終わりの余った予算を流し込んだのではと邪推されるほどの賞金額で、日本のみならず海外の研究機関まで参加した。しかし、並み居る頭脳を押さえて最も正しく夜空を描いてみせたのは、なんと当時十四歳の少年だった。彼はどのチームよりも正確な軌道を、たった一人で導いてみせた。しかも、全て暗算で。

少年は自身の頭を指差して言った。『ここに世界のクローンがあるんだ』

三文雑誌発祥で真偽不明の与太話だが、虎門がそのコンペで出会った男と株式会社クローンバースを設立したのは事実だ。

「とある雑誌ではこう考察されていたよ。「天才は自らの力を人々に分け与えることで、孤独を解消しようとしている」とね」

「……そうかもしれませんけど」

「不屈の起業家の不自然な死も、見方を変えれば偏屈で孤独なサヴァンの悲劇に早変わりというわけだ。つまりね、依頼人の……ええと……」

「軒下です」

「軒下君。世間が君をバッシングしているのは、負けたと感じたからだ。理由付けや議論の過程など誰も気にしない。納得なんて関係ない。胸を張って堂々としていればいい」

だからこそ、私の魔法も未だにベールの中にあるのだ。

「……堂々となんて、無理ですよ。友達が殺されたんですよ？」

依頼人は私を睨みあげた。

「性格も、ナイフの刺し方も、どう考えたって自殺じゃない。先生は弁護士でしょ？ 思うところとかないんですか？ 真実を証明するのが仕事じゃないんですか？」

私はつい鼻で笑ってしまいそうになった。

どうやら、我々の方向性には致命的なズレがあるらしい。それなりに歩み寄ったつもりだが、残念。君とはここまでのようだ。機島雄弁という勝訴装置に、不確定要素は必要ない。

「ならば聞くが。事件当日、君は虎門氏のスマートフォンのアラームで目覚めたそうだね」

「ええ。くぐもった音で、ソファーの下から聞こえてきました」

「虎門氏のスマートフォンを拾った君は、急いで警察と救急に通報し、現場から逃走した。これも間違いないかな？」

「虎門に『このスマホだけは誰にも渡さないでくれ』って頼まれてたので……。それがどうしました？」

「いやなに、少し同情しただけさ。アラームの時刻は午前一時三十分。警察への通報が午前二時十二分だ。殺人犯の影に怯えながら、一一〇番を思い出すのに四十二分。この調子では日常生活もさぞ苦労するだろう」

「……それは」

依頼人が手元とコップで視線を反復横跳びさせる。所詮はこんなものだ。有罪無罪にかかわらず、大抵の被疑者は腹に一物(いちもつ)抱えている上、それを守る鎧も薄い。台本なく証言台に立たせれば、裁判は二時間で終わるだろう。

誰にだって、触れられたくない秘密はあるものだ。

私は懐に忍ばせていた契約解除の書類を机に並べて、ボールペンも差し出した。

「私の弁護方針が気に入らないなら他を当たってくれたまえ。世の中広い。きっと見つかるさ。耳触りのいい真実を共有してくれる相手がね」

「……わかった。いいですよ。見つけてやりますよ。あなたよりずっとマトモな弁護士を」

依頼人は勢いよくボールペンを掴み、机にぶつけた指を少し振ってから、書類に名前を書き殴った。私は大変に沈痛な面持ちでそれを受け取った。

「最後に言っときますけど、先生」

依頼人は壁の名画を指差した。

「あんな絵、アンディー・ウォーホルが描くわけないでしょ！」

妄言を吐き捨てて、彼は怒りの足音を立てて去っていった。

私は執務室に向かい……。

「見る目がないね。絵も弁護士も」

とっておきのシャンパンの栓を抜いた。

この決別で、私の完璧な仕事は仕上がった。

3

想像してほしい。あなたはハンバーガーチェーンの経営者だ。資本主義の基本に則って、金を稼がなければならない。

佐世保バーガーのようなご当地グルメを想像した方は残念。あなたのハンバーガーは、主にミドルクラス以下のカロリー補給用だ。

顧客はあなたのハンバーガーをありがたがっていない。金さえあれば鉄板焼屋で霜降りステーキを食べたいと思っている。なので、客単価はあげようがない。

ならば、どうやって稼げばいい？　そう、回転率を上げるんだ。

駅前を確保する。店内にやかましいCMを流す。注文窓口を増やす。座席を増やす。持ち帰りや宅配に手を出す。椅子を固くしてコーヒー一杯で入り浸る学生を追い出す。それから、厨房をオートメーション化する。

これさえ成功すれば、あなたは大金持ちだ。

では、もう少し大きなバーガーの話をしよう。

諍(いさか)いを捏(こ)ねて怒りの火を通し、法と議論で挟んで食べる。そういうファストフードの話だ。

訴訟大国アメリカでの、PL法関連の賠償額の平均は六千二百万ドル。中央値は二千万ドルだ。そのうち三分の一が法律事務所の懐に入っている。

顧客はあなたの事を詐欺師の親類だと思っており、金さえあれば……繰り返す必要もないだろう。客単価は上がらない。ならばどうする?

そう、回転率だ。オートメーション化だ。AI裁判官のご登場だ。

裁判は実にスピーディーになり、案件の処理速度は実に三倍に向上した。法律事務所の収入も三倍になり、彼らが食べるステーキも三倍厚くなった。

だが悲しいかな。アメリカという抗争あふれる人種のるつぼであっても、諍いという〝資源〟は無限には湧いてこない。アメリカ法曹界は新天地に目をつけた。

この国にＡＩ裁判官が導入されたのは、そういう経緯だ。

『人の偏見を取り払った、公平公正な裁判』

『被害者を救うスピーディーな解決』

そういった法務省の美辞麗句がお好みなら、それも結構。

人々が正義の高速化と公平性を求め、ＡＩが実現した。それは事実だ。その過程で少々悪い虫が紛れ込んだところで、収支プラスなら問題はないだろう。

何かを得るためには何かを差し出さなくてはならない。

問題はそのトレードをどれだけ有利な条件に持っていくかにある。賢い者は、価値が低く、軽薄で、どうでもいいものを差し出して、偉大なる成功を手に入れる。

賢い私は何を差し出すのかって？　それはもちろん、価値が低く、軽薄で、格別にどうでもいいものさ。

つまり——倫理だ。

虎門氏殺害事件はあらゆるメディアが注目する一等品の宣伝材料だが、関わるのは一審だけで十分だ。これ以上のタダ働きはうまみが薄い。依頼人都合の契約解除なら経歴に傷はつかないし、逆転敗訴してくれれば宣伝効果は倍ドンだ。

依頼を放り出したと批難したければすればいい。結果は私に味方する。

勝ち逃げの祝杯をあげ、炭酸の刺激を喉で楽しむ。とっておきのチーズ菓子に手を付けようとしたときに、スマートフォンが震えだした。留守電に任せてしまおうかとも思ったが、やめておく。それがキャリアの電話ではなく、通話アプリ anom signal の着信だったからだ。

「もしもし。こちら法廷の魔術師」

「うわ。めっちゃご機嫌じゃん」

電話口から聞こえてきたのは、よく知る女の声だった。

anom signal は国家や大企業の監視を受けない秘匿通話アプリだ。一般の通話アプリより音質は悪いが、重宝している。主に、国家にも企業にも明かせない会話をする時に。

「一応、礼を言っておこうか。私の実力あっての無罪だが、先日の裁判官応答ログは役立った」

「お礼より、もらいたいんだけど。今月分」

「おっと失礼。迂回先を変えたので、少々手続きに手間取った。翌々営業日には振り込まれるはずだ。名目はそこで確認してくれ」

「そ。今回もやるの？　お布施」

「もちろんだ。来月頭に例のルートで最高裁の情政課に匿名の報告を。翻訳モデルを使うのはやめた方がいい。いい加減、自前のデータで学習出来るはずだ」

「魔法、また捨てちゃうんだ。出るよ。もったいないお化け」

「一度は奇跡、二度目は故意さ。どうせ使えない穴なら塞いでしまった方が良い。協力者には善意のデバッガーで話を通しているんだろう？」

「でもいいの？　手ぶらで勝てる？　二審」

「さぁ。二審の弁護士の腕によるかな」

煽りが不発で拍子抜けしたのか、露骨な嘆息が聞こえた。

「うわ、放り出したんだ。依頼人。血とか涙とか、まだ残ってる？」

「使い所がある限りはね。それに、先に手を切ったのはあちら側だ。捨て台詞までセンスのない男だった」

「あー……。またなんか言われたんだ。コレクションのこと」

「機島法律事務所随一の名画を贋作扱いさ」

「アンディーくんの絵？　それ」

「そうだよ。かの巨匠、アンディー・ウォーホルの缶の絵だ」

「サバ缶だよね」

「サバ缶だとも」

相手はしばらく電話口でウケるを繰り返した。どういうわけか、彼女はコレクションの話がツボに入りがちだった。葛飾北斎が描いた大政奉還など、大笑いしていた憶えがある。

「ま、いいや。サバ缶によろしく。ハッカー弁護士くん」

そう一言残して、通話は一方的に打ち切られた。

「………ハッカー弁護士、ね」

不名誉極まりない呼び名に、私は反論しなかった。

これが倫理を差し出すということだ。

法律とは条文だけで完成するものではない。運用も含めて初めてシステムになる。条文の穴を突く者がいるのなら、運用の穴を突く者も出て当然。運用にＡＩが含まれるのなら、その裏をかく手段がハッキングだ。

ＡＩ裁判官を騙し、勝訴を手にするハッカー弁護士。それが機島雄弁だ。

気を取り直して、もう一杯やるか。私はグラスにシャンパンをそっと注ぎ始める。三回程度に分けて注ぐのが一般的だが、私は六回だ。勢い余って一雫でもこぼしたら、せっかくの勝利気分が台無しだ。

水面の泡立ち具合を観察しながら、慎重にボトルを傾け……。

「あー……。機島先生」

シャンパンが袖を濡らして床にこぼれた。

あり得ない者がそこにいた。

完璧な仕事を汚すノイズ。切り捨てたはずの不確定要素。

軒下智紀が立っていた。

執務室のドアから、袂(たもと)を分かったはずの依頼人の顔が覗いていた。

「…………何故」

君がここにいる。そう聞いたつもりだったが、その声はこぼれ続けるシャンパンの、泡の弾ける音に負けるほどか細かった。

血管の収縮がはっきりと感じ取れる。喉に氷柱(つらら)を刺された気分だ。

「君は、帰ったはずでは」

「トイレ借りたんで。一応お礼を。その、結構なお手前でした」

……は？　何だって？　喧嘩別れした直後に、相手の事務所のトイレを借りた？　もっと良い弁護士を見つけると捨て台詞を吐いて、そのままトイレに直行？　そこからお礼だと？

こいつはなんだ？　気まずさに関わるニューロンが全部死んでいるのか？

空気が硬直する。軒下はライオンを目にしたウサギのように固まっている。私も固まっている。

落ち着いて、考えろ。今何を聞かれた？　ハッカーから裁判官応答ログを受け取ったこと。その人物へ迂回経路で報酬を渡していること。一審の魔法の種のこと。法務省への匿名通報のこと。ハッカー弁護士という蔑称。

なるほど。致命傷だ。

しかし、それがどうした。この程度の修羅場、何度だってくぐり抜けてきたはずだ。

「あの、何かヤバめな空気ですけど。俺何も聞いてませんので」

機島雄弁は弁護士だ。いつも法廷でやるように、華麗に煙に巻いてやればいい。

私は深呼吸して、少しえずいて、こう言った。

「………………いくら欲しい？」

「お疲れさまです！」

軒下は一目散に逃走した。それはもう速かった。

私は飛び上がって彼を追いかけようとしたが、足がもつれて壁に顔を打ち付けた。くそ、鼻のシリコンがずれたらどうしてくれる。

鼻を押さえながらなんとか走っていくと、軒下は自動ドアのロックに引っかかって出られないでいた。強化ガラスのドアの間に指を突っ込もうと四苦八苦している。

「先生、開けてほしいんですけど」

軒下が私を見上げる。こうして近くで見るとより明らかだが、体格はこちらが上だ。

「落ち着きたまえ。先程はお互い感情的になり過ぎた。どうだね。今から二審の作戦会議でも。真相とやらを暴く保証はしないが、君の秘密にも立ち入らないと約束しよう」

「……帰りたいんですよ。先生」

ドアの外、通路の灯りは既に消えている。当ビルの各種事務所の営業は終わり、あとは警備員が定期的に見回りをするだけ。二十分は誰も現れない。

「マジで、何も聞こえてないので。たとえ聞こえてても、誰にも何も言いませんし。一応助けてもらった恩もあるんで」

誰にも言わないだと？　信用出来るか。私の弱みを握れるとなれば、検察は司法取引すらやりかねない。命と義理を天秤にかけて、義理を選ぶバカが何処にいる。

秘密を握られた以上、もう他の弁護士には渡せない。収監もさせられない。あらゆるシステムの最大のセキュリティホールは人間だ。そのような隙は、機島雄弁にあってはならない。

彼から一歩離れ、ずれたネクタイを直す。頭に昇った血も落ち着き、私のペースが戻ってくる。

「現状確認をしようじゃないか。軒下君」

「マジで、言いませんので。つーか言えませんので」

軒下の指が、自動ドアの隙間に強く食い込む。

「君の身元保証人は私だ」

軒下の手が止まる。

「保釈保証金を立て替えたのも私だ。私の報告一つで、君は拘置所に逆戻りだ」

身寄りのない人間が身柄を拘束されたまま弁護士を探す苦労は、軒下も一度経験済みのはずだ。まして保釈取消の前科ありとなれば、一体何人が話を聞いてくれるのか。彼もその想像がつかないほど愚鈍ではないだろう。

「それ、脅迫になるんじゃないですか。先生」

「繰り返すが、現状確認さ。解釈は君の自由だが」

軒下はこちらから見て取れるほど強く奥歯を嚙み締めた。

「……もし、先生に依頼するとして。真犯人を見つけてくれますか」

「それは警察の仕事だ」

「せめて自殺を否定してくれませんか」

「断る。自殺説が最有力だ」

「俺が欲しいのは納得だけです。望みが薄くても、納得を諦めちゃいけないんです」

「納得なんて知ったことか。最短距離で、最適な手順で、最高勝率で、君は無罪になるのだよ」

軒下が目を細める。

「いいスーツですね、先生。アメドラに出てきそうな」

「……何が言いたい」

「青川以外のスーツ屋入ったことないですけど、きっと俺の給料じゃ三ヶ月働いても……ああ、もう無職だから、何年働いても無理ですね」

「弁護士を脅迫とはいい度胸だ」

「現状確認ですよ。捨てるものがないのは、俺の方です」

しばらく、無言の睨み合いが続く。

やがて我々は悟った。他に選択肢はないことを。

4

ＡＩ裁判に三審はない。品質の画一化された裁判官は、同じく画一化された判決を出す。重大な新証拠がなければ、判断も変わらない。憲法解釈に関わる内容でない限り、最高裁に上ることはない。

つまり、この東京高等裁判所で依頼人の運命が決まるのだ。

『これより東京高等裁判所令和Ｎ年（う）２２１４３７号事件の審理を始めます』

金属製の裁判官が抑揚なく開廷を告げる。

田淵検事の様子を窺う。黒縁メガネの奥の瞳が、雨晒し(あまざら)の捨て犬のように弱々しい。真面目一辺倒で経験の浅い若手検事は、一審のダメージをまだ引きずっているようだ。ＡＩ裁判のスピードに追従するため、近年は地方検察庁と高等検察庁を兼務する検事が増えている。彼はその風潮の被害者というわけだ。

『弁護人、問題はありませんか』

「問題？　もちろんありません。逃げなかった検事さんを褒めてあげたいですよ」

『しかし、被告人がはみ出ているようですが』

見ると、確かに軒下が被告人席からはみ出ていた。私から椅子を離し、警戒心むき出しの目でこちらを見ている。その位置取りと態度は、もはや法廷の第三勢力だ。①弁護人、②検察官、③馬鹿。

「問題ありません。許容可能なはみ出しです」

「い、異議あり！」

田淵が噛み付いてくる。

「裁判長。被告人のはみ出しは過度であり、審理に支障をきたします。あ、ほら。また離れた」

「何をおっしゃるのやら、田淵検事。はみ出し者を受け入れるのも法廷の役割です」

「はみ出しって、被告人は物理的に……」

「田淵検事！　人々の更生を担う職務につきながら、この程度のはみ出しも受け入れられないのですか、あなたは！」

「えっ、す、すみません？」

『被告人の一メートル以内のはみ出しを認めます。検察官は寛容の心を持つように』

裁判長の忠告に深々と頭(こうべ)を垂れる田淵。本気にされると軽く引くな。

なお、軒下は定規で測ったように一メートルギリギリまで席を離していた。

〝つつがなく〟冒頭手続きを終え、弁論の第一声で、田淵はこう言った。

「一審の無罪判決は、虎門氏の自死の可能性が疑われたことによるものです」

田淵検事は、検視と証拠写真をもとに実に妥当で捻りのない話を始めた。

「ですが、虎門氏の死因はナイフによる刺殺です。抉るような傷口で、深く、ためらい傷もありません。自殺とするには不自然です。また、自殺の意思があったのなら、被告人を招いたその日その場で決行する理由がありません。証拠、動機、社会的影響。どこを考慮しても誠に遺憾な判決です。保釈取消と然るべき刑罰を求めます」

何度も練習したのだろう、田淵は淀みなく言い切った。

『それでは弁護人、検察側の弁論に対する反論を』

私はカメラに見えない角度で深呼吸した。

――検察の主張は難癖に過ぎません。腹部のためらい傷は首や手首に比べて稀です。傷の深さも、机にナイフを立てて、覆い被さるように刺したとすれば説明がつきます――

手札ならいくらでもある。被害者が取締役から外された事件。被害者の精神科通院記録。複数の病院で処方をうけていた大量の睡眠薬。主治医ではないが、彼が自らの特性に悩んでいたと証言する精神科医も用意している。

自殺で通そうと思えば、ランチ前に片付けられる。……しかし。

「……………」

軒下の視線が釘となってこめかみに刺さっている。私は舌を嚙み切りそうになりながら、こう言った。

最適解の美を捨てなければならないのか。

「検察の発言に、一部同意します。被告人は自殺ではありませんでした。もちろん事故でもない」

有利な側のちゃぶ台返しだ。傍聴人が一斉にざわめく。

『一審の主張を翻し、他殺を認めるのですか？』

「そうなりますね」

裁判官の確認に首肯する。これで満足か？　軒下君。

『では、被告人による犯行を認めるのですね？』

ＡＩが認めるの〝ですか〟？　ではなく〝ですね〟？　を選んだこと。これは人間の言葉以上の意味がある。裁判官は既に起訴事実が立証されていると認識しているのだ。

被疑者一人の密室殺人。被告人は操縦不能なはみ出し男。旗色は最悪だ。

しかし。私は不敵な笑みを取り戻す。それでも機島雄弁は勝ってしまう。

「計算が早いのはよろしいが、早合点は困ります。主張は一貫して無罪ですよ」

『犯行現場は閉鎖空間です。他殺だとすれば、被告人の他に犯行可能な人物はいないはずですが』

「その閉鎖空間というのが、誤りだとしたら?」

「あ、誤りなど!」

突然のことに呆けていた田淵検事が、飛び上がって反論する。

「被害者のマンションは非接触型のカードキーです。ピッキングは不可能ですし、合鍵も——」

「作れますよ。合鍵」

田淵検事の反論を一言で切って捨てる。

「あの手の非接触型カードキー……RFIDのスキミングは、専用の機械さえあればそう難しい技術ではありません。ソフトや設計図はネットで手に入りますし、八万円前後で作成可能です。もちろん対策も進んでいますが、イタチごっこだ」

「し、しかし、凶器には被告人の指紋が付着しており!」

「軒下氏は泥酔して眠っていたのです。指紋をつけるなど容易(たやす)いことでは?」

「エレベーターの監視カメラには、被告人と被害者以外の姿はなく……」

「非常階段があるでしょう。軒下氏も現場から離れるときにはそちらを使った。監視カメラの死角さえ知っていれば、マンションの住人全員に犯行が可能です」

軒下の逃走理由、スキミングの方法、エトセトラ。粘る田淵検事の反論を一つ一つ丹念に折っていく。

密室に支えられていた検察の主張は、もはや完全に腰砕けだ。

誰かが虎門を殺した。しかし軒下だとは断定出来ない。推定無罪の原則がある限り、勝つのは私だ。軒下はまだ不服そうだが、こちらとしては最大限の譲歩だ。あとは警察に任せればいい。

私が反論するたび、新米検事のタブレットのスワイプ回数が増えていく。手詰まりは明らかだ。真相は霧の中。笑うは弁護士。トドメを刺してやろうとした、その時だった。

「……非常階段、使われてません」

背筋に氷柱を刺された気分だった。その横槍は、またも依頼人から発せられたのだ。

「非常階段を下りていった時、見たんです。どの階の非常ドア前にも、うっすら埃が積もっていました。それって、使われてないってことですよね」

「無視してください、裁判長。軒下氏は世間のバッシングにより精神的に不安定で」

「確かに見たんです。犯人は非常階段なんか使ってません」

「友人の死を目の当たりにしたことで記憶に錯誤が」

「真犯人は、虎門と同じ最上階の住人です！」

何を、勝手に。私は軒下を睨んだ。自分が何をしたのかわかっているのか？　今告発した真犯人とやらにアリバイが見つかれば、君の有罪は確定だぞ。

『被告人。非常階段に使用した形跡が見られなかった、というのは事実ですか？』

「はい。間違いありません、裁判長」

軒下は私に一瞥もくれず、頷いた。机からはみ出すに飽き足らず、私の弁護方針からもはみ出すとは。彼にわずかでも理性と生存本能を期待した私のミスだ。最初に退廷させておくべきだった。

当初のプランは崩れた。最上階の住民は被害者を除けばたったの一人。そして、その人物は証人リストに載っている。

田淵検事が挙手する。

「裁判長。検察は証人として、被害者と同じマンションの最上階に住む人物……井ノ上翔氏の尋問を申請します」

そうして証言台に立ったのは、長細い男だった。頭髪の右半分をビビッドなピンクに染めており、皮肉めいた笑みを口元に貼り付けている。

井ノ上翔。二十八歳。突飛な物言いで若い世代からカリスマ扱いされる実業家だ。先端企業への投資に造詣が深く、虎門の経営する企業二つの共同出資者で、どちらにも取締役として名を連ねている。

「ご紹介しましょう。バズジャパン誌が選ぶ今年のインフルエンサー二年連続ベスト5入り。オンラインサロン会員数は十万人超、YouTubeチャンネル登録者数は百万人。虎門氏と並ぶクローンバースの火付け役！」

田淵検事はやや早口で井ノ上の経歴をまくし立て、こう締めた。

「触れたもの全てを金に変える、現代のミダス王と呼ばれる起業家、それこそ、この井ノ上氏なのです！」

「イエス。井ノ上、イノベーション」

田淵検事が語り終えるや否や、井ノ上は決め台詞らしきものを口にした。

それにしても、輪郭が溶けそうな薄味検事にしては、やけに気合の入った口上だったな。

一体どんな関係なんだ。

「いい紹介だった、検事さん。これで、少しは皆にもこの井ノ上のプライスを理解できただろう。サロンのシルバー会員に昇格してあげよう」

「恐悦至極でございます！」

最悪の関係だった。大丈夫か検察の新人教育。

呆れている間にも裁判は進む。田淵検事が被害者との関係を尋ね、井ノ上は語る。

「……虎門ちゃんと初めて会ったのは、中学の頃の流星群軌道予測コンペだ。同世代のガキに正面から負けたのは初めてだったんで、印象に残ったよ。四年後にサークルの新歓で再会したわけだが、正直驚かなかったね。同じ大学に行くのはわかりきってた。だが、会うなり「お前、生きててつまらないだろ」なんて言われたときには面食らったよ」

井ノ上は苦笑しながら続ける。

「自分の選択に納得せずに生きてきたからだ。選択肢を提示出来なかった社会と世界の問題だ。俺と納得ずくの世界を作らないか」だ。四年ぶりの再会でそれだぜ？　失礼だろ？　あり得ないだろ？　だから井ノ上は思ったのさ。この男は金になるってね」

「それから、お二人は夢を実現すべく在学中に起業されたのでしたね。しかし、最初に起業されたのはＩＴ系の企業ではありませんでした。塗装品販売業の……」

「はっきり言っていいよ、検事さん。オービス避けのスプレー販売で金を集めた」

ナンバープレートに吹き付けて、オービスのナンバー読み取りを妨害するスプレー、だったか。行儀の悪い連中相手に随分稼いだと聞いている。

「元手を作った井ノ上達は、各所の技術をかき集め、鎮火したメタバースのミイラを蘇生させる企業を立ち上げた。それがクローンバースディ。今のクローンバースの生みの親さ。クローンであってコピーじゃない。一人一つ、自由で生活可能な第二の世界を目指した」

「では、あなたと被害者は親友でありビジネスパートナーでもあったのですね？」

「イエス。あいつは恨まれて当然の粘着野郎だ。出された料理に納得いかなきゃ、シェフ呼びつけて隠し味まで白状させるような奴だ。だが、井ノ上だけは味方だった」

一瞬、井ノ上と軒下の視線が交差する。虎門の友人を名乗り、相手を殺人犯だと批難する者同士。その胸の内を読むことは出来ない。

『井ノ上さん。あなたは被害者と親しい関係にあるため、犯人ではないと主張されているのですか？』

この程度のお涙頂戴なら、つけいる隙はいくらでもある。最悪の自体に備えて、マンションの内の目ぼしい人物全員に虎門殺害の動機を用意してきた。だが、私のカンは告げている。この証人はそこで終わらない。

井ノ上は首を振り、こう言った。

「違うね。今のはただの感傷だ。そもそも、証拠ならとっくに揃ってる。検事さん。あれよろしく」

井ノ上に言われ、田淵検事は現場の写真をモニタに映した。シワの寄った絨毯に、艶のあるガラス机。蓋の開いた薬瓶が転がり、二十錠から三十錠の睡眠薬の錠剤が散らばっている。ペルシャ絨毯に滲んだ毒々しい赤色の血痕は、それはそれである種の柄になっていた。

『証人、この写真のどれが証拠なのでしょうか』

「視野が狭いね。裁判長。現場のどれが、じゃあない。証拠は現場そのものさ」

やはり、仕掛けてくるか。私は身構えた。

ＡＩ裁判は、裁判のあり方を一変させた。その変化の最たるものが、予定外の証明だ。

重大事件では、公判数週間前に証明予定事実記載書面という書類を提出する。そこには検察官と被告人がどんな証拠を提示し、そこから何を語るのかが書き込まれる。裁判の台本とまでは言わないが、それに近いものだ。従来の裁判では、このリストに載っていない証拠や証人の提示は認められないか、後日に持ち越されるのが一般的だった。

この書類は、弁護士や検察以上に裁判官の助けになっていた。裁判官の抱える案件数は弁護士の比ではなく、事前資料なしでは立ち行かなくなっていたのだ。

しかし、ＡＩ裁判官は証拠の理解に時間を必要としない。何万ページの報告書であっても、一ミリ秒かからずベクトル化して取り込める。そのため臨時追加の証拠でも認められるケースが増え、議論が現場で百八十度ひっくり返ることも珍しくなくなった。

そして、今まさに、井ノ上はその予定外の証明をやってのけようとしていた。

「神はサイコロを振らない。マクロ世界の常識だ。完璧に再現された世界で正しく犯行を再現すれば、割れた陶器の破片、散らばった血痕、散乱した睡眠薬、カーテンのシワまで、全てはぴたりと一致する。指紋やDNAと同じように、物理法則が決定的証拠になる」

井ノ上は両手を広げて法廷を睥睨(へいげい)する。その態度は、証言というより講演会のそれだ。

「では、もし事件を完璧に再現し得る、もう一つの世界があったとしたら？　事件のクローンを生み出す舞台が整っていたら？　それこそ、法廷を変革するイノベーションに違いない」

まさか。私が懸念を抱くと同時に、井ノ上は指を鳴らす。

すると、写真に時間が宿った。空調の風でカーテンのレースがそよぎ、撮影者の存在を無視してカメラが自在に動き始める。これは写真でも動画でもない。CGなのだ。フォトリアルなCG自体は珍しいものではないが、このように重さや材質まで再現するのは並大抵の予算では不可能だ。実際、一審で検察が提示したCGはジオラマレベルだった。

目を見張る傍聴人に向け、井ノ上は一礼した。

「スマホ一つで世界をコピー。これこそ社名を冠する新技術、クローンバースデイ。井ノ上と虎門が作る理想世界の第一歩だ」

法廷で新製品のプレゼンとは、やってくれるじゃないか。

「こいつの肝は、従来のアルゴリズムで捨てられていた情報を拾うことにあってね。……

弁護士さん。あんた、ＬｉＤＡＲの仕組みは知ってるか？」

「比較的波長の短い赤外線を利用したレーダー、という認識ですが」

ＬｉＤＡＲは物体の三次元的な位置を観測するセンサーだ。波長の短い赤外線を使用することで、赤外線反射率の高い金属や、複雑な構造の物体の三次元構造を取得出来る。

「そう、そこさ。材質の推定に赤外線反射率と時間的な変化を組み込んだんだ」

ＬｉＤＡＲの生情報も含めて材質推定を行うモデルを作ったと、そういうことか。言うだけなら簡単だが、楽な手段じゃない。カメラとＬｉＤＡＲでは座標軸やデータ取得の間隔が違う。学習用のデータセットを作るだけでも相当な労力がかかるはずだ。目的のためならどれほど泥臭い作業も惜しまない。これが井ノ上翔、いや虎門金満のやり方か。

次に、井ノ上は事件前の現場のクローンバースを表示した。虎門が事件直前に投稿したＳＮＳの写真から再現したものだ。物体の位置は写真から、材質は二審前にクローンバースデイで作成したモデルから推定したそうだ。もちろん、事件の関係者である井ノ上が直接ＣＧを作ったのではない。彼はあくまでアプリの提供と助言役で、実際に手を動かしたのは鑑識だ。

「この仮想空間の現場で、納得いくまで事件を再現する。見つけようじゃないか。このクローンバースで、真相のクローンを」

検察官と被告人双方立ち会いのもと、別室で井ノ上の体を測定する。最も類似した成人男性３Ｄモデルを選択し、身長や筋肉量を調整する。軒下のモデルは作成済だったが、再度本人の体形を確認する。二人の身長は三十センチ近く違っていた。

『外部プログラムの実行を受理します。仮想環境コンテナを起動します』

軒下と井ノ上、二人のモデルがそれぞれクローンバースで被害者と対峙する。仮想の現場で仮想の殺人が始まる。軒下を想定した犯人モデルが百万人。井ノ上も同じく百万人。彼らはそれぞれ犯罪データベースからサンプリングされた百万通りの動きで、ＣＧ虎門の腹にナイフを突き立てる。それを幾度も繰り返す。血液が飛び散り、花瓶が割れ、電気スタンドが倒れ、薬が散乱する。それを幾度も繰り返す。虎門がこの世に遺した未練ごと抹殺するように、執拗に。

耐えきれなくなったのか、軒下が画面から目を逸らす。私も別の意味で目を逸らしたくなってきた。初めは激しく変動していた数値だったが、やがて落ち着いていく。そして。

『既定数の実験が終了しました』

ＡＩ裁判官が淡々と画面の数値を読み上げる。

『被告人モデルによる最大現場一致率は0.9931。証人モデルの一致率は0.0021でした』

人工音声に冷たさを感じ取ってしまうほどに、無慈悲な宣告だった。田渕検事すら、そのあまりの差に驚愕を禁じ得ない様子だ。

『被告人は、証人よりも有意に犯人の可能性が高いと言えます』

「イエス。井ノ上、イノベーション」

静まり返った法廷で、井ノ上だけがこの結果を当然として受け入れていた。

……あり得ない。結果があからさま過ぎる。現実の近似に過ぎないＣＧ空間で、さらに近似に過ぎない犯行の推定をしたのだ。これほど如実に差が出るわけがない。

では、一体どうやって？　物理シミュレーターは米国の裁判でも使われる実績あるものだ。被害者の挙動も公的な犯罪データベースを引用している。軒下や井ノ上、虎門の体形も精密に再現されており、恣意的な実験とは言えない。資料に目を通した限り、クローンバースデイ自体も不審な点はない。開発はチームで行われていて、鑑識によるコードのチェックも入っている。井ノ上の一存で何か仕込む余地があるとは思えない。

一体、何が起きた？　クローンバースそのものが、生みの親を守ったとでもいうのか。

井ノ上は証言台の上で髪を梳かしながら、薄い唇で私を嗤った。

「もう異議ないよねぇ。機島先生？」

やるじゃないか。井ノ上君。ハンデ戦とはいえ、この私の目の前で魔法を使うとは。

しかし、だ。それでも機島雄弁は勝訴する。ミダス王に魔法使いが敗れることなどあり得ない。あらゆる状況を想定し、全てに反論が……。

「…………ありません」

なかった。

天気予報によれば、裁判所からの帰り道は快晴のはずだった。渋滞予測によれば、首都高を十五分で抜けられるはずだった。それがどうだ。私のメルセデスは薄暗い曇天の下、事故渋滞に巻き込まれ、ステッカーだらけの軽自動車にクラクションを鳴らされている。自動運転に切り替えないのは、単に気を紛らわすためだ。

バックミラーを覗くと、うつむいて地蔵になった軒下が映っていた。

「エチケット袋が必要かね？　軒下君」

「平気です。車酔いしない方なので」

「仇討ちには酔うのにね」

「……すいません。口喧嘩に付き合う余裕ないんで」

そこを叩くのが当事務所の方針だ。

「人の電話は盗み聞きする。持論は曲げない。勝手に告発する。機島雄弁のアートを邪魔した結果がこのザマだ。いい加減、自分のバカさ加減に気付いてくれたかな」

「犯人は井ノ上です。俺が告発しなかったら、尻尾をつかめなかった」

軒下はミラー越しに私を睨んだ。

「もう楽な方に逃げる気はないんです。虎門は言ってました。『納得のためなら喉を掻っ切ったっていい』って。俺だって――」

「切ってくれるんなら止めないよ。虎門君も信者を道連れに出来てご満悦だろう」

「機島先生、あなたは……！」

「――私は」

つい、声のボリュームが上がってしまう。

「実際に、喉を切ったがね」

「…………なんですって？」

自分の喉仏あたりを左手の人差し指でなぞる。

「ここを四センチ切開して、甲状軟骨と輪状軟骨の距離を五ミリ縮めた。一審の時に比べて声が高くなったのだが、気付かなかったかな？」

現代医療の力を借りれば、一週間で傷口は完全に馴染む。しかし、触ると肌に突っ張りがあるのがわかる。

「どうして、そんな」

「君を無罪にするためさ」

軒下が開きかけた口を閉じる。

「ＡＩ裁判官は知性を感じるバリトン声がご贔屓(ひいき)でね。大法廷となると響きが変わるから、チューニングが必要だった」

「ご贔屓って……裁判官が声で差別してるってことですか？　ＡＩ裁判は万人に平等で偏見がないって話じゃ」

「ＡＩ自体に差別はなくとも、学習データにはあるんだよ」

お待ちかねかは知らないが、解答を教えよう。

魔法の数字、９７６とは、ＡＩ裁判官から機島雄弁への好感度だ。自作アプリで算出した推定値だが、結果を見るに概(おおむ)ね外れていない。

人が人を外見で判断するように、ＡＩにもルッキズムは存在する。数十万時間の法廷映像を学び続けたＡＩ裁判官のパラメータには、勝つ弁護士と負ける弁護士の声や姿が染み付いている。もちろん、判決を左右する主要な要素ではない。勝率に影響するとしても、一パーセント未満だ。それでも、私はその端数を欲する。

「喉だけじゃない。目も耳も鼻も口も頬も、腕も腹も足も、爪一枚、髪の毛一本まで、勝訴のために作り上げた。この体にメスの入っていない場所はないのさ。『無罪のためなら喉を掻っ切ったっていい』。たとえ君が犯人でもね」

引かれただろうか。まぁ無理もない。感情と倫理と理性と合理の区分は曖昧で、大抵の人間は真の最適に踏み込めない。

「で？　軒下君は君自身を救うために何をした？」

背後でクラクションが鳴る。いつの間にか、私が渋滞の先頭になっていたようだ。湿気った（しけった）アスファルトに視線を戻し、アクセルを踏む。ようやく、一人で戦える。

5

ヒッキー・フリーマンのネクタイをほどき、休憩室横のシャワーを浴びる。

疲れと汚れを泡に混ぜて落とし、壁一面の鏡に相対する。鏡を見るのは嫌いじゃないが、少しばかり気力がいる。そこに映った男が自分だと気付くまで、一呼吸いるからだ。

石鹸台に防水スマートフォンをおいて、日課の発声練習を三分ほど。

（発声評価値１５５。外見と合わせて、９６９か。やや下がったな）

雑念のせいか。声出しをしていると、先日の軒下とのやり取りを思い出してしまう。らしくないことをした。既に秘密を握られた相手だからといって、これ以上手の内を明かしてどうする。いつもの私なら、厄介な依頼人の一人や二人、適当に煽(おだ)てて小手先で転がしてほくそ笑んだはずだ。それが何故か……いや、やめだ。仕事に思考を戻そう。

井ノ上は法廷をハックした。クローンバースデイ殺人実験の結果は、明らかに不正の産物だ。

仕掛けはやはり井ノ上の自社製品、クローンバースディにあると考えるのが自然だろう。しかし、知人に依頼したリバースエンジニアリングの結果はシロだった。自分でも可能な範囲で調査したが、何も見つからない。

残る手がかりは二百万回分の再現実験動画だが、実時間で視聴するのは不可能だ。どうにか効率的に異常を探索するスクリプトを書ければいいが……今日も帰れそうにない。

シャワーを終え、休憩室を出ると、待合室に小柄な男の影があった。強盗か。一瞬、自席の3Dプリンタ銃までの距離を計算したが……。振り返った顔を見て、私は脱力した。

「先生、お願いがあってきました」

「……また君か。軒下君」

「再現実験の動画を見せてもらえませんか。俺なら、何か手がかりをつかめると思うんです」

呆れた。ここまで話の通じない男だったとは。強盗のほうがまだマシだ。

「いいかね。まだわずかにでも塀の外に未練があるなら、その顔を見せないでくれたまえ。君のような無神経な依頼人に事務所を荒らされると、仕事の能率が……」

と、そこまで口にして、私は事務所の様子に違和感を覚えた。何かがおかしい。そうだ、絨毯だ。軒下が事務所に来た時はいつも好き放題踏み荒らされていたのに、今は毛先が東側に揃っている。それだけではない。三秒遅れになっていたアンティーク柱時計も、電波時計と同じ時間を指している。まさか、軒下が調整したのか？

「その時計、あと十一時間三分で一秒ずれますよ。いい加減買い替えたほうがいいんじゃないですか？」

機島雄弁相手に数字でハッタリか。

「事件の日、虎門のスマホのアラームで目を覚ましたって話。あれ嘘なんです」

畳み掛けるじゃないか。

「本当に目を覚ましたのは、アラームよりもずっと後、二時十一分だったんです。それからすぐ通報して、現場から逃げました。でも警察の人に「現場を荒らさずソファーの下のスマートフォンを見つけられるはずがない。本当は犯行を見ていたんじゃないか」って詰め寄られて、つい」

「……正直、私も同じ質問をしたいがね」

「なんか、わかっちゃうんです。そういうの」

軒下はポケットから六面サイコロを取り出した。モノポリーについてくるような、粗雑な作りのものだ。

「これ振ってもらえませんか。数字当てます」

「私は忙しいんだが」

「外れたら、もう金輪際(こんりんざい)口出ししないので」

いかにも企みがありそうな提案だ。だが単に何も考えてない可能性もある。依頼人の性格を冷静に考えれば、後者の方が有力だ。

「いいだろう。自分でした約束は守りたまえよ」

サイコロが手を離れた瞬間。「6」と軒下は宣言した。サイコロは机の上で二度跳ねて、出目は6だった。予言通りだ。

「……運が良いね。被疑者のわりに」

「運じゃないんです。もう一度どうぞ」

訝(いぶか)しみながらも、私はリクエストに応えてやる。すると。

「1」「3」「3」「5」「4」「6」「2」

まるで見えない手に細工されたかのように、軒下の予測と出目が一致する。机に転がしても、床に落としても、壁に投げても、全て正解だ。

「頭が良いわけじゃないんです。ただわかるだけ。物がどう転がるかとか、ぶつかったらどうなるかとか」

　あり得ない。何かのトリックに決まっている。私はサイコロ代わりに手持ちのコインで試し、サイコロを二つに増やして試し、サイコロを蹴り、ゴミ箱に投げ込み……。そして、反証の手を失った。

「先生。十三年前の流星群の軌道予測コンペの話、してましたよね」

「……まさか、君」

「俺なんですよ。暗算で一位になった少年」

　得意風を吹かせるでもなく、むしろ恥ずかしそうに軒下は言った。

「褒められると思ったんです。有名人になれるって。でも、蓋を開けたら待っていたのは不正失格でした。そりゃそうですよね。プログラムも計算式も抜きで答えがわかるなんて言っても、誰も納得させられませんから」

　軒下は抑揚なく言った。

「それで塞ぎ込んでた時、虎門が約束してくれたんです。「お前の孤独を消してやる」って。俺の方が友達多かったんですけどね」

やや骨ばった手が震えている。親しい人物の死を実感するのは、怒りや興奮が抜けたあとだ。私にも経験はある。

「先生。今度こそ、納得いく結論を出したいんです。……手伝わせてもらえませんか」

私は眉間を揉んだ。

最悪だ。何度考えても、軒下の力を借りるのが最適解になってしまう。

協力の方針を決めた以上、完璧にこなすのが機島雄弁だ。

二十三時間座り続けられる人間工学デザインチェアーに、同セットの作業机。グラフィックに特化した高性能ゲーミングPCと、同時再生用に超解像度高FPSモニタ四枚。給水用のウォーターサーバーに、菓子のアソート。

あんぐりと口を開ける軒下の前で、ツナギの男達が秘密基地さながらの作業環境を組み上げていく。彼らは機島法律事務所の御用業者だ。彼らの裏帳簿を握ってからというもの、深夜の電話にも二つ返事で応えてくれる。PCのセットアップと必要ソフトのインストールを終えると、ツナギ男は帽子を床に叩きつけて帰っていった。

私は絨毯の毛先を爪先でそっと直し、帽子をゴミ箱に放り捨てた。

「作業スペースは自由につかってくれて構わない。システム関連のトラブルは私に連絡を。

仮眠用のベッドは第二打ち合わせ室だ。間違っても休憩室のは使うんじゃない」

「……これ一式でいくらしたんですか、先生」

軒下は恐る恐る聞いてきた。

「請求してもいいなら教えるよ」

「じゃあ結構です」

「手間賃込みで百六十万だ」

「結構って言ったのに！」

「君の薄っぺらな財布には期待しちゃいない。投資は結果で返してもらう。いいね」

そこからの軒下の集中力は、まぁ値段なりのものだった。モニタに齧りつき、水分補給の時すら目を離さない。モニタの中で友人がのたうち回って死ぬ様を、朝焼けの光が差し込んでもなお見つめ続けた。

柱時計がちょうど一秒遅れ始めた頃、彼は呟いた。

「……重すぎるんだ」

「見つけたのか」

ソファーから飛び上がった私に、軒下は動画の一部、フローリングを滑る花瓶の破片を拡大してみせた。

「この花瓶、絵付けされた部分がやけに重いんです。だからほら、こっちの破片、他の破片と衝突しても、あまり動いていないでしょう？」

スピンする花瓶の破片を指で追って説明されるが……正直、あまりピンとこない。

「質量に仕掛けがあると？」

「というより、材質ですね。絨毯は一部の毛が硬化していて、ピンボールみたいに睡眠薬を弾いてます。カーテンのシワも、よく見ると揺れ方が不自然です。こっちのグラス、ガラスにしては跳ね方が大き過ぎます」

軒下の目が、クローンバースに潜む微細な異常を次々と看破していく。一つ一つの影響はわずかだが、積み上がればその異様さの輪郭が摑めてくる。

「金属化してるんです。物体の一部だけ。たぶん、材質はアルミですね」

流石（さすが）は自称現代のミダス王。洒落の効いたトリックじゃないか。

「どうです？　井ノ上はクローンバース内の物質を金属化して、実験結果を改竄（かいざん）した。これで勝てますか？　いけますよね？」

軒下が身を乗り出して訴えてくる。目の輝きが鬱陶（うっとう）しい。

「いや、無理だね」

輝き鎮火。

「仕掛けの正体が摑めてない。クローンバースデイのエラーと主張されたら、振り出しに戻るだけだ」

「そんな……じゃあ、俺は一体どうすれば」

「そうだね、軒下君。とりあえずは……」

私は脱力する軒下の肩を叩き、

「帰りたまえ。用済みだ」

玄関先につまみだした。目を白黒させる彼に飲みかけのペットボトルやら菓子の空き袋を投げつける。我に返って扉に飛びついた時にはもう遅い。自動ドアの電源は切ってある。

ガラスの向こうで「ひどすぎる」だの「まだ納得が」だのと聞こえてくるが、知ったことか。本音を言えば、軒下のために経費を一銭でも使うのが耐えがたい。事務所前の酸素を許可なく吸わないでほしい。

思えば、とんだ貧乏くじを引いたものだ。軒下智紀の弁護を引き受けたのは失敗だった。事務所の敷居をまたがせたのも、電話を聞かれたのも、はみ出した時退廷させなかったのも失敗だ。最適からは程遠い、機島雄弁にあってはならないミスの連続だ。

だが。私は四枚のモニタ上で滑る、花瓶の破片を見つめた。

この仕事は正解だ。

6

二審二日目。決着の日だ。

この日、この東京高裁で殺人犯が確定する。軒下か。それとも井ノ上か。

再び証言台に立った井ノ上は、証言台で退屈そうに軽口を叩いた。

「あのさぁ。弁護士さんに検事さん。井ノ上の稼ぎと重要性ってのをわかってくれるとうれしいなぁ。この裁判はもうイノったんだよ。こうやって無駄な時間使わされるたび、刻一刻と手からイノベーションがすり抜けていくわけ。わかんないかな。この感覚」

AI裁判官に諭されても、余裕と自信に満ち溢れた態度を崩さない。彼にとって、この裁判はもはや消化試合なのだろう。

田淵検事からは、追加の見分結果の報告があった。

まず現場、虎門の自宅マンションにコピーカードで侵入可能かどうか。答えはイエス。

次に、軒下以外にマンション内で非常階段を使った者がいるかどうか。こちらはノー。

マンション最上階は密室であり、犯人は軒下と井ノ上の二択。前回の議論を肯定する結果だ。

その後、井ノ上のエンジニアスキルについて質問が続いた。この場合、無能を装うのが正解なのだが、井ノ上は自らの能力を誇示し続けた。そしてこう締めくくった。

「最後に、これだけ覚えておいてよ。マンションという密室。刺された虎門。被疑者は二人。迷宮入り確定の難事件。真犯人を見つけ出したのは、我が社のクローンバースデイ。井ノ上と虎門の新技術だ。——井ノ上、イノベーション」

予定調和と自己顕示の主尋問が終わる。

『弁護側、反対尋問はありますか？』

「もちろんですよ」

ＡＩ裁判官に促され、私は証言台の周囲で高級な靴音を立てる。反撃開始だ。

「素晴らしいコマーシャルでした。井ノ上さん。借金の額が社長の器だなんて話もありますが、優秀な経営者はピンチをチャンスに変える力があるのでしょうね」

「井ノ上がいつピンチになったって？」

「そりゃ、一審の判決が出た時でしょう」

井ノ上の眉が微かに動いたのを楽しみつつ、私は歩き回る。

「順を追ってお話ししましょう。数多（あまた）のイノベーター達の発明同様、あなたの犯罪計画はシンプルだ。被害者と軒下氏が酔いつぶれて寝静まったタイミングを見計らい、コピーカードで侵入する。虎門氏をナイフで刺殺し、軒下氏に罪を着せる。これだけです」

虎門の様子は隠しカメラなどで監視していたのだろうが、情報がないので口にはしない。

「しかし、あろうことか軒下氏は無罪になってしまった。機島雄弁という計算外が現れたことでね」

「自意識過剰な妄想だな」

「お言葉ですが、私の自意識はジャストフィットです。それはさておき、あなたは困った。警察はしつこいですからね。軒下君を挙げ損なったとなれば、躍起になって次のホシを探すでしょう。そこであなたは、ある技術で法廷をハックすることにした」

ここで一呼吸。観客の理解を待って、話を進める。

「それが、クローンバースによる再現実験です。あなたは自身に有利な結果が出るよう、仮想空間の現場に魔法をかけた。絨毯の毛、電源コードの一部、陶器の側面、カーテンの下部……。それらを金属化し、質量や硬度を変え、挙動を操ってみせたのです。かのミダス王のようにね」

「魔法？　金属化？　付き合ってられないね」

井ノ上が鼻を鳴らす。

「難癖と呼ぶにも雑な主張だ。百歩譲ってクローンした現場に何らかの不備があったとしても、それは鑑識のミスかクローンバースデイのバグで――」

「あ、結構です。そういう小賢しい予防線。もう証明出来ますので」

私は裁判資料の一枚を抜き取り、その場で折り紙を始めた。出来上がったのは、刃渡り二十センチの折り紙ナイフだ。

「裁判長。我々は仮想実地検証を申請します。内容は――」

AI裁判官の無機質なカメラが、じっと私を見つめている。マイクの感度を澄ませて、私の言葉の意図を摑もうとしている。人の争いを裁くためだけに生まれたAIは、不完全な知性を日々磨き続け、使命を全うしている。

それを欺く不届き者は、私一人で十分だ。

「折り紙包丁による、井ノ上氏の犯行の再現です」

「はぁ!?」

軒下の驚愕は、またたく間に法廷中に伝播した。裁判長がブザーで静粛を呼びかけても収まらない。私の繊細な聴覚によれば、このざわめきはクローンバースデイ登場より十デシベル高い。勝った。

「等倍速再生、一度きりで結構。電気代にもさほど影響しないでしょう。世界一地球に優しい殺人だ」

井ノ上がピンク髪をかき上げる。

「……弁護士さん。あんた自分が何言ったかわかってるのか？　その紙きれで、人を殺すって？」

「ご存知でしょう？　出来るって」

薄ら笑いの下、井ノ上は祈っている。この提案が自白を引き出すためのブラフであることを。魔法がまだ自分だけのものであることを。私は舌なめずりした。

田淵検事が腰を浮かして抗議する。

「却下を、裁判長！　審理の引き延ばしを目的とした無意味な実験です！」

「引き延ばしがお嫌でしたら……こうしましょうか」

さも今思いついた風に、私は言ってやる。

「もしこの折り紙で虎門氏を殺せなかったら、潔く有罪を受け入れますよ。軒下君が」

「ええ!?　ちょ、先生!?　そんな、どうして！」

軒下は立ち上がり、袖を摑んでくる。その瞳には驚愕と困惑、そしてわずかな恐怖が浮かんでいる。いい気味だ。私は余裕の笑みを返してやる。

「『何故、弁護士は依頼人を裏切ったのか？』……そう聞きたいのかね？」

数秒の睨み合い。やがて、軒下は手を離した。

『仮想実地検証を実施します。検察は折り紙ナイフの３Ｄモデルの作成を』

衆人環視の中、鑑識が折り紙ナイフを写真と３ＤＬｉＤＡＲでスキャンして取り込む。

そして、クローンバースディが仮想空間上の３Ｄモデルを作り上げる。

三面モニタに、ＣＧの現場が映し出される。

ＣＧ井ノ上が折り紙ナイフを腰だめに構える。助走をつけて、ＣＧ虎門に体当たりする。

二人が折り重なるようにガラス机に倒れ込む。そして。

「……血だ」

誰かが呟いた。虎門がもんどり打って転がる。血液がガラス机に尾を引き、絨毯に血溜まりがじわりとにじみ、広がっていく。

被害者の腹部には、深々と折り紙が刺さっていた。

どよめくオーディエンス。理解の追いつかない検察官と被告人。そこで見物していたまえ。この法廷で、私だけが一歩先の未来を知っている。この瞬間がたまらない。

「ど、どうして」

軒下が疑問詞だけを吐き出す。

「ト、トリックだ。その紙、本当は鉄で出来て……！」

　井ノ上の文句を先回りして、私は折り紙包丁を曲げてみせる。

『弁護人。ただいまの実験結果について、説明を求めます』

　ＡＩ裁判官が尋ねる。

『何故、折り紙が凶器の代わりを果たしたのですか』

「これを使ったのですよ。裁判長」

　私は五百ミリリットルサイズのスプレー缶を提出した。

「被害者と証人が昔販売していた、オービス避けスプレーです。人の目には無色透明。しかし赤外線には極めて高い反射率を誇る塗料だ」

　オービスの役目は二十四時間車を監視することだ。昼夜問わず同じ照明条件でナンバープレートを読み取るには、可視光は心もとない。そこで採用されるのが赤外線撮影で、それを妨害するのがこのスプレーというわけだ。

「先日の井ノ上氏の講義を思い出していただきましょう。仮想空間作成アプリ、クローンバースディの特色は、ＬｉＤＡＲの生情報も特徴量に含めて材質推定を行う点です。言い換えれば、赤外線反射率込みで被写体の材質を判定するということです。現実世界では単なるＡ４用紙でも、このスプレーをかけてやれば……」

　ここでタメ。たっぷり深呼吸二回分。聴衆がツバを飲む音が聞こえてから、

「クローンバースデイにとっては金属だ」

「い、異議あり！」

田淵検事が跳ねる勢いで挙手する。

「クローンバースデイの欠陥は認めます。しかし、証明手順の性格が悪すぎ……いえ！事件との関連性が不明瞭です！」

抗議というより、説明を求めているようだ。がっつきたい気持ちはわかるが、落ち着きたまえ。

「これこそミダス王の力の源なのですよ。証人は現場の各所に赤外線反射スプレーを吹きかけ、クローンバースデイに金属だと誤認識させた。それによって実験結果を書き換えたのです。事前に膨大なシミュレーションは必要ですが、彼には金も時間もありますから」

田淵はまず目を見開いて、次に金魚のように口をぱくつかせ、やがて顎に手を当てて考え込んだ。

「……現場を再調査します」

「どうぞどうぞ。証人の仮想マシン利用料を洗うのもオススメしましょう。どこを切っても、辿り着く結論は一つです。虎門氏を殺害したのは、井ノ上氏だ」

横目で軒下を窺うと、膝の上で拳を握りしめていた。今度こそ、私に叩きつける拳でなければいいが。

法廷が静まっていく。外気に触れたマグマが凝固していくように、皆が事実を飲み込み始めていく。勝負はついたのだ。

「……異議ありだ……」

唯一声をあげたのは、井ノ上だった。

「異議だ。田淵！ 実験をやめさせろ！」

井ノ上は髪を振り乱して叫ぶ。

「殺せなかったら有罪を受け入れる！ 弁護士はそう言った！ 虎門はまだ生きてる！」

言われてみれば、なるほど。モニタ上の虎門氏は、まだ腕を震わせている。虫の息まで嫌にリアルだ。

「サロンのプラチナ会員にしてやる！ 年会費無料だ！ おい、こっち見ろよ。わかってるのか？ 井ノ上が舞台を降りたらどうなる？ クローンバースの夢が消えるんだぞ？」

「まだ語るんですか、クローンバースを！」

我慢が効かなくなったのか、軒下が叫ぶ。

「クローンバースは虎門の夢だった。あなたが壊したんだ！」

「違ったんだよ、黙ってろよ、ついて来れない外野はさぁ！」

井ノ上は倍の声で怒鳴り返す。肩で息をしながら、ぽつりぽつりと話し始めた。

「誰もが自分の世界を持つ社会。……それが、虎門と井ノ上の夢のはずだった。ビジョンが曖昧だってのは百も承知だ。それでも、世界すら好きに選ぶ生き方って虎門の夢に、井ノ上は共鳴した。情報商材のピエロ役も、夢のためなら苦にならなかった」

そう語る顔には、いつもの人を喰った態度やむき出しのプライドは見られなかった。

「でもな、クローンバース関連の法制度の検討を始めてから、虎門の言動がズレだしたんだ。政府の陰謀、司法の裏取引、そんな事を平気で口にするようになった。スマホに真実を溜めてるとか言って、黒背景に白文字の動画を見せびらかしてきてさ。血の気が引いたよ。だから相棒として忠告したんだ。一旦離れてクールダウンしろって。そしたらあいつ、なんて答えたと思う？」

口の端を引（ひ）き攣（つ）らせ、井ノ上は言う。

「『十三年前の約束がある』だ。ビビったよ。あいつ、流星群軌道予測のチーターを信じてやがったんだ。頭の中に宇宙があるなんて与太話を本気で……！」

「それって」軒下が息を呑む。

「井ノ上の……俺の知っている虎門金満は唯一無二のオリジナルだった。誰かの書き込みを得意げに口にする連中とは違う。成功者を持ち上げて悦に入る雑魚（ざこ）とも、逆張り人形とも違う。自分の頭で考え抜いて納得するまで動かない奴だと思ってた。だが実態は違った。かかげた夢すら単なるクローンだった。だから、井ノ上は……いや」

すだれのようなピンクの長髪から、血走った目が被告人席に向く。軒下が身を震わす。

「俺じゃない。虎門を殺したのは……！」

私は咳払いした。

「あー。失礼。盛り上がっているところ水を差すようですが」

三面モニタを指差す。そこには、ピクリとも動かなくなったCGの遺体が転がっていた。

「死んじゃいましたよ。虎門氏」

「――――ぁぁあああああ！」

井ノ上がモニタに飛びつこうとして、法廷警備員に取り押さえられる。床に引き倒され、すだれのようなピンク髪の隙間から、モニタを見上げる。

「い、生きろ。生きかえってくれ！　頑張れ虎門！　俺のために生きろよ！　夢を返せよ！　俺は無罪になるべきなんだよ。志があるのは俺だけだ！　見ただろ、俺の法廷ハック！　他の誰にも出来やしない。俺だから出来たんだ！　俺を認めろよ！　最期ぐらい俺を見ろよ！　甦れ！　死ぬな！　死ぬな！　死ぬなァ！」

井ノ上は決壊した。ピンクの髪を掻きむしって崩れ落ちた。軒下と虎門への恨み言を交互に吐き捨てているようだが、どれも文法がめちゃくちゃだ。

すまないね。正義と倫理と道徳でもって説き伏せてやれれば良かったんだが、あいにくと持ち合わせがない。

量刑に違いはあっても、君と私は同じ穴のムジナだ。

君が塀の中に行くのは、罪を犯したからじゃあない。虎門と作り上げたという点に固執し、クローンバースデイの不完全性に縋(すが)ったからだ。自分の技術に嘘をついて勝てるほど、機島雄弁は甘くない。

要するに、井ノ上翔は最適ではなかった。それだけだ。

7

ヒッキー・フリーマンのスーツ　＋133
同ブランドのダークレッドのネクタイ　＋61
アレン・エドモンズの黒の六穴革靴　＋89
アップル社製タブレット　＋4

すらりと伸びた手足（身長百七十八センチ）　＋１３１
ジム通いで得た健康的な胸板　＋８８
適度に張った頬骨と高い鼻（整形済）　＋１４６
青色カラーコンタクト　＋３１
矯正＆ホワイトニング済の白い歯　＋８７
耳に残るバリトン声（再調整済）　＋１６４
ワックス輝くオールバック　＋４３
磨き抜かれた弁護士バッジ　＋１
合計９７８。
入り浸る元依頼人　−６００（目算）
合計３７８。

美しい事務所の美しい菓子器のえびせんべいを平らげ、指についた塩を舐めている元依頼人を見て、私はスマートフォンに手をかけた。
「警告しておくが、軒下君。私の心は通報に傾いている。用がないなら今すぐ帰ることをお薦めするね」

「お薦めありがとうございます。でもあるんですよ。用が」

「では、わけもなく帰ることをおすすめするね」

「一審、なんで無罪になったんです？　納得出来ないんですけど」

またその話か。ハッカー弁護士の秘密を知られているといえ、詳細な手口を教えるのはハイリスクだ。適当なカバーストーリーでも作ってやろう。……と思ったが、軒下が何処からか持ち込んだサバ缶を開けたので考えを改めた。一刻も早くお帰り願おう。

「〝虎門氏は自らバケツを蹴った〟」

「はい？」

顔に疑問符を浮かべる軒下に構わず、私は続ける。

「この質問で、私は虎門自殺説を認めさせたのだよ。君にも、検察にもね」

軒下は目をしばたたかせた。サバを食いながら。

「認めさせたって、いやいや。先生は僕に現場と凶器について質問しただけですよね？」

「〝人間には〟、そう聞こえただろうね」

頭の固い軒下君は他殺説を曲げようとしなかったし、検察が追認なんてするはずない。

「だが〝機械には〟違った。私は君を裏切った風な質問をしつつ、ＡＩ裁判官にだけ、全く別の証言を聞かせていたのだよ」

「……それが、バケツを蹴った？」

珍しく話がスムーズだ。存外やるじゃないか。ＤＨＡ。

「日本語では聞いたそのままの言葉だ。しかし、英語では死ぬことを意味する慣用句になる」

「な、なんで英語の慣用句が出てくるんです？　日本の裁判の話ですよね」

当然の疑問だ。

「簡単に言ってしまえば、ＡＩ裁判官がアメリカ人だからさ」

軒下は首を傾(かし)げた。

「ＡＩ裁判官は日本語を直接理解しているわけじゃあない。我々の言葉を英語翻訳して伝えているだけで、大半は米国判事ＡＩがそのまま流用されているのだよ」

「ど、どうしてそんな面倒な事するんです？」

理由はいくつでも挙げられる。判事ＡＩの詳細な情報共有にアメリカ司法省が難色を示したこと。判事ＡＩのベースとなった言語処理モデルである、XLGPNTv7の日本語版がまだ存在しないこと。

だが決定的なのは一つだ。

「法廷データの不足だよ」

日本の法廷は録画録音が禁止されている。だからこそ法廷画家という職業があるわけだ。証人のプライバシーを守り、萎縮させないための規則だが、ＡＩの学習には邪魔だった。データがなければＡＩは作れない。当たり前のことだ。

「判事ＡＩのローカライズを担当したのは富士東テックだが、実際のところ、大した事は出来なかった。ＡＩの根本には手を加えられないまま、翻訳ソフトと手続きの流れと条文コーパスとエンベデッドモデルだけ実装したのだ」

『既存のシステムはそのままにして、外側を機械学習してほしい』

そうした注文は意外と多い。Ａ社の不良品判定機のパラメータチューニングをＢ社が請け負う。Ａ社とＢ社の間にコミュニケーションはなく、全ての情報が入ってくるのは納入先のＣ社のみ。Ｃ社には機械学習屋がおらず、結果、各企業の部分最適化によるキメラが生まれるのだ。

富士東テックは日本語特有の表現の翻訳には気を配ったが、直訳時の英語表現には気が回らなかった。判事ＡＩ開発元のゴルーム社も、情報共有をしなかった。その結果がこの有様だ。

「君の〝虎門氏が自らバケツを蹴った〟という証言は、日本語では単なる事実の羅列でしかない。しかし、ＡＩ裁判官にとっては……」

「自殺の目撃証言……!?」

そういうことだ。他にも転移学習の問題などがあるのだが、これ以上は軒下も限界だろう。置いておく。

「ちょ、待ってくださいよ！ 機島先生。それって、ハッキングじゃないですか!?」

私の告白がよほど驚きだったのか、軒下が目を大きく見開く。……って、ん？

「そっちが待ちたまえ。何だね、その初耳のような反応は」

「初耳の反応ですよ！」

はい？

「ど、道理でおかしいと思ってたんですよ。いや、でもまさかそんな、裁判官を」

ふらつく頭を押さえ、自分の正気を確認するために、質問する。

「軒下君。君は私の秘密を聞いたのでは……？」

「だから言ったじゃないですか。何も聞いてないって」

「本当に何も聞いてない奴がそんな事言うものか！」

「言いますよ！」

言うか。まあ、言うな。論理的には間違っていない。軒下は事実をありのままに話しただけ。全て私の独り相撲。わかった。それでいい。

軒下は顎に手を当てて、うろうろと歩き回る。

「とんでもない人に弁護されちゃったな。善良な一市民としては、こんな悪徳弁護士が放置されているのは納得出来ない。かと言って恩人を警察にも突き出せないし」

「……百万でどうだね」

軒下は歩みを止めない。ろくろに乗っているように一箇所を回り続ける姿を見ていると、どうにもろくでもない予感がしてくる。

「今回の裁判みたいに、先生には手綱を握る人が必要かもしれません」

「二百万」

「ところで俺、前の会社クビになったんですけど」

「一千万！」

「雇ってもらえません？」

私は崩れ落ちた。

Case 2　考える足の殺人

機島法律事務所所訓

第一条：自分に勝つより裁判に勝て
第二条：データなくして戦略なし
第三条：立っているものは親でも使え。座っていたら立たせて使え
第四条：誠意を見せて利用しろ
第五条：営利目的忘れるな

二〇××年四月一日　制定
同七日　クレームによりＨＰから削除

1

早朝五時半。私は地上六階の冷えた窓のブラインドを右手の指でこじ開けて、その隙間に二本目の右手に持ったスマートフォンのカメラを向けた。三本目の右手で拡大率を上げ、寂れた駅のホームを映す。

その医師は始発電車を待ちながら、電話を耳につけていた。聞こえてはいるらしい。

私は左手側のスマートフォンに向けて言った。

「念の為、忠告しておきますが。夜勤明けで耳が遠い、などというつまらない言い訳はさせませんよ。大槻(おおつき)さん」

『……本気で、身内相手に裁判なんて起こすの。千手(せんじゅ)先生』

ふと思う。大槻が私を先生呼びするようになったのは、一体いつからだったか。私が新米だったころは、院長と紛らわしいからと下の名前で呼ばれていた。今の彼女は、立場の違いを自覚できているはず。私は千手病院に勤める医師で、脳波義肢開発課の課長。彼女の直属の上司。病院の親会社にあたる千手電子の直系で、血統書付きのエリート。そして。

「千手脳波義肢とポストヒューマン（新型人類）の名に傷をつけるわけにはいきませんから」

私は二本目の左手で自らの肩を撫でた。肩甲骨から伸びる、細く白く、そして硬い十本の腕……。ニューロフィードバック義肢。この私が作り上げた、脳波を読み取って動く義手。真の意味で思うがままに動く腕。この私が生み出した、遺伝子に頼らない進化の形。

次なる人類を決めるのは私。誰にも邪魔させない。たとえ、大槻先輩であっても。

「これ以上、無許可で治験を継続するようでしたら、被害者たちと集団訴訟を行います」

大槻が電話から口を離して、深呼吸しているのが見えた。自分の患者を被害者呼びされたのが気に食わないのでしょう？　知っています。

『……ねえ。千手のお姫様。あなたの開発した千手脳波義肢の性能も、トレーニング法も素晴らしい。それはみんな認めてる。でも、まだ不足なの！　条件反射に対応出来ないままじゃ、いつ次の怪我人が出てもおかしくない』

「現行モデルの不足があったとしても、錦野（にしきの）パッチに例の問題がつきまとう以上、解決手段としては使えません」

『問題って、オカルトマニアが騒いでたあれのこと？　冗談やめて。問題点を洗い出したいのなら、科学に則りなさいよ。治験中止を取り下げて！』

「わたくし、あなたのことも心配しているのですけれど」

電話口から大きな音がした。大槻が足元に転がっていた空き缶を踏み潰したみたい。わかっているでしょう？　そうやって感情のままに動けるのも、私のおかげ。大槻の両足も、私が与えた千手義肢なのだから。

『もういい。あんたがどんな与太話を吹聴しようと、この足で錦野パッチの安全性を証明してみせるから』

「わたくしの言うことが聞けないと？」

『そういうことよ。わかんなかった？』

そう。……わかりました。そちらを選ぶのね。通話の向こうから発着メロディとアナウンスが聞こえる。残念だけれど、時間切れ。

さようなら。大槻先輩。

『え……――』

何の前触れもなく、大槻は跳躍した。夜勤明けとは思えない、お手本のような垂直跳び。一回、二回。肩提げバッグを落としてしまっても、まだ続ける。

カメラ越しでは表情までわからないけれど、きっと、困惑で目を見開いている。だって、その跳躍は彼女の意志ではないのだから。でも、全ては彼女が選んだこと。

三回目の着地と同時に、彼女は右足から走り出した。真っ直ぐに、線路の方に。ベンチを飛び越え、その先へ。

急行のライトに照らされながら、彼女は白線を踏み超えた。

——だから言ったでしょう。その義足には魂が宿るって。

2

思い出すのも腹が立つが、ことの始まりは事務所に届いた一通のメールだった。

From：NK
件名：助けて。５０万円
本文：つかまった。５０万円

意味不明な件名。簡潔すぎる本文。安い弁護料。最初はよくある嫌がらせに見えた。

この私、機島雄弁はただの弁護士じゃあない。ＡＩ裁判官時代を生きる絶対勝訴のシステムだ。法廷戦術から言葉選び、仕草や顔形に至るまで、ＡＩ裁判官の評価値稼ぎに特化している。出る杭は打たれる法則で、この手の依頼風スパムが送りつけられるのは珍しくない。

しかし、From欄のアドレスを見て間違いに気付いた。差出人が〝あの〟錦野翠博士だったからだ。

いつもなら一笑に付してゴミ箱に放り込むメールでも、錦野博士直々の依頼となれば話は別だ。

私は爆笑してからゴミ箱に放り込んだ。

ここまではいい。しかし、話はこれで終わらなかった。一時間後に二通のメールが届いたのだ。

From：N子
件名：逮捕だ。５０万！
本文：檻から出してよ。５０万円

From：ＮＮＫＫ
件名：おいでやす留置場
本文：５０万円あげるからさ

私は失笑してから、最初のメールを含めた三通をスパムに登録し、全てのアドレスをブロックした。

するといち時間後、今度は四通のメールが届いた。アドレスも件名も本文も先程と違ったので、スパムフィルタをくぐり抜けたようだ。けれど、内容は同じだった。

私はスパム登録を増やし、ＮＧワードを追加して帰宅した。


翌朝、メールのことなどすっかり忘れて出勤した私を待ち受けていたのは、世にもおぞましいメールの雪崩(なだれ)だった。別のアドレスから、別の件名で、全く同じ内容のメールが、無数に並んでいた。

見ると、帰宅後から一時間おきに二倍の量のメールが届いていた。八通、十六通、三十二通、六十四通、百二十八通、二百五十六通、五百十二通、千二十四通……。

どれだけスパム登録しても、自動NGワード登録スクリプトを組んでも、きっちり倍の数が届き続ける。五十万をNGワードにすれば四十五万に値切ってくる。万や円をNGにすればUSドルに換算してくる。

メールボックスの容量上限の警告が来る頃には、流石の私もスケジュール表に面会予定を入れていた。

換気が悪いのか、警察署の面会室はどうも湿気た臭いがして、呼吸のたびに健康を吸い出される気分になる。それでも、私は三回深呼吸するまで会話を始められなかった。

「念の為、確認するんだが」

外に聞こえないギリギリの声色（こわいろ）を意識しつつ、強化ガラスの先の女……錦野翠博士を睨む。

久しぶりに会ったが、相変わらず何故か絵になる容姿だ。

色素の薄い肌に、ほっそりした手足。それらは単に引きこもりと「食べたくなった時食べる」という雑な食習慣の結果なのだが、サマになっている。睡眠時間が不規則なわりに髪もつややかでまとまっている。ともすれば近寄りがたい冷たさを感じさせる顔立ちだが、表情にはやや幼さが見える。

要するに不摂生なギークそのものなのだが、自然体で何となく雰囲気が出ている。結局、目の力なんだろう。ぱっちりとして、無駄に知性を感じさせる目が全体をまとめている。

日に一時間半は鏡に向かっている身からすると、癪に障る顔だ。

「我々の関係が表沙汰になるのは、あまり愉快なことじゃあない。それはわかっているんだろうね？」

それに対し、強化ガラスの先の女……錦野博士は、あどけなく微笑んだ。

「愉快じゃないのに、来てくれたんだ。優しいとこあるじゃん」

「どの口が……！」

つい身を乗り出してしまい、ガラスに額を打ちつける。

「うわ、すっごい音」

一ミリも悪びれず、カラカラと笑う錦野。

どうにもふやけた雰囲気だが、騙されてはいけない。

錦野博士はフリーランスのエンジニアで、クラッカー寄りのハッカーだ。独自の情報網と監視網を持つ事情通で、最高裁判所事務総局情報政策課直轄のＡＩ裁判官運営組織にも、独自のソースを持っている。

彼女がもたらすデータを吸わなければ、ハッカー弁護士というシステムは窒息してしまう。さしずめ、錦野はハッカー弁護士の肺といったところだ。

「随分、効いたみたいじゃん。私のメール魔法」

「あんな程度の低い嫌がらせで、魔法を名乗らないでもらいたいね」

魔法とは、機島雄弁の法廷魔術のような華麗なものを指すのだ。

「え。大口。そこまで言うからには、わかってるんだよね。中身」

錦野は唇を舐めた。

「単にプログラムで作文して、ｂｏｔネットからメールで送ってきただけだろう」

「作文って、具体的には？」

「ＳＶＯのはっきりしない文体からして、XLGPNTv7に代表される大掛かりな言語処理モデルではないだろうね。君の口語調のテンプレートを過去のメール文を参照しつつ、ランダムな変換をかけている。古いチャットボット系モデルの改変じゃないか」

「留置場から送信命令出せたのは？」

「ただのハートビート」

一定時間ログインがなければ、迷惑メールを送りつける仕掛けだ。

どうだね。私にかかれば、魔法の解体など造作もないのだ。

錦野はさも感慨深そうに頷いてから、こう言った。

「そこまで気付けて、出来なかったんだ。対策」

……やかましい。

「私なら、概念フィルタモデル学習させるけど。データは勝手に送られてくるんだし」

しまった！　その手が。ガラスの向こうで錦野がニヤついている。私のプライドが同じ対策を許さないと知っているのだ。

錦野が下を指差す。テーブルの下に付箋が貼り付けられていた。そこにはランダムな文字列とＵＲＬが書かれていた。

「今の話面白かったから、ご褒美。これ返信すれば止まるから」

ランダムな文字列が停止用パスワードなのだろう。その下にあるのは、Ｇｉｔのリポジトリか。これ公開しているのか。

「………………あのー、すいません。そろそろ自己紹介いいですか？」

とぼけた空気に脱力していたところ、これまで黙っていた小柄な青年が手を挙げた。

「誰、この人」

錦野は青年を睨む。ずっと私の隣に座っていたのだから、気付いていないわけがないだろうに。

「軒下智紀っていいます。以前の事件で機島先生に助けてもらって、今は機島法律事務所のパラリーガルやってます。どうぞよろしく」

　パラリーガルとは、弁護士の指示に従って法律事務業務を補佐する職業だ。契約書等の文書作成や調査の代行等が主な役割になる。わが国では一般的なスタッフとの線引きが曖昧だが、アメリカでは州によっては資格が必要になることもある。

「パラリーガルって、法律知ってるの、君」

「人の物は盗んじゃいけないと思いますね」

「ただの道徳じゃん。それ」

「得意科目です」

　軒下が胸を張る。道徳を得意科目と言う奴初めて見た。

　錦野が冷ややかな目でこちらを睨む。

「機島くん、こんなの雇ったの？」

「あくまで、試用期間中さ。正式採用じゃない」

　言いたいことはわかっている。どうしてこんな奴にハッカー弁護士の秘密を漏らしたのか、だろう？　説明はしないが、一割ぐらいは君のせいでもあるんだぞ。

　私は咳払いして、話を戻した。

「そんな事より、早く本題に入ってくれないか。君と違って暇じゃあないんでね」

錦野はしばらく不服そうに口をとがらせていたが、やがて唇の筋肉が疲れたのか、ボソボソと事件のあらましを話し始めた。

今月三日、ある医師が急行電車に飛び込んだ。

被害者は千手病院に勤める若手医師の大槻水琴。三十三歳。脳波義肢の治験とリハビリに従事していた。彼女自身幼い頃の事故で両足を失っており、千手の脳波義足のユーザーでもあった。

かなりのオーバーワークだったようで、残業時間は過労死ラインを超え、職場の人間関係も悪化していた。その上事件の直前まで上司と電話で口論していた。

これだけの材料がそろっていながら、警察は自殺の可能性を否定。義足の暴走と断定した。

判断の決め手になったのは、監視カメラに残された〝自分の足に抵抗する〟被害者の姿。

そして以前から囁かれていた、とある噂。

「千手の新型脳波義肢には、魂が宿る——だってさ」

錦野は他人事感丸出しでそう言った。

「いやいや、オカルトじゃないんだから」

軒下が彼にしてはまっとうなツッコミをする。

「義足の人なんて、今どき珍しくもないでしょう。最近じゃもう、お年寄り以外車椅子の人の方がレアじゃないですか」

脳波義肢の登場は従来の義肢市場を大きく開拓した。近年登場した千手の脳波義肢は、脳波測定器の大幅な小型化に成功し、CM戦略も相まって一種のブームを引き起こした。義肢に求められる最高の要素とは、やはり考えた通りに動くということなのだろう。

「都会に行けばいくらでも千手印の義足が見られるのに、今更魂がどうって言われても」

「違う。旧型でしょ。それ」

錦野が素っ気なく言う。

「噂の新型脳波義肢は、販売中のモデルとは違うという事かね」

私が尋ねると、錦野は頷いた。

「見た目は変わらないけど、新しいんだ。AI（なかみ）が」

AIが噂の元凶か。

「治験でさ、問題出てたんだよね。喉が渇いたなと思ったら、義手がコップをとっていた、とか。気付かない間に、水たまりを飛び越えていた、とか。勝手に手すりに摑まって、離れなくなった、とかとか」

「あ、最後のやつ見たことあるかもしれません」

そう言って、軒下はスマホで動画を見せてきた。

ガラガラの電車内で、エイのような僧帽筋の大男が細い義手で手すりに掴まっている。落ち着いた様子で、カメラの方を見てもいない。なんてことはない電車に乗った義手マッチョなわけだが、動画の五秒あたり、次の駅のアナウンスがあった直後に異変が生じる。

大男が扉側に歩き出そうとして、眉をひそめる。振り返って、手すりを握り続ける義手を見つめる。肩の筋肉を隆起させ、体を震わせたあと、首を傾げて生身の左腕で義手に触りだす。

義手が手すりを離さないのだ。肘が伸び切るまで引っ張っても、腕をねじっても離さない。指を広げさせようとしても、義手はより強くポールを握りしめるばかり。男は二の腕の非常ボタンらしきものを連打したが、それでも無理。

自分の腕に悪戦苦闘するマッチョをしばらく映したあと、次の駅でドアが開いて車内に入ってきた乗客のぎょっとした顔で動画は終わる。

「確かに、こう見ると〝義手に意思が宿った〟って言われてもわかるような」

軒下が能天気に言う。

「一体誰がアップしたんだね。こんな動画」

「元ツイートによれば、偶然乗り合わせた人だそうですよ。フェイク動画かどうかで論争になったんですが、別の乗客も事件の様子を撮っていたので本物確定したんです」

偶然、ね。私は記憶野にメモを挟んだ。

「で、錦野君はその新型脳波義肢の開発に関わっていたのか？」

「そうっぽいね。なんか」

組織への帰属意識皆無のふわっとした返答だ。

錦野が言うには、彼女は元々フリーランスのサーバーサイドエンジニアとして千手メディカルと年契約を結んでいたらしい。しかし、とある医師にＡＩエンジニアとしての腕を見込まれ、共同で千手義肢ＡＩの反応速度向上パッチを開発したそうだ。事件を引き起こしたのは、そのパッチだった。

「共同開発者の名前は？」

「大槻水琴」

被害者じゃないか。

「なんですかそれ。俺、納得いかないんですけど」

軒下が憤る。

「無事故に越したことはないですが、それも含めて治験でしょう？　開発者を逮捕なんておかしいですよ」

その通りだ。その通りだが、軒下と同調は出来ない。どうせ、錦野が何かやらかしたに決まっているからだ。錦野はしばらく押し黙っていたが、私が目で促すと、渋々答えた。

「……中止になってたんだよね。治験」

二ヶ月前、先程の電車マッチョ動画の影響で千手メディカルに多数の抗議が寄せられた。世間の目と患者の不安を重くみた役員は、治験の打ち切りを決断。参加していた患者たちは元のバージョンの義肢に段階的にダウングレードすることになった。

そんな中、中止の決定に不満を抱き、最後まで粘ったのが被害者と錦野だった。二人はテスト用義肢の安全性を証明しようと、被害者自身の義足を使って実験を続けた。

その挙げ句が今回の悲劇だ。

「……錦野君。こんな事は言いたくないんだが」

「じゃあいいよ。言わないで」

「百パーセント自業自得では？」

「めっちゃ言うじゃん」

言いたかった。

「何故打ち切られた治験を独断で継続したんだね！」

「聞いたらダメって言われそうだし」

私は眉間を揉んだ。ダメなら、ダメだろ。

「つまり、なんだ。まとめるとこういうことか？」

「打ち切られた治験を勝手に続けたら人が死んだので無罪にしてくれ。弁護料五十万で、あの千手を敵に回して」

「好感度、上がるよ。私の」

私は眉間を揉みに揉んだ。シワが固まってしまいそうだ。裁判官の評価に響く。

千手病院、千手メディカルの親会社である千手電子は、日本でその名を知らないものはいない大企業だ。ゴールデンタイムにテレビをつければ、どこかのチャンネルで必ずその名前とスローガンを聞かされる。

その千手は今、今回の刑事訴追とは別に民事で錦野を契約違反で提訴しようとしている。日本を代表する上場企業と、一介のフリーランス。どちらにつけば得かは、火を見るより明らかだ。

私は手帳の一ページを開いて、強化ガラスの向こうに見せた。

「なにこれ」

「よその弁護士事務所の電話番号だよ。まぁ、そこそこに良心的な商売をしている」

私には劣るが、この程度の案件なら十分だろう。私には劣るが。

「覚えたね？　くれぐれも私からの紹介だともらさないように。……さて、帰るぞ。軒下君」

「い、いいんですか？　先生」

いいに決まっている。これが全体最適な選択だ。私が弁護を外れることによる勝率の低下よりも、我々の関係が明るみに出る危険性の方がはるかに深刻だ。

「私は業務妨害の抗議に来たのだよ。仕事を請けるためじゃない。留置場に足を運んだだけでも大サービスさ」

「見捨てるんだ。私のこと」

批難と冷笑の入り混じった声で、錦野は言った。

なんとでも言いたまえ。お互い、掘れば手が後ろに回る身の上だ。もたもたと鞄に筆箱を押し込む軒下を置いて、私はドアノブに手をかけ、面会室から……。

「欲しいよね。『あかさたな』の新情報」

錦野の一言が、私の手を止めた。言葉が時間をピン留めしたような感覚だった。

「止まっちゃうんだ。やっぱり」

振り返ると、錦野は爪をいじっていた。

「……何か摑んだのか」

「おー、食いつくね。単なる乱数のいたずらだって思っとけばいいのに」

「答えてもらう。『あかさたな』の手がかりを見つけたのか？」

「正しくは、見つける途中？　アキバで中古の外付けハードディスク買ってさ。入ってそうなんだよね。なんか」

「なんかとは、何だね」

「わからん。サルベージしなきゃ」

錦野は強化ガラスの穴を指でなぞり始めた。手がかりが欲しければここから出せと、そういうことか。

私は席に戻った。目を合わせようとしない錦野に、契約条件を確認する。

「弁護料五十万。実費は別。新情報は余さず渡してもらう。それでいいね」

3

二日後、私と軒下は事件現場となった小畑急線千手病院前駅に降りた。

ざらついたホームと雨漏りする屋根がかろうじてあるだけの、簡素な駅だ。

ガラス張りの待合室には千手電子のエアコン。そこから少し離れて千手電子の浄水器、天井の虫除け器まで、どこを向いても千手製品だ。

　壁のないホームから小高い丘を見上げると、千手病院が鎮座している。そして、麓には寂れた商店街。化石のような千手電子直営の電気屋が残っている。

　ここは千手電子と子会社千手メディカルの植民地だ。病院を中心とした城下町。それもとりわけ活気のないやつだ。千手が消えたら街も消える。そんな空気が漂っていた。

「で、そろそろ教えてくれませんか？　『あかさたな』のこと」

　線路を覗き込みながら、軒下が聞いてくる。

「もう何回も聞いただろう」

「答えてくれなかったじゃないですか」

　答えたくないからね。

「あの様子だと、弁護の動機は『あかさたな』ですよね？　中古のハードディスクに手がかりがあるかも、なんて曖昧な話で食いつきましたし」

「そういう名前の絵画があるのだよ。オークションに出れば四桁万は下らない名品だ」

「騙されませんよ」

　軒下が持ち場を放棄して顔を上げる。

「ググって出てこない絵に四桁万はつかないでしょ。中古のハードディスクで手がかりを探すぐらいですから、錦野さん的にも重要なものですよね。あの人、美術が趣味には見えませんよ」

軒下め、そういう所は嫌に目ざといな。

「先生、あの人とどういう関係なんです？」

「情報の仕入先」

「だけじゃないですよね。IT技術の師匠とか？　昔二人で霞が関をハッキングしたとか。巨額詐欺を働いたとか。付き合ってた……は、ないか……」

気色悪い事を言わないでもらおうか。二百万は取れるハラスメントだぞ。

「先生、AI裁判官のバグを見つけても、一回利用したら匿名で通報してますよね。あれもなんか関係あります？　まだ悪どい話隠してたりしないですよね？　俺だって事務所の一員で……」

ええい鬱陶しい。次の質問を繰り出そうとする軒下に、私は先手を打った。

「機島法律事務所所訓第二条」

「な、なんですかいきなり。人が質問してるときに」

「第二条だ」

「データなくして戦略なし……でしたっけ」

「その通り。君には弁護方針を決める重要なステップを任せているわけだ。大役過ぎて務まらないと泣き言を言うのなら、代わりに〝極めて価値のない雑務〟をくれてやるが、どうかな」

「……ちなみに、その雑務ってどんなのです？」

「そうだね。あー……。そこの虫除け器が穀潰しの金食い虫に対応してないか調べてもらおうか」

「……わかりましたよ。ちゃんと働きますよ」

軒下は不承不承、また線路の観察に戻った。

「で、現場の状態はどうかな。なんとか義足以外の犯人を用意できないか？　突き落としとか」

被害者が走り始めたのは、監視カメラの陰だ。誰かに突き落とされた可能性を示唆出来るなら、楽になるのだが。

軒下は舐めるようにホームと線路を見渡してから、現場から少し離れた。

右手の人差し指と中指で二本足を作ってホームにかざし、左目を瞑ってその動きを観察し始めた。仮想の現場で、仮想の指人間を走らせているのだろうか。数回繰り返すと、軒下は断言した。

「突き落としはないですね。飛び降りです」

スローモーションで指人間の足を動かしながら、軒下は続ける。

「二、三回ジャンプして弾みをつけて、右足から走り始めてます。ベンチを飛び越えて、三歩目で白線を踏んでジャンプ」

指人間が飛んで、放物線を描いて落下する。

「線路への着地とほぼ同時に轢(ひ)かれたみたいです。向かいのホームの下、ちょっと背の高い雑草の根元に石転がってますよね。あれ、その時弾かれたやつです」

使った足まで断言するのか。私は驚きを通り越して呆れた。

軒下にはある特殊な感覚が備わっていた。人間物理シミュレーターとでも言うのだろうか。ある時点での物体の状態を与えられれば、それがどう動くかを脳内で正確に再現できる。マクロ物理はサイコロを振らない、というのを地で行く感覚だ。

もちろん、科学に準ずる文明人として、彼の能力を信じたわけではない。信じたわけではないが……。とりあえず、突き落とし犯を捜すのはやめておこう。

顎を撫でつつ唸っていると、軒下が不安そうに聞いてきた。

「やっぱり、結構無茶な依頼なんですか？」

「いいや、楽勝だよ」

「え？　でも、義肢に意思があるかどうかって、証明難しくないですか。脳波の時点で何でもアリな感じがしますし」

私は嘆息した。

「軒下君。たとえば、今から一ミリ秒ごとに君の記憶を消すとしよう」

「パワハラですか？」

弁護士にそんなパワーはない。

「その時、君はどうする？」

「先生を倒します」

「無理だね。君にはそれを思いつくだけの時間がないのだから。脳波義肢もそれと同じさ。記憶という機能が実装されていないんだ」

千手の脳波義肢の認識技術は、確かに高度な知的処理ではある。複数センサーの情報統合による脳波の三次元的な再現。そしてその波形認識。しかし、あくまで〝認識〟だ。〝判断〟ではない。

「意識の必要条件は記憶と時間軸だ。脳波義肢は一瞬一瞬の脳電位を計測し、認識結果に合わせて動いているだけ。スマホの音声認識に意思が宿ると思うかい？」

「ヘイ、Suri。意思宿ってる？」

スマホに聞くな。

『宿っていません』

答えるな。

「ホントだ」

真に受けるな。

「そもそも、君は刑事裁判を勘違いしている。疑わしきは被告人の利益に。証明責任があるのは検察さ。義足に意識なんて無茶な理屈を立てた時点で、九割九分こちらの勝ちは決まったようなものだよ」

「でも、残りの一分が許せないと」

「その通り。万が一検察が本気でその無理を立証してきたら、こっちには対抗手段がまるでない」

千手メディカルは対外的な技術発表をしない企業文化だ。論文数がかなり少ない。なんとか手に入れた社内技術報告書を読んでみても……。はっきり言って頭が痛くなるだけだった。医学用語と義肢用語、社内用語が入り乱れ、もはや暗号だ。機械翻訳が効く分、古代エジプト語の方がまだわかりやすい。千手相手では医療系の専門家の助力を得るのも難しい。

「オカルトの立証ですか。まぁ、千手にはあの〝ポストヒューマン〟がいますしね……」

軒下が気にしているのは、自称ポストヒューマン千手樟葉(くずは)のことだ。千手グループの広告塔であり技術者で、従来の義肢の概念を拡張し、ファッションやライフスタイル、進化の形としての脳波義肢を提唱している。脳波義手十本を自在に操る姿は、一度見たら忘れられないインパクトがある。

正直、読めない相手だ。あれとオカルト話に花を咲かせるのは勘弁願いたい。

「今からでも、脳波の誤認識あたりを争点にしてほしいね」

「でも、先生。被害者はベンチを飛び越えてるんですよ。義足のＡＩのミスだけじゃ説明がつきませんよ」

その通りだ。千手の脳波義足にはカメラはついていない。単なるエラーなら、ベンチにぶつかって転んでいたはずだ。

「だったら、ハッキングのセンで」

「でも錦野さんも、「義足のハッキング？　ナイんじゃない」って言ってましたし」

千手の脳波義肢はスタンドアローンにこだわっていて、専用の変換コネクタがなければＬＡＮどころかＵＳＢすら繋げない。義肢が外部機器に接続するのは、病院でログの巻取りとモデルの更新を行う時だけだ。リアルタイムなリモコン操作はまず不可能だ。

もちろん、そこにマルウェアを植え付ける方法もないわけではないだろうが……。被害者の義足は警察によって回収され、調査されている。不審なプログラムの痕跡は見当たらなかったらしい。

錦野のお墨付きだ。ハッキングはないのだろう。

「……プランAが恋しいな」

プランA。死人に口なし作戦だ。

『錦野はパッチの開発に携わっただけで、治験の継続は関知しなかった。全ては被害者の独断専行だ』という主張である。

幸い、錦野達には非正規活動の自覚があり、メール等の証拠を残さなかった。検察側は証人を立てて攻めてくるだろうが、候補は限られるし、どうとでも料理出来る。経費の水増し精算を指摘してやるでも、不倫の証拠を押さえてやるでもいい。証言台に立たれても、AI裁判官の好感度勝負で負けることはない。

これなら、面倒な義足の魂議論は必要ない。最短最適で無罪判決だ。

「先生。一昨日も言いましたけれど。それじゃ錦野さんが殺人義足の製作者にされちゃうじゃないですか」

「望むところだが？」

「望まないでください。俺だって、先生の説が疑いようなく事実なら受け入れますよ。でも自分でも信じてないですよね」

「信じてなくても勝てるからね」

軒下はこれ見よがしにため息をついた。アメリカのドラマか。

「繰り返すんですか？　一昨日の議論」

「あれは議論じゃない。脅迫だよ」

思い返すだけで腹が立つ。私は理路整然と勝率と金の話をしていたのに、軒下ときたらやれ「錦野の将来」だの「脳波義肢の未来」だの「被害者の無念」だの、一円にもならない事を並べ立て、挙げ句の果てには錦野のｂｏｔにメールを出すと脅してきたのだ。

「楽な方に流れなくたって、先生なら勝てますよ。俺も協力しますから」

何が協力だ。既にハンデだろう。

私は軒下よりもさらにオーバーにため息をついてみせた。

所々雑草に食い破られたアスファルトの坂を登ると、千手病院は目の前だ。

受付を済ませ、機械義肢専門の南棟へ向かう。病院全体の古臭さとは打って変わって、この南棟だけ小綺麗で真新しい。築十年でありながら、他の棟そっちのけで改装工事を繰り返した様子で、その儲かりようが窺える。

目的地は一階の大型リハビリホールだ。廊下を抜け、すりガラスの自動ドアをくぐる。

「なんですここ。スポーツジム？」

軒下が目を丸くする。私も呆気にとられた。

ネットで事前に調べてはいた。ここは国内最大規模の義肢用リハビリ施設で、単体で地方の総合病院クラスの規模があり、患者数も多い。その気になれば、大抵のスポーツの世界大会が開けそうな設備が揃っている。

予想外だったのは規模ではなく、その熱気だ。

ランニングマシンで汗を流す者。外部のトレーナーらしき人物からヨガを教わっている者。フィットネスボクシングを行う者。一部、看護師の介助を得ながら積み木を触っている者もいるが、大半は見ているだけで脇腹が痛みそうなハードトレーニングをこなしている。

まあいい。多少面食らったが、仕事は変わらない。私はネクタイを締め直し、櫛で髪を整えた。

「軒下君。証人探しに最も大事なものが何か、知っているかね」

「え？　えーと……。下準備とか？　ネットで好みを調べたり……」

「誠実さだよ」

軒下は一度眉をひそめて、目を擦って、耳を引っ張ってから、頬をつねった。

「パードゥン？」

「忠告しておくが、私なら今の精神的苦痛で七十万は賠償させられる」

「いやでも先生、いつも無自覚に人を煽って怒らせてません？」

「失敬だな。自覚があるから楽しいんじゃないか」

「誠実ってググっていいですか？」

私はスルーした。

「弁護士には捜査権がない。証言は相手の善意に頼って引き出さないといけない」

そして非常に厳しいことに、この国では証人を金で雇ってはいけないことになっている。

「となると、重要なのは好感度さ。だから所訓にも誠意の二文字を入れたのさ」

「機島法律事務所所訓第四条ですっけ。確か、誠意を見せて利用しろ……」

軒下は首を傾げた。

「利用って言ってません？」

「ほら、そこの鏡の前を見たまえ。例のマッチョがいるだろう」

筋肉質な大男だ。ショベルカーのような左腕と、白くか細い義手の右腕。エイのような僧帽筋が、顔よりもアイデンティティを主張している。男は三十キロと書かれた巨大なダンベルを上下させながら、荒い鼻息を漏らしている。

「手すりが離せなくて電車を降りられなくなった人ですか。古茂田(こもだ)さんでしたっけ」

「古茂田明男(あきお)。四十二歳。千手義肢ユーザーで、この病院の設備管理担当だ。治験中止の元凶とも言える重要な人物だね」

千手病院は職員に勤務時間中のリハビリを認めていて、古茂田は毎日この時間帯に施設を利用している。事前調査通りだ。

「古茂田を味方として証言台に立たせること。彼からサーバールームの日替わりパスコードを聞き出すこと。この二つが勝訴への第一歩だ」

「じゃあ、俺が役に立ったら『あかさたな』を」

「ちなみに、古茂田は錦野パッチ被害者の会の一員だ。錦野君に集団訴訟を起こしている」

「一歩目で敗訴確定じゃないですか」

甘いな。そこで引くようじゃ、常勝弁護士は名乗れない。

「だから誠意だよ。対立状態の相手には、半端な威圧や脅しは逆効果だ。誠実さを見せて信用を勝ち取る。ストレートが最短のルートなのさ」

「こんなにストレートに受け取れない言葉初めてです」

好きに言えばいい。黙って見ていたまえ。プロ級の誠実というものを。

私は古茂田氏の斜め後ろから、警戒されない程度の速度で近づき、計算ずくのにこやかさで声をかける。

「失礼。古茂田さんでよろしいですか？」

「ん？　そうだが。あんたどこの人？　保険のセールス？」

部外者を怪しむ古茂田に、すかさず名刺を差し出す。ポイントは、差し出すだけで渡さないこと。事務所名を親指で隠すこと。

「弁護士の機島と申します。あの錦野とかいうエセ天然女に一泡吹かせてやりたいと思っておりまして」

「おお！　例の集団訴訟の弁護士さんか」

古茂田がぐっと顔を綻(ほころ)ばせる。その頬に浮かんだ凹みは、えくぼと呼ぶにはあまりに筋肉質だ。

「はい。例の裁判の弁護士です」

「出来そうな人じゃあないか。あの女が破産するまでふんだくってやってくれ。大槻先生の仇討ちだ！」

「取れるだけ取ってみせますよ」

弁護料を。

軒下が顔を覗き込んでくる。

「……誠……実……？」

その踵に、小さく蹴りを入れてやる。誠実さを〝見せる〟と言ったんだ。誠実になるとは言ってない。

「いくつかお伺いしたいのですが。お時間よろしいですか？」

「おう。今は非番だ。リハビリしながらで良ければ構わんよ」

それでは、と私が質問事項を挙げる前に、軒下が右手を挙げていた。

「元気がいいね、付き人君！」

「どうして、義手のほうもダンベル上げてるんですか？」

「ん？……ああ、付き人君はニューロフィードバックを知らんのか」

古茂田は大声で笑った。

「トレーニングしているのは筋肉ではない。脳とＡＩだ！」

「脳と、ＡＩ？」

「うむ。千手の脳波義肢は従来の義肢に比べて圧倒的に柔軟で、生身の腕と遜色ないほど器用に扱える。だが、ただ装着すれば動くものではない。訓練が必要なのだ」

そう言って、古茂田は壁にかけられたタブレットを指差した。そのタブレットは義手からUSBケーブルで接続されており、画面には二つの波形が重ねて表示されていた。それぞれ、古茂田の腕の動きに合わせて刻一刻と変形し続けている。

「赤い方が私の脳波で、青い方がAIの認識した波形パターンだ。義手を思い通りに動かすには、適切な脳波で指示を出してやらないといけない」

「脳波で、指示……。難しそうに聞こえますけど」

「そのための訓練さ。私は脳波を適切に操る術を身につけ、義手のAIも私の脳波を学んでいく。筋肉の代わりに脳を鍛える。これがホントの脳トレというわけだな！」

古茂田がまた大声で笑い、つられて軒下も笑いだした。ウケる要素どこだ？

「患者はみな、基本動作に加えて独自のトレーニングメニューを組んでいる。もちろん、主治医と相談してな。私は筋トレと空手の型だが、タイピングなんかの細かい作業をやる奴もいる」

なるほど。それでこれほどスポーティなリハビリ施設が生まれたのか。

「ところで、被害者の大槻先生について伺いたいのですが」

「……ああ。例の件は残念だった。志の高い人だったのだが」

大槻という医師がいかに道徳的な人物だったたか、古茂田はとうとうと語った。「いつも患者目線で話を聞いてくれた」「開発側が無視しようとする些細な違和感でも、粘り強く訴えてくれた」「千手先生は明らかにこっちの話に興味がない」「発明者の千手先生と、患者寄りの大槻先生。昔はいいコンビだったのに」

「許せないのはあの錦野とかいう女だよ。大槻先生を誑(たぶら)かして、俺達に不正なプログラムを植え付けるなんて」

古茂田は憎々しげに自分の右腕を睨みつけた。

脳と協調して学習する都合上、脳波義肢のＡＩはWindowsのように急に更新出来ない。まだ完全には前のバージョンに戻せていないのだろう。

「では、その大槻先生のためにも証言をお願いできませんか？」

「証言って、何の話だ？」

「動画の件ですよ。錦野パッチの異常を訴える方々の、唯一の動画資料です。貴重な体験をなされたあなたに、ぜひとも証人になっていただきたく」

すると、古茂田のハツラツとした表情筋が微かに引き攣った。

「証人というと、裁判所に行くのか」

「ええ。錦野パッチのせいで義手が暴走したと、事実をありのまま話していただければ。余計な脚色は不要です。偽証罪がつきますから」

「ぎ、偽証罪」

古茂田の目が泳ぐ。

「すまん。協力したい気持ちは山々だが、裁判は平日だろう？　仕事が」

「ご心配なく。病院からは全面協力の旨を頂いていますので。休暇ついでの裁判所観光といきましょう」

古茂田の目がバタフライ。

「証言すると、こう、文句をつけられるんだろう。色々と」

「反対尋問ですか？　相手の本気度にもよりますが……」

良い方向に水を向けてくれた。心の中で舌なめずりする。

「私ならこう聞きますね。『あの動画を撮ったのは誰ですか？』」

「さあな。偶然居合わせた赤の他人だ」

「本当に？　撮影に気付かなかったと？」

「俺が嘘をついているとでも？」

「あなた、例の動画がＳＮＳにアップされてから、二分でシェアしていますね。赤の他人のアカウントなのに」

「あ、ええと、それは、いや、本名は出していなかったはずだが……」

「次の質問です。『何のために撮影したのですか？』」

「何故って、あんなことが起きたら普通撮るだろう」

「それは妙ですね」

　古茂田が動きを止める。

「動画の冒頭シーンは、古茂田さんがごく普通に電車に乗っているところです。『あんなことが起き』てから撮ったでは、順番があべこべだ」

「それは……ええと」

　すまないが、考える暇はあげないよ。

「古茂田さん、工業高校の機械工学科出身ですね」

「そ、それがどうした」

「あなたがSNSで公開されていた欲しい物リストを拝見しましたが、マニアックな電工系アイテムが盛り沢山でしたね。バッテリー、ギア、サスペンサー。基盤さえあれば、義手をもう一本作れそうなラインナップだ。もし、あなたが過去に高出力モーターをもらったお礼ツイートなどされていたら……」

と、ここで一息。

「いえ、余計な仮定はやめましょう。正直に話すだけでいいのです」

「……む、無理だ」

「大丈夫。子供でも出来ることです。早速裁判所に申請を」

「待ってくれ！　白状するから！」

古茂田は大きな体をダンゴムシのように丸めて頭を下げた。

「白状、といいますと？」

「違うんだ。暴走の原因は錦野パッチじゃない。自分で義手を改造したんだ。モーターのパワーを活かして電車の手すりで懸垂してみせるつもりだったんだが、出力に関節が耐えられなくて、それで……」

だろうね。錦野といい、古茂田といい、どうして脳波義肢に関わると改造に走るのか。

「……攻殻のバトーさんみたいになりたくて……」

だとしたら、セキュリティ意識を身につけるんだな。

「どうして噂を否定しなかったんです？」

軒下が咎める。

「最初は否定したんだ。しかし千手先生に錦野パッチが原因じゃないかと繰り返し言われると、段々そんな気が……」

古茂田は巨軀をこれ以上なく小さく丸めた。

「だから、すまん。集団訴訟の味方にはなれない。証言は出来ない」

「いえ、証言いただきますよ」

今度こそ、名刺を隠さず見せつける。これがプロの誠意ver2だ。

「錦野氏の代理人として、見過ごせない内容ですから」

「そうか、そうか。錦野の代理人…………あ、あの女の弁護士だと⁉」

古茂田が目を見開く。

「あんた、騙したのか！」

「騙したなんて人聞きの悪い。私は一言も、錦野パッチ集団訴訟の代理人だなどと名乗った覚えはありませんが」

「一泡吹かせてやりたいって言っていただろう！」

「心からの願いです。嘘など微塵もありません」

本当に。

「あの女のせいで大槻先生が死んだんだ。あいつの無罪に協力なんて出来るか！」

やれやれ。古茂田はまだ拒否権があるつもりらしい。SNSアカウントを把握しながら、私が何の手札も持たず話しかけるとでも？

私がさらなる〝誠意〟をもって対応しようとした、その時だった。

「古茂田さん。それ被害者に失礼じゃないですか？」

軒下が割って入った。

「失礼だと？」

体重が倍以上違う古茂田に凄まれても、軒下は毅然と睨み返す。

「だってそうでしょう。大槻先生がパッチの不具合も見抜けない間抜けだって言ってるんですから」

古茂田が言葉に詰まる。薄々自覚はあったんだろう。軒下は続ける。

「俺達は錦野さん側の人間ですけれど、古茂田さんが語る真実は誰の味方でもありません。どうか、真相の解明にご協力を――」

古茂田はじっと金属製の拳を見つめる。

何やら長くなりそうなので、私はネットニュースを見ることにした。

4

不倫報道の是非で荒れるコメント欄を眺めていると、いつの間にか古茂田の姿が消えていた。

「サーバールームのパスコード、快く教えてくれましたね。俺の誠意も悪くないでしょ」

軒下はドヤ顔だ。

「どうです？　そろそろ『あかさたな』の正体を教えたくなったんじゃないですか？」

「ん、ああ。すまないが、君の活躍は見損ねた。別のタスクで忙しくてね」

「別のタスク……ですか？」

「どうやら、そこの虫除け器は穀潰しの金食い虫に未対応らしい」

「極めて価値のない雑務！」

それはさておき、我々はサーバールームに向かった。

サーバールームといっても、病室の壁をぶち抜いてつなげただけの粗末なものだ。まともなサーバールームは外気温の影響をできるだけ避ける。こんなブラインド付きの窓なてあり得ない。黒々としたサーバーラックが図書館の本棚のように並んでおり、中途半端に束ねられたケーブル類がそこらをのたくっている。空調も後付だ。室温は低いが、所々熱が溜まっている。お世辞にも温度管理が十分とは言えないだろう。

ファンの音がひたすらにけたたましい。錦野はここを仕事場にしていたらしいが、よく耐えられたものだ。

粗雑な組み立て式机に放られた、ステッカーだらけのノートPCを開く。スリープを解除すると、Ubuntu の起動画面に m_nishikino とアカウント名が表示された。やはりこれか。聞いていたパスワードでログインする。

「目的は錦野さんのお使い、でしたよね？　機島先生」

「〝頼まれごとは〟そうだったね。職場のPCまで例のメールｂｏｔネットに組み込んでいたので、バレる前に尻拭いをしろとのご命令だ」

「それって、別の事件の証拠隠滅のような」

「安心したまえ。もちろん、そんな真似はしないさ」

せっかく敵地にマルウェアを仕込めているのに、消してしまうなんてもったいない。……という意味なのだが、部下思いなので黙っておく。

「じゃあ何しに来たんです？　この鞄いっぱいの四角いのは？」

「ＳＳＤストレージだよ。それぞれ適当なルーターに接続してくれたまえ」

「いいですけど。何するんです？」

「本命だよ。証拠集めさ。関係者の脳波ログと義手の動作ログを持てるだけ抜き取る」

「……それ、結局犯罪じゃ？」

「代理人としての委託作業だよ。ほら早く」

「LANケーブル持ってませんけど」

「そんなもの、見つかってから一々巻き取っていたら捕まるだろう。現地調達だよ」

「見つかってから……って、やっぱり後ろ暗いヤツじゃないですか！」

「その辺の戸棚でも漁ってLANケーブルを見つけたまえ。あ、CAT9対応の確認はよろしく。それなりのギガビットLANじゃないと話にならない。もたもたしている時間はないよ」

サーバールームに入ることが出来る人間は限られている。逆に言うと、ここで誰と鉢合わせても怪しまれる。特にまずいのが千手樟葉だ。Outlookを見る限り、彼女は五分ほど前から会議に入っており、あと一時間は拘束されるはずだが……。安心は出来ない。

「急ぐんだ。大好きな真実を探すための取り組みじゃないか」

「……まあ、そうですね。古茂田さんにも約束しましたし」

軒下は両頬を叩いた。

「よっし、やってやりますよ」

「気合はいいが、手袋は忘れないように。ルーターに指紋が残る」

「……指紋を気にする仕事かぁ……」

「いいから」

　脳波義肢サーバーに錦野のＩＤとパスでログインする。逮捕された従業員のアカウントが消されていないのは、このサーバーの管理者権限が彼女にしかないからだ。生データについても同じで、医師や義肢の開発者たちは閲覧は出来ても改変は出来ない。つまり、ここにある証拠は全て生きている。

「丸投げされたのを良いことに、外様が王様か」

　普通、この手のクラッキングの第二ステップは権限昇格なのだが、今日は初めからカミサマだ。管理者権限持ちの別アカウントを作成し、ログを消してからそちらで再ログインする。テーブルをざっと確認し、アスタリスクだらけのシンプルなＳＱＬコマンドを叩いてみる。

　データ構造は錦野に口頭で伝えられた通りのようだ。患者ＩＤと個人名をつなぐテーブルがないのも情報通り。部長の千手と担当医以外は、患者個人を特定出来なくなっている。被害者のログだけを取り出すのは不可能だ。メールｂｏｔに流せるデータ量ではないし、ストレージを持ってきて正解だった。……あとは、無事にデータを持ち帰ることが出来るかどうか。

「先生、こっち作業終わりましたけど、手伝えることあります？」

「……そうだね。軒下君のたくましい妄想力について、一つ確認しておきたいんだが」

「ひょっとして、脳内シミュレーターの話ですか？」

「以前、君は私が振ったサイコロの目を気味が悪いほど当ててみせたね」

「小気味よく当ててみせました」

「逆に、君自身がサイコロを振ったらどうなるのかな。狙った目を確実に出せるのかい？」

「百パーセントじゃないですけれど」

「よろしい。では、これも頼もうかな」

そう言って、私は一枚のメモを差し出した。

「〝jrt4389faeh〟……？　なんです、これ」

「魔法の呪文だよ」

横目で時刻を確認しながら、遅々として進まないコピー状況を監視する。vmstat の書き込み量で転送速度を割り出してはいるが、ｍｖではなく直感的なプログレスバー付きのコマンドを叩いておけば良かった。

終わりは唐突にやってきた。用を足しに行こうとした軒下が、血相を変えて戻ってきたのだ。

「で、出られません、先生！」

「何だって？」

「扉のパスコードが変わってます！　閉じ込められました！」

想定以上のスピードで、想定以上にキツイ対応だ。

私は即座に撤収を決断した。ＳＳＤに駆け寄り、片端からＬＡＮケーブルを引き抜く。緩衝材で包んで、鞄に詰める。

「作戦通りに頼むぞ、軒下君」

ブラインドを上げ、窓を開ける。気圧差で向かい風が顔を叩く。私が追っ手をサーバールームに足止めし、軒下がＳＳＤ入りの鞄を持って逃走する。そういう手はずだ。

「ま、マジで降りないとだめですか？　ここ三階ですけど？」

「生け垣に落ちれば怪我はない。君が言ったことじゃないか」

「言いましたよ。言いましたけど、思ったより三階なんですよ！」

刻一刻を争う時に、今更何をグダグダ言っているんだ。

ドアの方から電子音が聞こえてくる。パスコードの入力音だ。奴がもう扉の前まで来ている。時間がない。

軒下の細い腰を窓の外に押し出す。彼が細いパイプの上に立ったのを確認して、ＳＳＤ入りの鞄を押し付ける。

「ちょ、押さないでくださいよ！　事件になる！　事件になる！」

「早く、飛びたまえ。目撃者が来るだろう」

「ハッキングのって事ですよね？　落下事故じゃないですよね⁉」

「どっちもだ。早く！」

観念した軒下が、鞄を放り投げる。それはラグビーボールのような不安定な回転をつけつつ、放物線を描き……。

描き損ねた。

「なっ……⁉」

機械義手だ。私の背後から伸びた金属の腕が、鞄を摑んでいた。明らかに標準仕様ではない。人体のそれより三倍は長いクレーンアームだ。

「…………千手観音の腕は、遍く全てに救いをもたらすためのもの」

背中からＣＭで聞いた声が聞こえ、私は振り返った。

「けれど、愚か者は救いを理解しない。矮小な認知で、手に噛み付いてしまう。そう思わないかしら。弁護士」

それは異様な風体の女だった。生身の腕二本に加えて、陶器のような白い義手が背中から十本生えていた。華奢な足には重すぎるのか、うち二本は杖となって体重を支えていた。脳波センサーが編み込まれた長い髪も相まって、エルフのシャーマンと言っても通じる容姿だ。白衣もローブに見えてくる。

一本でも三ヶ月以上の訓練が必要とされる脳波義肢を、同時に十本操る女。明らかに常人ではない。

「な、なんですか。あなた」

窓の外から軒下が聞く。

「おや。不法侵入者が無礼なこと。しかしまあ、ヒントは出してあげましょう」

女の声を合図に、背後に控える警備員がいそいそとホワイトボードを用意した。女は生身の腕を組んだまま、六本の腕を素早く動かし、板面にこう書き込んだ。

『千手観音　＞　私　＞　馬頭観音　＞　手タレ　≧　現生人類』

そして、『万物の序列』と題した。

「おわかりかしら？　わたくしが何者か」女は言った。

言われなくともわかっている。軒下の「なんですか」も、単に驚いただけだろう。脳波義肢に関わって、彼女を知らない者はいない。いないのだが。

「ムカデですかね」

わかりたくなかった。

「お黙りなさい、二本腕。ムカデは百に足でしょう」

二本腕て。被罵倒歴の長い私でも、初めて言われた悪口だ。……悪口か？

女の眉が上がったのを察知して、軒下が割って入る。

「せ、千手樟葉さん！　ですよね？　あの、ポストヒューマンの」

「そう。千手電子の次期後継者にして、千手メディカル機械義肢開発部部長。十の義手を操るポストヒューマン千手樟葉とは、わたくしのこと」

千手樟葉は鞄のチャックを開けて中を覗くと、背後の警備員に投げ渡した。

「白昼堂々医療データを盗むとは。手を挙げなさい、狼藉者。少しでも怪しい素振りを見せたら、容赦はしません」

義手の一本にテーザー銃を向けられ、キーボードに伸ばしかけた手を頭上にやる。ログアウト出来ただけ良しとするか。

「あの、俺も挙げないとダメですか？　手」

窓の外から軒下が聞く。彼は窓枠に左右の指を引っ掛けながら、風に煽られていた。

中々スリリングな体勢だ。

「あなたはそのままで結構」

「結構って、そのままはちょっと」

千手は視線を私に戻した。

「二本腕の弁護士。あなた錦野の手の者でしょう？　事と次第によっては手が後ろに回りますよ」

「依頼人にサーバーの様子を見てほしいと頼まれましてね。確認用のログをとったのです」

私が行ったのは証拠収集であって隠滅ではない。咎められる謂れはないし、起訴出来ても立証は不可能だ。

「それはとんだ無駄手間でしたね」

千手は微笑んだ。

「先程取締役会があり、皆諸手を挙げて契約打ち切りを支持しました。当院は既に容疑者と縁を切……」

千手は言葉を止めた。

「手を切ったのです」

それ言い直す意味あるか？

「わたくしは寛大ですから、一度の無礼は大目に見ましょう。錦野の管理者権限とパスワードをお渡しなさい」

馬鹿な。事件の最重要証拠をそう易々(やすやす)と渡せるものか。

「あいにく、引き継ぎ業務までは委託を受けていませんので」

「病院といえどビジネスです。業務に支障が生じてしまえば、相応の賠償は求めることになりますが」

別に、錦野の懐がどう痛もうが興味はないのだが。私はあえて苦渋の表情を作った。

「では……そうですね。その鞄と交換ということでしたら、いかがでしょう」

千手が義手を顎に当てて考え込む。さて、どう出る。

脳波義肢の利用契約書には、犯罪捜査における情報開示の可能性も記載されていた。鞄をこちらに渡しても、千手メディカル側に法的な問題はない。決して悪い取引ではないはずだ。それでも断るとするなら、錦野を有罪にしたい社の意向に逆らえないのか。それとも別の意図があるのか。

沈黙を破ったのは、軒下だった。

「ぁ、もう無理……」

情けない声の数秒後、落下音と生け垣が無残にへし折れる音が聞こえた。

万一怪我をしていたら、労災扱いになるんだろうか。やはり。

千手は何かを追うように窓から床へ視線を這わせたあと、ようやく口を開いた。

「残念ですけれど。患者さん方のプライバシーを守るのも当院の務め。そして、大槻も患者の一人です」

千手はにこやかに、しかし明確な拒絶を示した。

「さ。用はお済みでしょうから、お引き取りを。SSDはフォーマットして返送いたします」

これ以上は突っ込めないな。捜査権のない弁護士の辛いところだ。私は両手をあげて降参を示した。

「わかりました。ですが一つだけ、質問よろしいでしょうか」

「一つでしたら」

「〝錦野パッチには魂が宿る〟。専門家として、この噂をどう思います？」

「魂、という表現が手頃かは存じませんけれど」

千手は薄く微笑んだ。

「錦野パッチを適用した義肢は、意思を手にしたと言っても過言でない。検察にはそう教えました」

やはり、そういうことか。私はカサついた唇を舐めた。

千手樟葉。千手脳波義肢の発明者。一線級の科学者のお墨付きが、検察の根拠なのだ。専門性、権威、そして性格。どこをとってもコレステロールの高そうな相手だ。

「厄介な証人だ、と思っていらっしゃるのでしょうけれど。……いいですよ？　わたくし、証言しなくても」

「……なんですって？」

「人手が減った分、管理者としての仕事が山積みですから。腕をもう一本増やしたいぐらい」

望外のチャンスだ。千手メディカルとしては錦野を絶対有罪に持っていって集団訴訟にはずみをつけたいのだろうが、証言はあくまで無償労働。乗り気でない人間もいて当然だ。

「二本腕の弁護士。あなたが一つ条件を飲むのなら、こちらは出廷を拒否しましょう」

「なんなりと」

千手は頷くと、部下に公判調書を頼む程度の軽さで言った。

「錦野パッチには魂が宿る。これを法廷で認めなさい。承諾いただけるなら、後日こちらの手の弁護士に誓約書を送らせます」

「…………ご冗談を」

わずかでも期待した自分に腹が立つ。何が取引だ。無条件降伏の間違いだろう。

「なんの説明もなしに、チープなオカルトを肯定しろと？」

「二本腕、医学と工学の博士号はお持ち？」

「ありませんが」

私は襟元の弁護士バッジを強調しつつ答えた。

「ではどうして、説明する必要があるのかしら。あなたには反論出来ないのに」

侮蔑や煽りではなく、子供に言い含めるようなニュアンスだ。

「あなた達二本腕はいつもそう。何かにつけ説明を求める上に、理解出来ないと怒り出す。〝本当に賢い人は、難しいことを易(やさ)しく説明する〟。自らの知性の欠如を他者に転嫁する浅ましい思想です」

千手が鼻で笑う。後ろの警備員達も追従する。

「わかりやすく語られさえすれば、あなた達はグラビトントマトで寿命を伸ばそうとするのでしょうね」

「グラビトン……なんですそれ？」

「重力子入りの新鮮なおトマトだそうです。時間の流れを変えて寿命を伸ばすのだとか。

駅の西側の畑で作っているので、帰りにお買い上げになっては？」

「……一応、その手の言説に踊らされないだけの科学リテラシーはあるつもりですが」

「では、説明できますか？　どうしてグラビトントマトが寿命を伸ばさないのか。具体的に」

具体的に、を強調される。

「えー、重力子は重力の力を伝える素粒子の一つで……」

「それで？」

「そもそもトマトの果実に封じ込めたり、食べたり出来るものなのかというと、かなり怪しく……」

「何故？」

「……もうおわかりでしょう」

私は曖昧に微笑んだ。

「ええ。おわかりましたわ。あなたの知性は単なる思い込み」

千手も微笑み返してきた。

「あなた達二本腕は、事実を判定する力を持たない。人と違う真実を知ったと思いたいか、権威ある誰かを担いで賢い側に立ったと思いたい。自己愛を満足させる方法が違うだけで、本質は同じ」

　千手の義手が伸び、私の頭をそっと撫でた。

「二本腕に出来るのは理解ではなく支持。知性なき雛鳥は、親鳥の言葉に頷くしかない。知恵ある者に咀嚼された、誰かの世界を生きなさい」

　耳元に薄い唇を近づけ、千手は囁いた。

「これは〝わかる〟かしら？　弁護士さん」

「まだ、嚙み砕き方が足りないようで」

「そう。ならば、法廷でもう一度教えて差し上げます。然るべき時が来るまで、手首を長くしてお待ちなさい。では、お引き取りを」

　杖がわりの二本を除く十本の腕が一斉に出口を指す。警備員が一歩踏み込んでくる。これ以上居座るならつまみ出す。そういった圧を感じるジェスチャーだ。

　この機島雄弁を雛鳥扱いとは、面白いじゃないか。ポストヒューマン。乗り気になれない仕事だったが、少し張り合いが出てきた。

　とはいえ、ここで争っても仕方がない。今日のオールバックは会心の出来だ。これ以上セットを乱される前に、素直に退散した方が利口だろう。

　私は慇懃に頭を下げ、こう答えた。

「〝首を長くして〟でいいでしょう。一々手に絡めるのに囚われ過ぎでは？」

千手は義手を一本上げた。私はセットを乱された。

5

東京地裁の第一〇四法廷にて、義足シンギュラリティ事件（マスコミ命名）の審理は幕を開けた。傍聴倍率五十倍を記録する注目の事件だけあって、一番の大法廷だ。

心なしか、AI裁判官を演算するサーバーマシンの筐体もつややかで、ファンの音色も上質な気がする。スピーカーもBOSEだ。

しかし、大法廷の大型の証人席も、古茂田と彼の山のような僧帽筋には小さすぎた。

「要するにな、噂の原因は俺の改造なんだ。新型義肢も、大槻先生も悪くない。全部俺のせいだ。申し訳ない」

古茂田はそう証言を締めくくった。リハよりややオーバーだが、まぁ許容範囲のアドリブだ。私は往年のロックスターに向けるレベルの拍手を彼に捧げた。

「まずは古茂田氏の勇気に感謝を。一度広まった嘘を自ら訂正するというのは、軽い決断ではありません」

しかも、脅されてもいないのに。私には理解できない神経だ。

「検察は浅はかにも〝新型脳波義肢に魂が宿る〟というおとぎ話を信じてしまったようですが。蓋を開ければご覧の通り。噂の根は腐っていました」

「異議あり。論点のすり替えです」

静かだった対面の席から、異議が出る。声をあげたのは、本事件の担当検事、田淵だ。虎門殺害事件で叩きのめした新米検事である。

「弁護側が反証したのは、あくまで世論に影響した一事例に過ぎません。患者たちが義肢の暴走を訴えたことに変わりはありません。以上です」

案外まともな反論をするじゃあないか。どうやら、まだ叩き方が甘かったらしい。

「田淵検事。「無我極むれば、意思は抽象にして仔細不要」という名句をご存知で？」

「え、ええ、知ってます。五輪書(ごりんのしょ)でしょう？　七巻まで読みました」

「一昨年弁護した依頼人の言葉です。容疑は窃盗。あと五輪書は全五巻です」

「裁判長。ただいまの答弁をメモリから削除願います」

裁判長は却下した。

こちらを睨むな、田淵検事。十割自爆だろ。

「かの名句が示す通り、意識と無意識の境界は曖昧なのです。普段は気にならない舌の置き場所も、一度意識しだすと止まらなくなる」

私は錦野パッチ適用者の聞き込み調査結果とSNS上の発言の記録を、モニタに表示した。

「知らないうちに貧乏ゆすりをしていた。腕が他人に操られているような不安感がある。錦野パッチの患者がそうした症状を訴えるようになったのは、ほぼ証人の動画が噂になって以降です」

これが意味するところは、実に単純だ。

「つまるところ、単なる思い込みだ」

田淵が口を開く前に、天井から吊るされた三面モニタに箱ひげ図を表示する。

「こちらは治験の中間報告データです。義肢使用歴三ヶ月以上の患者を対象に、一日あたりの動作ミス報告数が集計されています。錦野パッチ未適用の患者に比べ、適用済の患者の動作ミスは平均0・4±0・1回少ない。少ないサンプル数ですら、有意な誤動作数の低下が見られるのです」

数拍おいて、観客への情報の浸透を待つ。

「賢い方なら、もうおわかりでしょう。錦野パッチの新型義肢は単に反応速度を向上させるだけのものではありません。明確に動作精度を改善している。治験中止は世論に過剰に配慮した不当なものです」

普段の十倍、表情筋に気を使って、舌を噛みたくなるセリフを吐く。

「錦野氏は被害者と共に世間の圧力に科学的思考で立ち向かった。彼女が受けるべきは糾弾ではない。称賛です」

計画通りの流れで、古茂田はほぼ無傷で退場した。

残念だったな。千手樟葉。君の登場前に、検察官側は焼け野原だ。

形勢は圧倒的に被告よりだ。錦野もさぞ満足しているだろう。そう思って隣に目をやると、被告人はふてくされた顔で薬指の爪を噛んでいた。

「教えただろう、錦野君。潔白を主張するのなら、背筋を伸ばして目をしっかり開けることだ。特に口元は裁判官の評価関数に大きく……」

「なんで、連れてきたの。無関係の人」

錦野は私を挟んだ反対側に座る青年、軒下を睨んだ。

「無関係の人じゃない。軒下君は技術補助だ。一応ね」

技術補助は、最新機器が飛び交うＡＩ法廷で、老人弁護士をサポートするため四年前に新設された役割だ。弁護士の届出さえあれば、特別な資格は必要ない。

「役目をもらったからには、全うしますよ。見てください。俺のスワイプ捌き」

軒下はやたら機敏なスワイプをドヤ顔で披露した。毎日夜中の一時まで猛練習していたと自慢されたので、私は残業代の扱いについて念押しした。

錦野は言う。

「存在が無駄じゃん」

ああそうだ。無駄だ。しかし証人たっての希望で仕方なく呼んだのだ。この話こそ今必要か？　普通にしていれば好印象が取れる容姿なのだから、頼むから黙っていてくれ。

「機島先生。スワイプついでに気になる事があるんですが、言ってもいいですか？」

「取るに足らない事なら、後にしてくれたまえ。軒下君」

「田淵検事が」

「後にしてくれたまえ」

「でも今日の田淵検事、一回り太いんですよ」

「だから、後にし——太いな」

言われてみれば、太い。検察の激務から来るストレス太り、ではない。腹は出ていないし、顔も膨らんでいない。しかし、明らかに黒い背広が突っ張っている。二人羽織でもしているのか？　……うわ、目があった。

「機島弁護士。どうやら、私の変化にようやく気付いたようですね」

田淵検事が不敵に笑う。鬱陶しい。

ニヤけた田淵がおもむろに背広を脱ぐ。その膨れ上がった背中から現れたのは……。千手の脳波義肢だった。背中からクレーンのように、三本目の腕が伸びていた。ちゃんとワイシャツの袖もついている。一体どこでオーダーしたんだ。

「今の私は三本腕。ポストヒューマン田淵なのです」

「はぁ」

「不思議ですよ。二本腕の機島弁護士。プレ田淵にとって、あなたはひどく恐ろしい壁だったのに」

田淵は不敵に笑い、腕組みした。背中の腕は余っていた。

「——今はとても小さく見える」

「馬鹿の自己同一性は軽いね」

「ちょっと先生！　可哀想でしょ。そういう言い方」

道徳的な軒下でも、咎められるのは〝言い方〟までらしい。

「頭も改造されたのかも。千手のお姫様に」

と、錦野が呟く。

「それでは、裁判長」

田淵が頭を下げる。

「次はこの世界初のポストヒューマン検事が、我らが女王をお呼びいたします」

「君主制だってさ、ポストヒューマン」

「馬鹿の民主主義も軽いな」

突っ込む気力も失せた私の前に、またこってりした真打ちが現れる。二本の足に十二の腕。どこか隔絶された空気の漂う、機械文明のエルフ。彼女は六本の義手で蜘蛛のように歩いて、証言台に足を下ろした。

千手樟葉。千手病院勤務の医師にして、千手脳波義肢の生みの親。この法廷の本丸だ。

「千手様。まずは被害者との関係を供述願います」

田淵に恭しく促され、千手は口を開いた。

「大槻水琴はわたくしの部下です」

「対外的には、そうでしょう。しかし被害者はあなたの先輩であり、千手義肢の利用者第一号でした」

「それが何か」

「あなた方の関係は、患者達からも……」

「お黙りなさい。三本腕」

千手がピシャリと言う。

「上司と部下。ポストヒューマンと凡人。それ以外はありません」

大見得（おおみえ）を切っておいてこれか、田淵検事。証人と被害者の仲をアピールしてから、『被害者肝いりの治験を断腸の思いで中止した理由』と続けたかったんだろうが、全く手綱を握れていない。

「し、質問を変えます。治験を中止なさった理由を、どうかこの二本腕めにお聞かせください」

「パッチの危険性を認識したからです」

「その危険性について、詳細なお言葉を頂けますと」

「説明したところで、二本腕に正確な理解が出来るとは思えませんが。よろしいでしょう」

千手は頷き、こちらを一瞥した。……来るか。

「錦野パッチを適用した義肢には、意思が宿ります」

脳波義肢の権威が、オカルト言説を肯定した。そのインパクトは、動揺の声として法廷中に反響した。数時間後には、日本全国を駆け巡るだろう。

私はさも困惑した風に息を吐き、こちらが〝常識側〟であることをアピールした。

「これは驚きだ。千手先生は作家への転職を考えられては？ ＡＩに意思なんて宿るわけがないでしょう。宿っていませんよね？ 裁判長」

『宿っていません』

「ほら。本人がこう言っています」

千手は鼻で笑って首を振った。十本の腕も同調して手首を振った。

「お手つきですね。弁護士。わたくしは義足が単体で魂を持った、なんて話はしていません」

単体で？ どういうことだ。義足ＡＩはスタンドアローンなシステムのはず。

千手の目が、こちらの疑問を見透かしているようで気色が悪い。

「錦野パッチの特色は反応速度の早さ。わたくしの千手義肢では扱わなかった、早期の脳波で行動を識別しています。そのために行動識別に寄与する脳波の予兆を推定するタスクで事前学習を行った他、三つほど精度向上の工夫をしていましたね」

千手の淀みない語り口は、錦野レベルの技術は全て把握済と主張していた。

「そうですよね？ 錦野さん」

「…………え」

錦野は長いまつげの目をしばたたかせた。

「あ、ごめん。聞いてた。聞いてた」

一回謝ってから嘘をつくな。私は重い息を吐いた。

「異論ありません。続けてください」

「わたくしが申し上げたいのは、錦野パッチはあまりにも判断が早すぎた、という事」

早すぎた？　性能が良いことが問題だとでも？

「二本腕の弁護士。運動準備電位という言葉をご存知かしら？」

「ええ。検索すればすぐに」

「では、ウィキペディアよりお手柔らかにお話しして差し上げましょう。――お立ちなさい。そこの余分な二本腕」

検察、弁護士、被告人、傍聴人。全ての視線が〝余分な二本腕〟に収束する。

軒下は首を振った。裁判長のカメラが余分な二本腕をズームする。軒下は首を振った。

十二本の指にさされて、余分な二本腕はようやく立ち上がった。

「あなたがじゃんけんをする時、その脳がどう働くか、答えられます？」

「どうって、グーを出すと決めて、手に命令を出すんじゃないですか」

「不正解」

千手は全ての義手でパッを作った。

「本当は、あなたがグーを出すと決める一～〇・五秒前に、手への命令、運動準備電位が走っているのです」

軒下が拳を作りながら、首を傾げた。

「えーと、それは……俺が考えるより前に、脳はもう考え始めてるってことですか？」

「そう。意識の表層にのぼる前の、無意識下の行動決定。その証となる脳波が運動準備電位です」

思い返すと、どこかで聞いた覚えがある。哲学分野での自由意志論争だったか。人が意思決定をする前に無意識が行動を決めているなら、本当に自由意志は存在するのか？　そんな話題だ。

「二〇一〇年代中頃には、運動準備電位による行動識別の可能性が検証されていました……、問題の難度も精度も義手に求められるものとは比較になりませんけれど」

ふと気付くと、握りこぶしに汗が滲んでいた。

おぼろげながら掴めてきたのだ。千手が何を主張しているか。

「錦野パッチは、その無意識を識別してしまった」

やはりか。

「脳は自分の行動に納得しようと解釈をつけるもの。「グーを出そうと考えて、チョキを出してしまった」。これならば意思決定後ですから、誤りを認識出来ます。しかし」

千手は器用に十本の手でじゃんけんをしつつ、続ける。

「「グーを出そうと考える前に、チョキを出してしまった」。この場合、誤り判定が出来ません。患者は自分の手を見て気付くのです。「そうか。私はチョキを出そうと思っていたのか」と」

この流れは、美味しくない。このまま通しては。

「異議あり。飛躍した憶測です」

「不勉強ですね、二本腕。人は自身の行為に事後的に理屈をつける。分離脳の文脈で既に実証された事象です」

千手の声には力がある。自分の意見が絶対で、それ以外は取るに足らないと、確信した者の力だ。ポストヒューマンという自負。そして専門家としての自信が、彼女に迫力を与えている。

「意思が先にあるのなら、主が人で従がＡＩでしょう。しかし、義足が判断し、被害者がそれを追認したとするなら、主従は逆転する」

千手は一呼吸して、迷いなく言った。

「それは、もう一つの意思と言えるでしょう」

……やるじゃないか。

たった一度の証言で、全てをひっくり返された。患者が自力で義肢の異常に気付けないとするなら、カルテの誘導疑惑にも説明がつく。錦野パッチによる動作ミス記録数の低下は、むしろこの理論の補強材になってしまう。

千手の理論にはまだデータが不足している。それこそ、まっとうな査読付き学会誌を通るレベルではないだろう。しかし、こと法廷で使う分には十分な説得力がある。

助けを求めながら飛び降りた医師。魂の宿る義肢の噂。反応速度が高いという錦野パッチの特色。

全ての事象を過不足なく説明出来るのは、千手の理論だけだ。

これ以上のケースストーリーは他にない。

「錦野君。君のパッチだろう。何か反論出来ないのか？」

「えー。わかんないよ。脳の話じゃん、これ」

そうだ。錦野はあくまで、大槻のアイデアを形にしただけだ。対する千手は医学、機械工学、電子工学、情報工学全てに通じている。伊達にポストヒューマンを名乗っているわけではない。

「そういえば。錦野翠さん、でしたか？」

勝ち誇った千手が、義手で顔をあおぎつつ言う。

「履歴書に記載がありませんでしたけれど。あなた、お姉さんがいたのですね」

錦野の表情が固まる。

「二十代で大学の准教授。将来を期待される、とても優秀な研究者だったとか。けれど、彼女は輝かしい未来を自分で閉ざしてしまった。確か、容疑は——……」

「異議あり」

私は声を張り上げた。

「裁判長。錦野氏の家族は本件とは無関係です。訂正と公判調書からの削除を求めます」

『異議を認めます。証人は、不規則な発言を控えるように』

「あら、叱られてしまいました」

裁判長の注意を受けるも、千手に全く響いた様子はない。単なる死体蹴りのつもりだったのだろう。

「まぁよろしいでしょう。被害者は義足に錦野パッチを当てた。その結果、死に至った。それが全て」

千手は裁判長でも、検察でも、被告でもなく、この私に向かって笑いかけた。

「今度こそ、おわかりになりました？」

6

初公判から六日。

来月こそ、仮眠室のベッドを新調しよう。目覚めた瞬間の肩の突っ張りで、私は決意した。また目覚ましが鳴る前に起きてしまった。値段や星の数にかかわらず、通販で寝具はだめだ。店頭で感触を確かめないと、使えたものじゃない。

どうにも重い頭をふって、目覚ましを探すと……。

「冗談やめてくださいよ、錦野さん！」

知らないアラームが聞こえてきた。事務所の格式に似つかわしくない声だ。

扉の隙間から覗くと、濡れスーツの軒下が事務所に帰ってきていた。千手樟葉に対抗出来そうな専門家のリストを渡しておいたのだが、結果は聞くまでもなさそうだ。誰も好き好んで千手と事を構えたくないだろう。

軒下の視線を辿って、私はひどくげんなりした。我らが依頼人様が我が物顔でイタリア製のソファーに寝そべっていたのだ。いや、寝そべっているだけならまだいい。背もたれとクッションの微妙な隙間に若干足を挟んでいた。

錦野のやつ、保釈はしてやるが事務所に来るなと言ったのに。

「冗談じゃないって。手伝うよ。強請(ゆす)り」

「いきなりなんて事言いだすんですか!」

「はじめよう。不労所得。働かずに食べるご飯は、うまい」

……不穏な話題だ。それも、直接的に財布に影響する類(たぐい)の。軒下のバックに錦野がついたら、いくら持っていかれるか想像もつかない。

「お断りします。俺、一応機島弁護士事務所の職員なので。所訓も暗記しましたし」

軒下は毅然と断った。得意科目・道徳も悪くないな。錦野はつまらなそうに口をとがらせる。

「君さ、似てるよね。なんかのヒナドリに」

「はぁ。鳥の種類によっては、ありがとうございます?」

「褒めてなーい。そういうとこだよ。一回助けられたからって、信じちゃってるでしょ。機島くんのこと」

錦野はソファーにさらに挟まりながら言った。

「悪人だよ。彼。関わったらダメな人種」

「……知ってますよ」

「知ってるだけ。理解してない。自分がどんな船に乗っちゃったか」

「まともな人じゃないって言うんでしょう？ そりゃ、裁判官へのハッキングは褒められた行為じゃありませんけれど、使ったバグは裁判所に報告してますし。ただの悪党じゃないでしょ」

「善意でやってると思ってるんだ。それ」

錦野が嫌らしく笑う。

「ヒナドリくんさ、カンチガイ激しすぎ。機島雄弁は外から楽しむものです」

「どういう意味ですか」

「彼は燃えながら走る海賊船の船長さん。背中の火の手に気付かないで、宝島の妄想に憑かれてる。双眼鏡で見るならいいけど、手を伸ばしたら大火傷。一緒に乗ったら沈むだけ。彼にとっては、船員なんて薪（たきぎ）と一緒」

「それは、流石に誇張が過ぎませんか。いくら先生でも、そんな……」

軒下の声にハリがない。今更自分がまずい立場にいると悟ったらしい。

「ほんと？ 断言、出来ちゃう？ 全身にメス入れる人だよ？ 勝つためだけに」

「……断言は、ちょっと」

だろうね。

考えてみれば、軒下とは元々手切れ金で清算する予定の関係だった。秘密を握られて仕方なく雇ってみると、思いの外ほんのごくわずかに利用価値が見いだせる可能性もなくもないと思わなくもなかったが、セキュリティホールに違いはない。

錦野の脅しで去ってくれるのなら、それはそれで万々歳。お互いのためだ。

「でも」

軒下はやや震える声で言う。

「この先、家族や友人が身に覚えのない罪で捕まったら……やっぱり機島先生を頼ってしまうと思います」

「呆れた」

錦野は盛大にため息をついた。

「じゃあさ。教えてもらえた？　『あかさたな』。今回の仕事の動機」

「えっ……。いえ、まだですけど」

「まだじゃないよ」

錦野は唇を舐めた。

「ずっと教えてもらえない。理由、わかる？」

「機島先生の面倒な性格とか……」

「捨て駒だから。頭悪いから。君」

「……そんな」

「千手のお姫様、言ってたよね。『説明したところで、正確な理解が出来るとは思えない』って。ヒナドリくんがまさにそれ」

言葉に詰まる軒下に、錦野は畳み掛ける。

「程度が低いから。話しても意味ないから。理解出来ないから。機島くんにとって、君への説明は時間の無駄。大好きな最適じゃないの。そゆこと」

「でも、先生は……」

全く。私は毛布を除けて、手櫛で軽く髪をまとめた。私の仲裁は安くないのだが、あの虎門金満も軒下の友人だったと考えると、捨てるにはやや惜しい宝くじか。

それに、機島雄弁は〝お互いのため〟なんて気にする性質じゃなかった。

休憩室のドアをあけて、大きな声でまず一言。

「『主文。被告人を懲役二十二年に処す。あかさたな。あかさたな。あかさたな』」

「せ、先生⁉」

軒下が小さく飛び上がる。錦野はぎょっとした顔をしてから、イヤホンをつけて鼻歌を歌い出す。それで誤魔化せると思うのか。

「ＡＩ裁判官がこの判決を言い渡したとして、成立すると思うかね？　軒下君」

「む、無理に決まってるじゃないですか。完全にバグってますよ」

ま、それが普通の感覚だろう。

「しかし、五年前は通ったのさ」

「通ったって……実在したんですか⁉　今の判決文」

「生で聞いたよ。被告の隣でね」

「隣って、まさか先生が」

「機島雄弁、唯一の黒星さ」

裁判官の誤動作は明らかだった。にもかかわらず、刑はそのまま確定した。今でも克明に思い出せる。うつむく被告人の姿を。その小さな背中を。

「でも、それほどの異常だったら、今からでも世間に訴えて！」

「『あかさたな』は音声のみの現象だったのさ。文書には残ってない。情政課に調査依頼も出したが、承認されなかった」

「でも、法廷にいた他の人は聞いたんでしょう⁉」

私は首を振った。これまで、『あかさたな』を耳にしたと認めた者はいない。

「……そんな事って……」

軒下は悔しげに拳を握った。五年前の誰かの判決なんて、他人事だろうに。君もほとほと厄介な性格だな。

「この話題を避けたのは、単にかつての汚点だからさ。あの敗北がある限り、勝率百パーセントとは言えないからね」

「じゃあ、錦野さんがさっき言っていたのは」

「程度がどうって？　妄想たくましいというか、見当違いも甚だしい。識者と識者ヅラは別物だ。勉強になったね」

錦野は相変わらずイヤホン装備でスマホをいじっていた。だが、目の焦点はぶれているし、耳たぶまで完全に真っ赤だ。

「どうもありがとう、錦野センセイ。程度の高い職員教育だった」

「……聞こえない。ほんと。音楽聴いてるから」

そうか。そういうことなら。私は軒下君に向き直った。

「補足すると、その時有罪判決を受けたのが錦野君の姉だ」

錦野が飛び起きる。なんだ、聞こえてたじゃないか。だが、違法オンラインカジノのメーリングリストを売り捌くような君に、プライバシーの配慮は不要だろう。

「お姉さんって、千手さんが言っていた……」

「錦野唱歌。米国で判事AIの開発に携わり、帰国後はAI裁判官の導入に尽力した研究者さ。自然言語処理界の若き第一人者だった」

「だった……？」

「亡くなったのさ。有罪判決の後、護送中の事故でね」

軒下が謝ろうとするのをあえて無視して、私は話を続ける。

「彼女と話していると、自分がいかにモヤのかかった世界に生きているか実感させられたよ。彼女からは色々と教わった。AI裁判の勝ち方とかね」

「ハッカー弁護士の生みの親ってことですか？」

「それは違う」

諸悪の根源と呼んだ方が相応しい人柄ではあったが、彼女には不正を憎む心があった。生きていたとして、今の私を認めることはないだろう。

「錦野君とは『あかさたな』裁判以来の腐れ縁だ。以上。何か質問は？」

軒下はソファーの隙間に挟まりに挟まった錦野に目を向けた。彼女は「おかしいじゃん。なんで助けるの。ヒナドリくんなんか」と呻いていた。別に軒下を助けたんじゃなく、君の妄想を否定しただけなのだが。

　軒下は首を振った。

「……なんか可哀想なのでもういいです」

　よろしい。では仕事に戻ろう。

　私は軒下君に出張報告を促した。

「そうだ。まずいんですよ、機島先生。大学も企業も証言に協力してくれません」

「ああ、そう」

「何を呑気な！　これじゃ、千手さんの説を崩せませんよ!?」

「いいんだ。その件なら、つい先程片付いた」

「片付いた……？　証明出来たんですか!?　義足に魂なんて宿ってなかったって」

「出来るわけないだろう。脳は素人だ」

「じゃあ、どうやって？」

　軒下が困惑する。一方、錦野は曲の歌詞が聞き取れるほど、イヤホンの音量を上げていた。こいつのことだ。どうせ最初から気付いていたんだろう。知っていて「ハッキングはない」と断言したのだ。根性曲がりも大概にしてくれ。

「私はね、軒下君。勝訴の玄人(くろうと)なんだ」

千手樟葉は天才だ。それは認めよう。医学にも情報工学にも通じている上、権力がある。社会的にも有益な科学者だ。孤高の鬼才ぶる権利は十分ある。ポストヒューマンの目には、凡人の世界はさぞ幼稚に映るのだろう。

彼女のミスは、その幼稚さを正視しなかったことだ。相手を侮り、自分の物差しに固執した。

化かしあいならこちらが専門。機島雄弁に挑むには、最適化不足だ。

7

ＩＱが２０違うと会話が噛み合わない。そんな話を聞いた。

この私、千手樟葉は低俗なテストにも、下らない俗説にも興味はないけれど、ＩＱ１４１未満の二本腕と話が通じないというのは、体感として頷ける。

どうして二本腕達は自分の思考が価値あるものだと誤解してしまうのだろう。彼らが能力ある者の言葉を素直に聞けば、世界はもっとシンプルで、スムーズで、ロバストなのに。

大槻先輩だってそう。この手を振りほどいて、あの女と組みさえしなければ。

……錦野翠さえいなければ。

審理二日目。私はまた証言台に立ち、初日と同じ主張を繰り返した。

今度はより詳細に、グラフ付きで。データは適当、先行研究の解釈も捻じ曲げているけれど、二本腕に指摘なんて出来るわけがない。

裁判官が弁護士に問う。

『千手樟葉医師の仮説に対する反証はありますか？』

あるわけない。質問自体が冗談レベル。素人の弁護士に私の仮説は手に余る。

しかし、弁護士はこう言った。

「ええ。裁判長殿。千手さんの書いた物語は、相応しい専門家が否定してくれるでしょう」

専門家？　どこの馬の骨やら。国内でまともに脳波義肢を語れる二本腕達は、とっくに千手の手中にあるのに。ちまたのエセサイエンスライターでも持ってくるつもり？

『証人申請はありませんでしたが』

「必要ありませんでしたので」

弁護士は裁判長にそう答えた。

「我々の証人は、既に証言台にいらっしゃいますから」

……へぇ。わずか二本の腕で、私から一本取るおつもり。

「どういうことかしら。弁護士。お話が摑めないのですけれど」

突き放してやると、弁護士は余裕ぶってニヤついた。

「そうですか。では十二本の手でしっかりと摑めるように、順を追ってご説明しましょう」

弁護士は証言台の周囲をハエのように回り始めた。

「ポストヒューマンを名乗っておられる千手氏ですが、事件の動機はプリミティブな権力闘争だ。錦野パッチの精度に嫉妬し、悪評に乗じて治験を打ち切り、最終的に抹消を企んだ。義足に魂がどうと、議論する事自体が彼女の思うつぼ。ナンセンスです」

弁護士は断言する。

「真相は、ただのハッキングだったのですから」

はいはい。ハッキングね。それが何？　私の理論を崩せないから、別の道に逃げただけ。

二本腕は私の仕掛けに気付けない。気付いたとしても、決して証明出来ない。

「病院の休憩室からは、事件現場が視認できます。被告の義足をラジコンのように操作すれば、ベンチをまたがせる事も可能です」

あっそ。付き合ってあげる気にもならない。

「三本腕」

「異議あり！」

と田淵が三本目の腕をあげる。不器用でぎこちない動きだ。美しくない。

「脳波義肢には無線機能はありません。被害者を線路に飛び込ませるようなリアルタイムなハッキングは不可能です。義足のウィルス感染も認められていませんし、脳波識別ＡＩにも、センサーにも、異常は見つかっていません」

三本腕に反論されても、弁護士は余裕ぶった態度を崩さない。

ああ。なんて想像通りな展開なのかしら。失笑してしまいそう。

弁護士の次の手は、もうとっくにわかっている。

『弁護側は被害者の脳波ログの開示を求めます』だ。

マルウェアでもなく、オフラインの義足に侵入する手段があるとすれば、システムの挙動を突くしかない。その証拠が眠っているのは、脳波ログ。そうでしょう？

哀れになるほど浅はか。浅はか過ぎて哀れ。あなたはまだ、サーバーに証拠が残っていると思っているのね。錦野の管理者権限を渡さずに済んだと、思い込んでいるのね。

勝負はもう終わっていたの。あなたが初めて私の威光にひれ伏したあの日に。

一審が終わってすぐ、仕掛けに関わるデータは改竄しました。二本腕では違和感を覚えるのも不可能なほどに精巧に。ハイエナがいくらログを漁っても、望む証拠は見つかりません。

凡人の道は只一つ。ポストヒューマンの手のひらの上で踊ること。

赦しはありません。自分に知性があるなどと、思い上がった罰なのですから。

弁護士が口を開く。言いなさい。『弁護側は被害者の脳波ログの開示を求めます』と。

弁護側は……。

「弁護側は……――」

被害者の脳波ログの開示を……。

「証人として、千手氏の義手の尋問を申請します」

「………は？」

聞き間違いかしら。いえ、そうに決まってる。だって、全く意味が。

『誤認識の疑いがあれば、訂正を願いますが』

裁判長の合成音声すら、戸惑っているように聞こえる。

『弁護人は、「証人として、千手氏の義手の尋問を申請します」と発言しましたか？』

「間違いありません。裁判長。あなたのお耳はパーフェクトだ。BOSEのマイクは快調ですね」

弁護士がへらへらと答える。どういうこと？ 気でも触れたの？

「いいですか？ 千手氏の主張は、錦野パッチが原因で義肢に意思が芽生えた、です。しかし、パッチ無しでも魂が宿る可能性は否定されていません。となれば当然、千手氏本人の義手にも尋問は可能です」

馬鹿じゃないの。この弁護士。義手に魂なんか宿るわけないでしょう。

「千手氏の義手は、千手氏本人の行動を裏付ける重要な参考人です。裁判長。どうか尋問の許可を」

裁判官がこんなもの、認めるわけがない。

『認めます』

嘘でしょう。

法廷は困惑で静まり返っていた。

証言台には、私の右上二番目の義手が一本、掲げられていた。義手の前には筆談用のタブレットが置かれている。

弁護士は義手に向かって頭を下げた。私にしたそれよりも、二回りは恭しい。

「本日は、遠路はるばるご足労いただき感謝します。あなたは手ですが」

「………………」

義手は答えなかった。

「お名前と年齢。それからご職業をお教え願えますか」

「………………」

義手は答えなかった。

……何？　何を見せられているの、私は。私が筆談で答えるべきなの？

法廷中の視線が、救いを求めて私に集まる。二本腕ごときが、ポストヒューマンにこのいたたまれない空気をどうにかしろと？　忌々しい！　私は仕方なく口を開いた。

「開発型番でしたら、０７０……」

「おっと。親御さんは口を挟まないように」

お、親御さん？　冗談じゃない。こっちはまだ独身で！

「ふむ。残念ですが、どうやら証人は黙秘なさるおつもりらしい。いいでしょう。質問に入ります」

冷めきった空気を物ともせず、弁護士は独り芝居を続ける。

「あなたは千手氏からとある芸を仕込まれた。そうではありませんか？」

芸？　わけのわからないことを。

「他の患者にはない、あなたと被害者の義足だけの特別な芸です。あなたで理論を検証し、被害者の義足にも適用した。いかがでしょう」

「…………………………」

義手は答えない。法廷の空気感が呆れから飽きに転じてきている。

意味不明な茶番。話題稼ぎのパフォーマンス。周囲を煙に巻いていてもっともらしく振る舞っているだけで、弁護士は何にも気付いていない。それでいいはず。

「おや。もしや筆談が苦手なのですか？　これはとんだ失礼を」

弁護士がわざとらしく手を叩く。

「では、指差しで答えられるシンプルな質問をいたしましょう」

義手に顔を近づけて、優しく尋ねる。

「大槻水琴さんを殺害したのは、どなたですか？」

「…………………………」

「……いい加減になさい。二本腕。見苦しい」

もう我慢の限界。突きつけてやりましょう。お望み通り、決定的な勝利を。自覚しなさい。ポストヒューマンとの決定的な差を。

「いいでしょう。指せと言うなら指しましょう！　どれほどあがいても、結論は変わりません。犯人は――」

弁護士は笑った。

「あなたのようですね。千手樟葉さん」

――え？

それは、裏切りだった。

指が。証言台の、人差し指が。

ポストヒューマンの象徴。千手観音への道。進化した脳の証。脳波義手が。

この千手樟葉を指していた。

「なっ……えっ……」

モーターの異常？　電圧降下？　義手を見つめる。手を握る。開く。正常だ。

らしくないわ。千手樟葉。焦りか興奮か。こんなところで操作ミスなんて。

常人の六倍腕があるのだから、操作難易度は六倍以上。だから、これはちょっとした失敗。大丈夫。もう一度。

「ち、違います！　わたくしが告発する、犯人は……！」

今度こそ、大槻先輩を誑かした女を……――。

「自白テイク2。証人は主人よりも倫理観がおありのようだ」

どうして。私の義手が、指が、私自身を指すなんて。

「只今ご覧いただいたのが、義肢に宿る魂の正体です。裁判長」

まるでショーをこなしたマジシャンのように、弁護士は裁判長に一礼した。

「断っておきますと、本当に魂が宿ったのではありません。誤動作を誘発しただけです」

『弁護人、説明を求めます』

「パブロフの犬はご存知ですね」

弁護士は再び歩き始める。

「ある犬にベルを鳴らして餌を与え続けると、いつしかその犬はベルの音だけで唾液を分泌するようになる。脳波義肢も同じです。千手の脳波義肢は訓練場所もメニューも決まっていますから、ジャンプするたびに特定の音を聞かせ続ければ、いつしかその音を聞くだけで跳ぶようになる。機械学習用語に直せば、過学習という現象です」

過学習。それはデータの偏りによって生じる誤った学習の形。機械学習の天敵。

呆けていた三本腕が、我に返って手を挙げる。

「い、異議あり！　パブロフの犬は有名ですが、足を操るなどという話は」

「五輪書にもありませんでしたか？　田淵検事」

「機島弁護士！　忘れかけていたところを！」

三本腕が口から泡を飛ばし、弁護士はニヤケ面のまま話を戻す。

「確かに、生身の体であればあり得ない話でしょう。脳には聴覚を司る部位と足の運動を司る部位が別個に存在し、耳が直接足を操ることはありません。しかし、脳波義肢は運動野に直接接続されているわけではなく、脳波全体の形状を認識して動いています。『右足を上げよう』と考えてその通りに動くのは、あくまで学習の結果です。極端な話、データ数さえ揃っていれば『職員の給与やや高くつけすぎたな』という思考で右足が上がることだって起こり得る。今回のケースは被害者も証人も、一般の患者のいないノイズクリアな環境で訓練を行っていた。過学習の誘発は簡単だ」

「あ、あまりにも杜撰な推論だ。それでポストヒューマンの女王に楯突くとは」

だめ。三本腕の抗議は何もわかってない。そもそも女王って何？

私の気も知らず、三本腕の検事は話し続ける。

「おおかた「事件当時電話で話していたのだから、音を使ったに違いない」という単純な連想でしょう。しかし、その理論には決定的な穴があります」

三本腕は、自信に溢れた顔で断言する。

「訓練のたびに決まった音を聞かされて、被害者が気付かないはずがない！」

黙って。浅い思考で戯言を吐かないで。それを聞いたら……！

「聞こえなければいいのですね？」

ああ、やっぱり。この弁護士は入り込もうとしている。私の世界に、土足で。

弁護士が上を指差し、私は自分の迂闊さを呪った。

天井から、虫除け器が吊り下げられていた。

「千手電子製、虫除け超音波発生器です。駅のホームにも、リハビリセンターにも設置されていました。Wi-Fi接続で遠隔スピーカーとしても使えます」

弁護士が合図を送ると、技術補助の二本腕が気色悪いほど機敏な動きでタブレットを操作し、連動して証言台の義手が親指を立てた。

「可聴域外ですから気付かれませんし、どこかで誤動作を起こしても、原因の特定は難しい」

「しかし、聞こえない音では……！」

「脳波は可聴域外でも反応するんですよ。音のフィルタリングも脳の仕事ですから」

やめろ。知るな。理解するな。近づくな。

「まとめましょう。犯人は被害者の脳と義足を超音波によって調教し、ラジコンさながらに操って、電車に飛び込ませた。……犯行に必要な要素は三つです」

証言台の義手が、独りでに指を三本立てる。

「被害者の脳波ログにアクセスする権限。脳波義肢に精通した技術。自身の体という実験環境。全て兼ね備えた人物を、我々は一人しか知りません」

八本の手が、再び私を指差した。

「ねぇ、千手樟葉さん」

「……違う」

おかしい。こんなの間違ってる。

「違う。違う、違う、違います。この二本腕の言っていることは全てデタラメ。医学的にも工学的にもあり得ません」

傍聴席の目が冷めきっている。三本腕の検事すら、私に疑いを持ち始めている。

『静粛に。証人は許可を得て発言すること。反論でしたら論拠を示すように』

諭す風な合成音声が癪に障る。

「論拠!?　このわたくしが、千手樟葉が言っているのですよ!」

法廷警備員が目配せしあい、三方から距離を縮めてくる。どういう意味?　この私が怒りに任せて暴れるとでも?　二本腕が私の程度を測るというの?

「千手義肢の発明者はわたくしです。わたくしが、わたくしだけが、理解しているんです」

「まるでマクロおじさんですね。証人」

弁護士がわけのわからないことを言う。

「よくいるんですよ。小さな組織で技術を抱え込むタイプの会社員。コードを隠し持って、結果だけを提出して、誰にも共有しない」

全く違う。凡俗が、ポストヒューマンを矮小化して語らないで。

「彼らを駆り立てるのは恐怖です。自分の底が知れることへの恐怖。他者が自分に取って代わる恐怖。証人はそれを自覚すらしなかった」

見下すな。憐れむな。弁護士だけじゃない。他の連中もそう。あなた達は誰一人としてわかっていない。何の理論も何の思考もなく、場の空気に飲まれているだけ。

「……不正……」

私はわかっている。私だけはわかっている。私が無罪になることを。

「そうです。これは、不正な捜査に基づいた推理です」

百歩譲って、この二本腕がまんまと脳波ログデータを手に入れていたとしても。どうやって仕掛けに気付く？　どうやって私をハックする？

出来るわけない。私の理論を理解出来るわけがない。絶対に、この男が卑劣で法に触れる手段を使ったの。そうに決まっている。

「この弁護士を逮捕なさい！　この二本腕は、不正を働いたのです！」

『証人。不正とは、一体どのようなものでしょうか。具体的にご説明いただけますか』

「ふ、不正は、不正です！」

言葉が出てこない。不正したことはわかっているのに。

弁護士は下卑た顔と下卑た声で、私をあざ笑う。

「どうやら、おわかりにならないようだ」

「い、いえ、違う。違うのです。わたくしには全てお見通しです。ご自分で白状なさい！」

薄汚い弁護士はまるで美酒を味わうかのように頷いて、私の耳元で囁いた。

「千手さん。あなたの言葉を借りるなら。それは私が解釈し、私が咀嚼した世界に住むということです」

吐き気がするほどねちっこく、弁護士は言う。

「よろしいのですか？　ポストヒューマン」

「…………いい。いいから。言え。早く！」

弁護士は顔を離し、海外ドラマさながらに肩をすくめた。

「イヤですよ。不正なんてしてませんし」

　私は叫んだ。

　気がつくと、私は法廷にうつ伏せになっていた。両肩を法廷警備員に掴まれ、十二本の腕は六対になって拘束バンドで束ねられている。

　法廷警備員の一人が無線で警官と話している。私は——千手樟葉は、これで終わりらしい。

「落ち着きましたか？　知性溢れるポストヒューマン」

　二本腕の弁護士が私を見下ろして、そう言った。

「……随分と勝ち誇っていらっしゃるようですけれど、弁護士。もしかしてあなた、事件の全てを解明したとお思い？」

「負け犬語の講習ですか？」

「動機は権力闘争なんて、馬鹿馬鹿しい。千手と凡人の間に、争いは成り立ちません」

「……自分の発明を素人に超えられた。ポストヒューマンの魔法が消え、自らの底が知れると恐怖した。まっとうな動機かと思いますが」

「凡俗の技術などいずれ抜き返せます。わたくしが本当に許せなかったのは、裏切り」

私は小さく息を吐いた。

「大槻先輩は、わたくしが与えた足を誇るべきだった」

天才とは、孤独ということ。世界を共有する術を持たないこと。

世間が羨む千手病院の勤務医も、私にとっては腰掛け未満。ゆくゆくは千手電子の幹部となるために下々の仕事を知っておく、というつまらない慣習に従っただけ。職場で凡俗に混じるのは、苦痛そのものだった。奴らの感情は嫉妬と羨望の二つしかなかったから。

車椅子の医者、大槻が教育担当についた時、凡人が私に何を教えられるというのと思った。

案の定、大槻の教育は最悪だった。人の顔を覚えろとか、患者への接し方が悪いとか、髪を伸ばしたほうが似合うとか、上から目線で面倒で。

そんな時、彼女が足を欲しがっているのを知った。何社もの機械義足や脳波義足を試していたけれど、どれも合わずに挫折していたのだという。

欲してやまないものを作ってみせれば、大槻も格の違いを知るはず。そう思って、戯れに義足を発明した。

千手義肢の試作型が動いたあの日、私は初めて、感謝という感情に触れた。

大槻先輩は慣れない足でふらつきながら歩き、十歩目で私の肩に掴まった。実験失敗かと思ったけれど、違った。先輩は耳元ですすり泣いていた。

天才は凡人と世界を共有することは出来ない。でも、世界を与えることは出来た。壊れた人形みたいに感謝を繰り返す先輩の姿は、ロウソクの火よりも弱々しくて。

不器用な先輩が二度と転ばないように、義肢の重心を改良した。口下手な先輩の感覚を理解するために、腕を増やした。図々しい先輩の要求に応えようと、量産化して研究資金を増やした。先輩に合わせてデータを整えるために、トレーニングメニューを考案した。見栄張りな先輩が義足を隠さなくていいように、自分自身ポストヒューマンを名乗って、義肢のイメージを変革した。

それなのに。

「大槻先輩は、錦野翠の手垢で汚したのです。わたくし達の千手義肢を」

罰を与えないといけなかった。千手の手に噛み付いたのだから、当然のこと。それでも私は慈悲を与えた。仏の顔も三度までだから、猶予を三回与えた。三回もジャンプさせたのだから、先輩は自分の身に起こった異常に気付いていたはず。

「あの時。一言、千手樟葉の名を呼べば。わたくしに救いを求めれば。謝罪と感謝を口にすれば、大槻先輩は死なずに済みました。それなのに、最期まで錦野翠を選び続けた」

外に応援の警官が到着したらしい。法廷警備員に抱えられ、私は立ち上がる。

錦野の忌々しい顔を見ようとは思えなかった。どうせ、私の話を聞いてすらいないのでしょう。

最後の気力を振り絞り、弁護士に微笑みかける。

「機島弁護士。先程あなたはこう言いましたね。「魔法が消え、自らの底が知れると恐怖した」と」

「……それが何か」

「その恐怖。本当はあなた自身のものでしょう?」

機島雄弁の表情は変わらなかった。けれど、その指先が微かに動いたのを、医者の目は見逃さなかった。

いい気味。

8

ポストヒューマン千手樟葉の逮捕。その報道は瞬く間に全国を駆け巡り、勢いを保ってどこかへ走り去っていった。

要するに、判決前の盛り上がりと比べて鎮火が早かった。

千手電子の圧力も大きかっただろうが、意思の芽生えた義足というキャッチーな要素が消えたのも、世間の沈静化に一役買っていた。

千手電子の株価は一時的に大きく下落したものの、脳波義肢への疑惑が払拭されたことで徐々に持ち直している。

錦野パッチは大槻パッチと名前を変えて、治験を再開するらしい。錦野は千手病院に声をかけられたが断ったそうだ。

一本の迷惑メールから始まった案件だったが、その締めくくりも一本のメールだった。メールというより、会議通知か。

『機島弁護士事務所　情報共有会』……なんだこれは。

「俺、色々納得出来ないんですよ。先週の裁判」

一応、マグカップ片手に指定された時間に指定された相談室に向かうと、軒下がいつもの病気を発症していた。

「こっちも特ダネあるんで、教えてくれませんか。技術の独り占めは良くないんでしょ？」

法廷での発言を一々本気にされたくないんだが。まあいい。私は軒下の向かい側に腰掛け、コーヒーを一口すすった。

「何から聞きたい？　君が三階から飛び降りた理由？」

「流石にそこはわかってますよ。鞄のＳＳＤに注意を向けさせて、機島先生がコピー済の本命を持ち出すためでしょう？」

「三十三点だ。脳波義肢ログデータの入手も重要だが、それだけじゃない。得られたデータはあまりに膨大だ。どれが被害者の脳波かもわからなければ、どの動作が事件を引き起こしたのかもわからない。だから、千手氏に「弁護士はデータを持っていない」と思わせることが必要だったのさ」

「……どういうことです？」

「そうしないと、千手氏が脳波ログを改竄してくれないだろう？」

「改竄？　千手さん、証拠隠滅してたんですか⁉」

データの改竄は、それがそのままトリックの自白にもなる。脳波義肢サーバーに仕掛けたロガーで千手の操作履歴を収集し、錦野のメールｂｏｔで事務所に送信すれば、あちらの手管は筒抜けだ。

千手も警戒していたのか、公判初日までは動きがなかった。しかし結局、キレイになる誘惑に耐えられる人間はいないのだ。

「でも、千手さんのアカウントじゃデータの書き替えは出来ないんじゃ」

まだ気付いていなかったのか。君も一枚嚙んでいたのに。

「よく思い出すんだ。君はただ飛び降りただけじゃないだろう。同時にあるものを落としてみせたはずだ」

「あるもの……。あ、例のメモですか！」

その通り。三階から落下した時、軒下は偶然を装って、私が渡したメモを落としてみせた。メモは軒下の計算通りの軌道でサーバールーム内に落ちて、千手の目に留まった。

「その時、千手樟葉と私は鞄と管理者パスワードの交換について交渉していた。しかしメモを見つけた千手樟葉は、そこにある可能性を感じて断った」

「あ。……あ！　もしかして、メモにあったjrt43……なんとかって！」

「管理者アカウントのパスワードだよ」

千手樟葉は天才だが、自惚れが強く人を見下す傾向にある。他人の愚かさを疑わないタイプだった。その素直さがセキュリティホールだ。

「自分の幸運で管理者権限を手に入れたと思った千手は……」

「改竄でトリックの種を教えてくれた、ってことですか」

千手自慢のトリックを素人の私が見破るのは難しい。それなら、彼女自身に答えを提示させればいい。餅は餅屋だ。私の技術と軒下の珍スキルの為せる技といったところだが、調子に乗られそうだから黙っておこう。

「ワリに合わない案件だったよ。たった五十万で何度危ない橋を渡らされたか」

即鎮火したとはいえ、一応広告効果はあったらしく、大口になりそうな依頼が届いた。しかし錦野との繋がりを宣伝されたのはどう考えてもマイナスだ。

「でも『あかさたな』の手がかりは入ったんでしょう？」

その事か。私はもう一度コーヒーを啜って、コーヒーよりも苦い顔をした。

「え、まだもらえてないんですか？　データのサルベージに失敗したとか？」

「いや、そこは成功したらしいんだがね。「ちょっと待って。整理中だからさ、色々」と言ったきりナシのつぶてだ」

「約束は守る人だと思いますけど……」

錦野のことだ。何かを握っているのは間違いない。出し時を見計らうような内容だったのだろうか。あるいは単に面倒臭がっているのか。

「それで？　軒下君の特ダネとやらを聞かせてもらおうか」

内容には全く期待はしていないが、こちらだけ差し出すというのは性に合わない。

「この徒労感を埋め合わせるだけの内容をお願いするよ」

「驚きますよ。見てください、これ！」

軒下は仕事用ノートPCの画面を得意げに見せつけてきた。

それは二昔前のマニアが食いつきそうな、カスタマイズデスクトップだった。暗い宇宙を背景に、無駄にアニメーションする地球のCGが浮かんでいる。そこには無意味にリアルタイムな雲と街明かりが描画されている。スタイリッシュな時計が十二ヵ国の時間を必要もないのに刻んでいて、画面下のグラフがCPU使用率やメモリ使用率、温度等を無駄に教えてくれる。

変に豪勢なグラフィックのわりにリソースを全くと言っていいほど使っていない。技術力まで無駄だ。

「……何だい？　この無駄の煮こごりは」

「かっこいいでしょう？　朝起動したらこうなってたんですよ」

「OSのアップデートがやらかしたのなら、今すぐMSに長文メールを送りつけるが」

「違いますよ。錦野さんからメールが届いてたんです。『サビ』って書いてありました」

「サビ？」

「サービスのサビか、侘び寂びからとってお詫びの意味のサビか、どっちだと思います？」

「『頭サビてんじゃないの』に一票」

とはいえ、流石の錦野もやり過ぎたと思ったんだろう。赤恥をかいた分、挽回したかったのかもしれない。当人同士の問題だ。私には関係ない。

……ただ。

「質問しておくが、軒下君。錦野にデスクトップ改造の許可を与えたのかね？」

「いいえ？　サプライズでしたから」

「リモート接続の権限を与えた憶えは？」

「ないですね」

「錦野君にパスワードを教えたかね？」

「そんな事しませんよ」

なるほど。秘密にも格ってものがあるんだなと、私は思った。

「そのＰＣ、今すぐ叩き壊したまえ」

Case 3　仇討ちと見えない証人

1

機島雄弁の外出に折りたたみ傘は欠かせない。十月十七日は特にそうだ。

閑散とした住宅街の張り紙だらけのバス停で降り、私は天気予報を確認した。

ここはニュータウン計画の成れの果てだ。若い夫婦が一斉に越してきて、一斉に子育てをし、一斉に巣立ちを見送る。すると、こういう抜け殻のような土地が残るらしい。

八分ほど歩いて丘を登り、目的地の寂れた公園に着く。

腰以下の高さしかない柵に腰掛けると、眼下に西東京霊園を一望できる。宗教宗派問わずの霊園ではあるが、並ぶ墓のほとんどは仏式だ。二百を超える墓石が立地、御影石の質やサイズ、装飾の派手さを競い合っている。檀家商売を嫌って寺から離れても、家の見栄までは捨てきれないのだ。

気付くと、指先に冷えた感覚があった。降り出したのだ。

私はすぐさま傘を開いた。やはり持ってきて正解だった。

「久方ぶりだな。機島雄弁」

不意に、背後から声をかけられる。

振り返ると、黒い男が立っていた。葬式帰りのような黒スーツに、就活生もかくやの黒ネクタイ。黒縁メガネを支える一本通った鼻筋が、男の息苦しい生真面目さを象徴している。

「……宮本（みやもと）か？」

黒い男、宮本正義（まさよし）は右手の傘をわずかに持ち上げた。それがこの男の精一杯の親愛表現であることを、私はよく知っていた。

「水臭いじゃないか。東京に戻っていたなら、一言声をかけてくれれば……」

「腕時計の自慢でもしたか？」

「ロレックス・サブマリーナーだ」

ご期待に応えて、左手首の腕時計を見せつける。傘を持ち替えて右手首のも見せつける。

「こっちはロレックス・エクスプローラー。この両手があればマリアナ海溝からヒマラヤまで、どこに行っても時間がわかる」

「お前の体力では、どちらにも辿り着けないだろう」

「やかましい」

仏頂面の宮本と、小さく苦笑する私。これが我々の基本的なコミュニケーション温度だった。

宮本正義は同郷の幼馴染だ。実直、生真面目、頑固で面倒。最適主義の私とは似ても似つかない性格だが、余りもの同士、並んで飯を食う事が多かった。

「とうとう愛知を追い出されたのかい？　検事様」

「所属はそのまま。一時的な出向だ。局長のご子息に花を持たせろとのご命令だ」

「またヘルプか。貧乏くさい敗戦処理も板についたね」

「そう言うな。勝つときは勝っている」

宮本の息から、学生時代は手に取らなかったタバコの臭いが微かにする。

「妹さんの弁護をしたらしいな。様子はどうだった？」

〝妹さん〟が錦野博士を指すというのは、我々の共通認識だった。少し前まで千手義肢に邪悪な意思を与えた技術者としてメディアで袋叩きにされていたのだから、耳に入って当然だろう。

「相変わらずだよ。捻くれ放題の癖に腕が立つ。手に負えないね」

「捻くれ方ならお前もいい勝負だと思うが」

「錦野唱歌センセイに比べれば、どんぐりの背比べさ」

「笑えるな」

口角がピクリとも上がらないが、これは宮本的には大受けの反応だ。

「手を合わせにいかないのか」

「墓参りがしたいのなら、お一人で。私は霊園の職員が給料分働いているか確認しに来ただけさ」

私が行ったところで、どうせ錦野唱歌はもうわからない。墓前に立っている男が機島雄弁なのかどうか。

「また、顔にメスをいれたんだな」

こちらの思考を見透かしたように、宮本は言った。

「肌艶がいいと女子ウケが良くてね」

「その女子というのは、法壇に座っているのか？」

「…………何のことかな」

私は、今日初めて表情筋を意識しなければならなかった。

宮本は私の手元、折りたたみ傘の持ち手に視線を向けて、こう続けた。

「錦野先生の願いに背いてまで、何故勝ちにこだわる？　目的は復讐か？」

「おいおい。手前勝手にギアを上げていくじゃないか。久々の再会がエンスト寸前だ」

宮本は口をへの字に曲げた。

「うむ。失言だった。不快にさせたのなら、謝る」

不快にさせたことじゃなく、発言そのものを謝ってほしいのだが。

「部下を雇ったのは、良い傾向だ。人を使うことを覚えて、最適超人は卒業しろ」

軒下の話を、一体何処で。そう聞こうとしたときには、宮本は既に背を向けていた。

「普通の弁護士に戻っても、お前は勝てるぞ。機島雄弁」

適当なことを言うな。

負けるさ。もう負けた。だから、錦野唱歌は死んだのだ。

2

初めて錦野唱歌の名を聞いたのは、大学の食堂だった。学生には炭水化物だけ与えておけばいいという雑な方針の学食で、肉も魚も少ないが米だけは多く、申し訳程度のサラダが栄養バランスの存在を小声で囁いていた。

私と宮本の定位置は部屋の西端の長机だった。示し合わせて席をとったわけではなく、騒がしい教育学部連中の根城から離れるうちに、自然とトレーを並べるようになった。

「講師を一人、倒さなければならない」

四百八十円の期間限定塩ラーメンを啜りながら、宮本は言った。奴のラーメン丼の横にはいつものがんも入り煮物小鉢がのっていた。宮本の両親は福島の港町出身で、新鮮な刺し身と黒々とした煮物が食卓の基本だったそうだ。そうした食育の賜物か、宮本は煮物さえ食べれば健康だと考えている節があり、アラビアータパスタにも煮物小鉢をつけた。

「応援するよ」

シーザーサラダの粉チーズが均一になるよう調整しながら、私は答えた。

「違う。俺達二人でだ」

私は右を見て、左を見て、宮本の友人の少なさを思い出した。宮本の言う〝俺達〟には私も含まれているらしい。

「嫌そうな顔だな。機島雄弁」

「嫌な顔だよ。宮本」

「安心しろ。詳しく聞けば、お前も協力したくなる」

「すまないが、麺を啜る人間の提案には乗らない主義なんだ。他人に汁が飛ぶことを許容する人種は、他者に降りかかるリスクも許容するからね」

宮本は短く唸って、麺を箸で挟んでもそもそと口に運んだ。

「麺を嚙み切る人間の提案もお断りだ」

箸が止まる。私は最大限の優しさを発揮して、ナイフとフォークを宮本のトレーに並べてやった。宮本は先程よりやや長く唸って、ぎこちない手付きで四百八十円の塩ラーメンをフレンチ風に食べ始める。私はその様を写真に撮ってから言った。

「聞くだけ聞くよ」

「ナイフとフォークは」

「そのまま」

宮本の眉間のシワが深まった。

「来年度から『AI裁判官時代の技術と倫理』という講義が始まるのは知っているか」

「噂ならね。確か、外から講師を呼んでくるとか」

AI裁判官の導入以降、各大学法学部は対応に追われていた。カリキュラムはブレにブレて、必修科目と選択必修科目が年度によって反復横跳びする。経営難の私大には学部の閉鎖を決断したところもあった。

「そうだ。講師の名は錦野唱歌。ＡＩ裁判官の導入プロジェクトチームの一員であり、米カリフォルニア大で判事ＡＩの開発にも携わっていた人物だ」

それはまた、気の利いた肩書きを呼んできたじゃないか。

講師の名前を検索してみて、私は軽い目眩を覚えた。想像より一回り若く、二回り大人物だったからだ。

錦野唱歌は某有名大の准教授で、情報工学の専門家だ。若年ながら出世街道を上り続ける実力派学者だった。威圧的に並ぶ論文のタイトルは私の手に負えるものではなかったが、人生の密度が違うということはよくわかった。

「これを〝倒す〟だって？」

私は鼻で笑った。何の勝負か知らないが、勝てるわけがないだろう。スープに沈んだチャーシューをナイフで追っかけてるような法学生如きが。

「大体、何の理由があって……。経歴に粉飾でもあるのか？」

「いや、錦野唱歌の業績には疑う余地がない。俺には疑うだけの知識がない」

宮本はチャーシューを一旦諦めてナイフとフォークを置くと、声を一段落とした。

「今から話すこと、誰にも言うなよ」

進級した私は、噂の『AI裁判官時代の技術と倫理』の受講を決めた。

AI裁判官の母とも言える若き天才の講義だけあって、選択科目にもかかわらず大講義室で開かれるほど盛況だった。

ただし、その人気も長くは続かなかった。五月になると空席が目立つようになり、梅雨が明ける頃には教室は限界集落化していた。

というのも、錦野唱歌の授業は絶望的につまらなかったのだ。内容は学生の知識レベルに合わせる気がなく、字が汚いのに板書を好み、脱線も多く、そのトークはしばしば催眠ガス扱いされた。成人式の市長の言葉を日本全国北から順に聞いていったほうが、まだ愉快な時間が過ごせただろう。

それでも、私は欠かすことなく出席した。宮本の義憤に共感したわけじゃない。錦野唱歌に好意があったわけでもない。むしろその逆、錦野唱歌が気に入らなかったからだ。

特に、講義の締めくくりの言葉が。

「正しいを作ろう」

チャイムが鳴ると、錦野唱歌は必ずそう言った。

決め台詞のつもりらしいが、滑っている。しかも本人はそれに気付いていない。

こっちは奨学金で借金まみれの身だ。人生の成功者が上から投げ込んでくる「正しいを作ろう」は、一方的な搾取宣言にしか聞こえなかった。

その日も、夕焼けの光の差し込む講義室で、いつもの言葉で、錦野唱歌は授業を終えた。学生たちがあくびで脳に酸素を取り戻し、ゆるゆると去っていく。残るは、私と宮本、黒板消し片手に背伸びする錦野唱歌のみになる。

「裏は取れたか」

宮本が言う。

「君こそ、今更怖気(おじけ)づいたはナシだよ」

「問題ない」

我々は腰を上げて、教壇に向かった。

「錦野先生、お時間よろしいですか」

「んー？」

錦野唱歌はショートの髪を揺らして、こちらに振り向いた。

「本日の講義について質問があるのですが」

「嘘、質問⁉　いいの⁉」

唱歌は右手の黒板消しを取り落とし、その角に頭をぶつけた。白っぽい粉が派手に舞って、私は一歩下がった。

どうやら、初めての質問で妙なテンションになったらしい。

「ご無事ですか」

「お気遣いなく。どんとこい！」

では、遠慮なく。

「先日、先生は日本のAI裁判官の学習にアメリカの裁判データを使ったと仰っていましたね。一体何故、データソースをアメリカに限ったのでしょうか」

「実績があったからだよ」

「それはアメリカの実績ですよね」

私は教壇に一歩踏み込んだ。

「アメリカのデータをこの国に導入するには、転移学習が必要です。転移学習は系統的誤差に大きく引きずられる。データ取得環境のバリエーションは多いに越したことはないはずです」

「おぉ、自主勉強してるじゃん。感心感心」

「EU諸国でも、フランスは裁判録画が認められています。アジア圏では韓国も。何故それらを使わず、アメリカのデータのみで？」

「契約の関係って聞いてるけど」

錦野唱歌が軽く流そうとすると、間髪いれず、宮本が噛み付く。

「いいえ。アメリカの法律事務所の働きかけがあったはずです」

三大学の国際協調プロジェクトの資料を出して追い込みをかける。

「この国のAI裁判官導入に積極的だった大学は、いずれもアメリカ企業との共同研究を行っています。費用はほぼあちらの負担だ」

さらに、宮本はとある大学教授のSNSでの誤爆投稿の魚拓を見せた。それもまた、この国の学術機関とアメリカ司法の癒着を匂わせるものだ。

「……君たち、よく調べたね」

「お褒めにあずかり光栄です」

私は恭しく頭を下げた。

「では、お答えいただきましょうか」

要するに、私が聞きたかったのはこうだ。「綺麗事を抜かしているが、あなたは司法を、金で売ったのでしょう？」

錦野唱歌はしばらくチョークに汚れた指先をいじっていたが、やがて伏目がちに言った。

「……AI裁判官の導入に政治的な思惑があったかは、私には断定出来ないかな。ごめんね」

「逃げるのですか」

宮本が声を鋭くするが、錦野はうつむいて黙るばかりだ。千日手だ。所詮、学生の手で集められる情報なんて週刊誌のコピーにプラスアルファが限界だ。黙秘で誤魔化せると踏んだのだろう。まあいい。

「いやはや。オトナなご回答をありがとうございます」

苦々しい顔の宮本とは正反対に、私は満足していた。

この反応を引き出せただけで十分だ。超然とした天才に見えても、一皮むけば保身の塊だと証明出来た。

宮本の呼び止めを無視して、私は踵（きびす）を返した。

腹の立つ学生だろう。落としたければどうぞ？　単位には困ってない。

「待ってよ。センセイの話終わってないよ。機島雄弁君」

その声に、つい、足が止まる。顔と名前が一致するのか？　講義中、誰を当てることもなく、レポートの提出は電子で、出欠も顔認証に任せきりなのに。

「そりゃ覚えるよ。一番後ろで一番真面目に聞いてるんだもの。そっちの喪服っぽいキミは、宮本正義君だよね」

教壇側から席を見渡すと、なるほど、教室の一人一人の顔がよく見えそうだ。この環境で眠られると、中々堪（こた）えるものがあるだろう。

「二人共熱心だし、レポートの出来も良いしで感心してたのにさ。全部女の子にこんな意地悪な質問するためだったなんて、センセイちょっとガッカリだな」

「女の子って……」

「あ。その発言。機島君友達少ないでしょ」

「……本件とは無関係の質問です」

「もう弁護士気分なの？」

錦野唱歌はカラカラと笑った。

「政治的な思惑は、ぶっちゃけまぁ、たぶん、あったと思うよ。うん」

「自白とみなします。もう一度このマイクに向かってご自分の意志ではっきりと」

宮本がスマートフォンのマイクを向けたので、錦野唱歌は慌てて首を振った。

「ち、違う違う！　みなさないでよ。私はチーム内にそれっぽい雰囲気を感じたってだけ。ＡＩ裁判官導入プロジェクトでの私の立場は、ただの技術アドバイザー。政治的な話には立ち入れなかったの。証拠は君たちの方が握ってるよ」

そうですか。とは言ったものの、宮本はマイクをしまわなかった。

「でもセンセイはね、それに乗ってでもＡＩ裁判官を導入したかったの」

「金銭以外の理由で、ということでしょうか」

「うん。設計が違うから」

……設計？

言葉の意味がわからず、私と宮本は顔を見合わせた。

錦野唱歌は軽く肩を回すと、講義机に腰掛けた。夕日が、どこか透明感ある容姿と髪についたチョークの粉を引き立てた。

「私、小学生の時、両親が離婚してさ。父親は持病があって無職だったから、母親に引き取られたんだけど。あの人やたら成果主義だったんだよね」

「教育ママというやつですか」

「そうそう。わりと優秀な妹がいたんだけど、一々比べられてさ。偏差値や内申点で、お小遣いも服代も自由時間も、何から何まで差をつけられたんだ」

サッチャーみたいな親だな。

「だからセンセイ、妹を置いて父親の方に行ったんだよね」

「生活に不自由するほどリソースを奪われていたのですか？　その、優秀な妹さんに」

「逆、逆。私は小遣い三万もらってた側。センセイ、昔から超優秀だったから」

それはまた、その妹とやらが気の毒だ。歪んで育ってないといいが。

「センセイとしてはちょっとした引っ越しのつもりだったのに、気付いたら誘拐と窃盗と不正アクセス事件になっちゃって」

「誘拐はともかく、他は一体？」

「養育費代わりに母親の暗号資産ちょろまかしたから。六百万」

おい。

「結局、家庭裁判所に引っ張り出されて、母親のところに戻るように命令されたんだ。ハッピーエンドとは程遠いよね」

当然の結果だとは思うが……。

人間の裁判官の失職狙いでＡＩ裁判官を作ったのだとすれば、逆恨み（さかうら）も甚だしいのでは。

私の冷めた視線に気付いてか、唱歌は慌てて両手を振った。

「違う違う。判決自体はしょうがないと思ってるよ。うん。でも、その時裁判長に「お母さんは誰よりあなたを一番に考えているのです」って言われてさ。なんか設計が違うなーって」

「見ている世界が違う、という意味でしょうか」

裁判官は言うまでもなくエリートだ。裕福な両親から生まれた順風満帆な人間のお説教など聞くに堪えない。そういう被告人も多いと聞く。

しかし、錦野唱歌は首を振った。

「ちょっと違うかな。「うっわ、人間じゃんコイツ」ってヒいたの」

「……人間ですから」

宮本が言うと、錦野唱歌は大きく頷いた。

「それが問題なの。シンプルじゃないんだよね。人間」

錦野唱歌がよくわからない方向で怒り出す。

「結局さ。人間は生まれた時から裁判官じゃないわけ。赤ん坊の泣き声も「おぎゃー」であって「ゆうざーい」じゃないでしょ」

せめて無罪にしてあげてくれ。

「ほっとくと何か学んじゃうんだよね。人間は。勝手に人生やって、その過程で道徳を学んで、それを元に法律を扱うわけでしょ。不純なんだよ」

不純ときたか。

「原始、裁きは神様の役目だったでしょ。天罰があるからこそ、人々は正しさの先の幸福を信じられた。でもそれはマヤカシで、人々は仕方なく自分たちの手で裁くことにした。不格好な神様の真似ごと。ホンモノじゃない」

錦野唱歌は窓の外のどこかに視線をやり、

「裁きはね、お腹を空かせちゃいけないの」

と、歌うように言った。

「裁きは、眠くなってもいけない。誰かを愛してもいけないし、死を恐れてもいけない。いいえ、生命を持ってはいけないの。人を裁くのは、そうあれかしと生まれたモノ。目的のために設計されたシンプルな機構こそ相応しい」

唱歌は小さく息を吐いて、私達に笑いかけた。

「だから、ＡＩ裁判官をこの国に持ってきたわけ。わかってくれた？」

「……そうですね」

私は今の長話を出来る限り咀嚼して、ひとまずの結論を出した。

「どうやら、先生もご友人が少ないようだ」

「え、ひど！　この流れでそれ？」

「話の内容が重すぎます」

「そ、そんな事ないよ。これぐらい普通でしょ？　ねぇ、喪服君！」

「話の枕を親の離婚にされると、いささか」

そんな、と狼狽(うろた)えてみせる錦野唱歌。不器用で頼りない講師像と、ＡＩ裁判制の伝道師の顔が継ぎ目なく繋がっているが、そこに不自然さは感じない。

「うーん、キミ達に見限られたくなくて、張り切っちゃったのかな」

「我々が脱落したら、来週から壁に講義しなくてはいけませんからね」

「そういう事じゃなくて。大体、キミ達以外にも、もう一人ぐらい聞いてくれる子がいたらいいなって、いつも思ってるよ」

それはあなたの願望では。

仕切り直したかったのか、唱歌は咳払いした。その拍子にチョークの粉が気管に入ったらしく、本格的に何度も咳き込んだ。

咳が落ち着いてから、彼女はもう一度恐る恐る小さく咳払いした。

「ＡＩ裁判官は生まれたばかり。彼を正すのは正しい運用で、彼女を育てるのは正しい判例——つまり、キミ達の役目だ」

目の前に白い手を差し出され、つい、握り返してしまう。

「てことでさ、来月アメリカの弁護士招いてＡＩ裁判をシステム面から考察するワークショップがあるんだけど、参加してみない？　事例ベースで傾向と対策が学べるよ」

「そんなもの学んでいいのですか」

「目を閉じれば落とし穴がなくなるわけじゃないでしょ。問題を塞ぐには、それを知ることが第一歩。データなくして戦略なし。それがセンセイのモットーだから」

ミイラ取りがミイラだ。錦野達ＡＩ裁判官プロジェクトチームの不正を糾弾しようと挑んだはずが、気付けば取り込まれている。

しかし、私は頷いてしまっていた。

「一緒に正しいを作ろう。機島君。宮本君」

この時味わった敗北感は、今でもチョークの臭いと併せて思い出せる。

3

買い替えた柱時計が十六時を告げたのと、自動ドアが開いたのは全く同時だった。

メトロノームと聞き間違えるほど規則正しい足音を立て、依頼人は現れた。

瀬川小晴（せがわこはる）。スーツの決まった凜々しい女性だ。

彼女は栃木を本拠地とする食品加工会社の若社長だ。いわゆる同族企業の社長令嬢ではあるのだが、温室育ちとはとても呼べない。母の代で潰れかけた会社を、その豪腕で再建し拡大させたのだから。

重要なことは一つ。その会社の決算が絶好調で、瀬川の懐も温かいということだ。

瀬川はソファーに浅く腰掛けると、軒下が出した紅茶に手を付けるよりも前に、口火を切った。

「あなたは不敗の弁護士と聞いたけれど。間違いない？」

「ありません」

「なら、六年前の判決をひっくり返してちょうだい」

ストレートなメールにストレートな物言い。ビジネスパーソンの中でもとりわけビジネスライクな人物のようだ。

「再審請求ですね。メールにも書きましたが、口頭で詳細を伺えますか」

「いいでしょう」

瀬川は頷きつつ、ブランドものの手提げから水筒を取り出すと、その中の氷のキューブを紅茶にぶち込んだ。一応、イギリス直輸入の高級品なのだが……。

「東西フィンテックという企業の名を聞いたことはあるかしら」

「融資スコアリングシステムの開発運用を手掛けた会社、でしたね。官民連携の数少ない成功例だ」

「知っているなら、話は早いわ」

「あのー。俺、知らないです」

軒下が手を挙げると、瀬川は冷めた目で「手短に」と言った。

「軒下君。中国の社会信用度スコアぐらいは知っているかな」

「ああ、留学生の友達から聞いたことありますよ。成績や犯罪歴、その他の行動履歴からＡＩが国民全員にスコアをふるんですよね。スコアがいいと進学や就職が有利になったりするけれど、悪いと電車にも乗れなくなったりするとか」

その通り。デジタル管理社会を代表するシステムだ。

「融資スコアリングはその縮小版さ。個人や企業の預貯金や収入、家族構成やその他来歴から、ＡＩで信用力をスコア付けするんだ。君にも身近なところで言えば、クレジットカードのキャッシング枠あたりもそれで決まっている」

「それって、わざわざ国が作るようなものなんですか？」

「お題目を語るなら、きめ細やかな融資は社会の潤滑剤なのだよ。返済能力のない相手に無理な貸付をしてしまう可能性が減るし、将来性ある事業の芽を潰すこともなくなる」

二〇〇〇年代を代表する金融危機であるリーマン・ショックも、悲劇の起こりは格付け会社の信用見積もりミスだ。

「人の欲の入り込まないＡＩ判定は、金融の安定化に役立つってことですね」

と、軒下が頷く。

「システムが正しく使われてさえいればね」

そう、瀬川が吐き捨てた。

「どういう事です？」

「六年前。その東西フィンテックが国ごと訴えられたの。知ってるかしら」

確か、とある中小企業の経営者たちが国を提訴したのだ。争点は……。

「スコアを理由にした貸し渋り、でしたか。融資スコアリングシステムに不正なデータが使われていたとか」

「ええ。別プロジェクトのスマートフォンの基地局情報を流用していたの。母はその原告団の代表だった」

瀬川は淡々とした口調でそう語り、機械的な動きで紅茶を溶けかけの氷ごと飲み干した。

「上品な味ね。もう一杯頂ける？」

そう言いつつ、彼女は空のノリタケ食器に氷のキューブを三つ放り込んだ。とりあえず、次回があれば午前ティーを出そう。

「奴らは金と圧力に物を言わせてきたわ。原告団も一人二人と減っていって、私も家に連絡が取れなくなった。弁護士すら母を見捨てた」

瀬川はタブレットで当時の裁判資料のＰＤＦを見せてきた。組織構造の問題点の調査、融資スコアリングと人流予測のサーバーや担当者の一致の調査等々に関するものだ。

「それでも、母は戦い続けた。母には切り札があったの。東西フィンテックの開発者からの内部告発メール。そこには、不正データを加工するソースコードまで添付されていた。……でも」

瀬川がタブレットで判決文を見せてきた。

「結果は無残なものだったわ」

要約するとこうだ。東西フィンテック合同会社による不正なデータの受け渡しは認められる。しかし、それはあくまで手違いである。基地局情報は原告の融資スコアにはなんら影響を及ぼしていない。金融庁の監督責任も認められないものとする。

爪痕を残せた、とはお世辞にも言えない。引っかき傷にもなっていない。

「そのソースコード、認められなかったのですね。証拠として」

「告発メールもソースコードも、偽造扱いされたわ。何より、告発者本人が否定したの」

瀬川のティーカップを握る手に、力がこもる。

「母は裏切られた。告発者……白湯(さゆ)健介(けんすけ)に」

注がれた紅茶をまた一口で飲み干して、瀬川は小さく息を吐いた。

「母は自殺を図ったけれど、それも失敗して精神を病んだ。病床でうわ言のように言っていたわ。『私は勝っていた。裏切られても、真実は勝っていた。けれど、〝見えざる証人〟に、全て奪われた』……と」

「見えざる、証人……？」

軒下がツバを飲む。

「な、なんですか、それは。透明人間ですか？」

「本気にしないで。私の顔も思い出せない頃だったから」

瀬川はティーカップにアイスキューブをぶち込むと、軒下が茶を出す前に、氷だけ口に突っ込んで噛み砕いた。もしや、単なる氷好きなんだろうか。

「私がこうしていられるのも、投資で成功して資金を引っ張ってこれただけ。運に助けられなかったら、今頃親子揃って野垂れ死に。いくら金を取り戻しても、母の心は帰ってこない」

復讐。怒り。人を動かす最大の動機の一つだ。

依頼人の動機はわかった。残る問題はこちらの動機だ。正義に燃える弁護士なら、あるいは軒下君なら、義憤で腹も膨らむだろうが、私は違う。

「瀬川さん。請ける請けないを別として。プロとして申し上げておきますが」

私はようやく程よい温度になった紅茶を口に含み、あえて間を空けて話した。

「六年前の判決は妥当です。透明人間だか幽霊だか知りませんが、無関係です。お母様の見立ては自分贔屓のド素人のソレと言わざるを得ません」

「機島先生！」

軒下が諫めてくるが、事実は事実だ。

所訓第五条、営利目的忘れるな。こちらの仕事を安く見られては困る。

「資料を見るに、お母様は法廷を学級会と勘違いなさっていたようだ。受信した告発メールを提出しただけでは、ヘッダ偽装の可能性も十分あります。プロバイダに通信履歴の開示請求が出来ていないのは痛いですね。今更遅いですよ。もう消されていますから。東西フィンテック側が提出したソースを偽装だと訴えていますが、何の根拠も示せていない」

あえてゆっくりと紅茶を一口楽しみ、こう続ける。

「この尻拭いは、簡単じゃあありません。国賠訴訟の再審請求。しかも新証拠は一切なし。船で山に登れと言っているご自覚は？」

瀬川は私の目をじっと見つめたあと、とうとうティーカップを経由せずに氷を嚙み砕いた。

「初めに言ったけど、回りくどいの苦手なの。あなたが聞いているのは自覚や覚悟じゃない」

瀬川は懐から茶封筒を取り出して、机に放った。開いてみると、そこには一枚の小切手が。

「そこのゼロの数でしょう？」

私は息を呑んだ。

「成功報酬はその倍額。実費は別」

覗き込んできた軒下を押しのけ、三回ゼロの数を数え直す。この額、会社の金の私的流用じゃないだろうな。

「この事務所を訪ねたのは、あなたの悪評を聞いたから。疑惑の無罪請負人。市民感情逆撫で機。カラスを白く塗る弁護士。シンプルクソ野郎。けれど、その噂の全てに勝訴がついて回っていた」

瀬川は強い決意と怒りを込めた目で、私を見つめた。

「手段は問わないわ。費用も目を瞑る。欲しいのは結果のみ。あなたに出来るかしら？ 機島弁護士」

「お任せを」

こういう仕事を待っていたのだ。

4

再審請求に必要なのは取っかかりだ。

指先でつまめる程度の小さなものでもいい。六年かけて既成事実化された盤面をひっくり返すには、変化が必要だ。

裏切りの告発者、白湯健介に話を聞ければ一番なのだが、残念ながら彼は既に亡くなっていた。なお、彼の死に事件性は全くない。享年七十八。ごく普通の脳溢血だ。

使えるツテは全て使い、錦野博士にも声をかけた。

瀬川小晴の依頼を請けてから八日ほど。他人の金をドブに捨てる楽しさに目覚め始めた頃、ついに私は指先に引っかかりを見つけた。

その感触を確かめるべく、私と軒下君は秋葉原へ向かった。

「あのー、先生。ほんとにこの先に手がかりがあるんですか？」

観光客溢れる歩行者天国で、人とぶつかっては謝りながら、軒下がついてくる。

「当時の弁護士さんが一年かけて調べ上げたことを、そんなにすぐ覆せるものなんでしょうか」

軒下君の言うことはもっともだ。手がかりにも賞味期限がある。時計の針とともに証人の記憶は曖昧になり、証拠は紛失する。だから時効が存在するのだ。

「いいかい軒下君。この訴訟、六年前と比べて有利な点が二つある」

「もしかして、一つは「この機島雄弁が弁護すること」ですか？」

「有利な点が一つある」

「図星だったんですね」

私は黙秘権を行使して、タブレットを渡した。

「なんです？　この記事。『節洞（ふしどう）レンタリース横領事件』？」

節洞レンタリースとは、ＢｔＢ専門のＩＴ機器リース会社だ。ＰＣやサーバーを企業向けに貸し出していた。その節洞レンタリースの社員が、廃棄になったＰＣを中古屋に転売していたのだ。

「東西フィンテックもここと取引していたんですか？」

「そうとも。彼らのＰＣは証拠を乗せて中古マーケットに流出したのさ」

「流出……するんですか？」

軒下がぶつかった人に謝りながら聞いてくる。

「俺だって、パソコン捨てるんならデータぐらい消しますけど」

「一回上書き程度のフォーマットなら、残留磁気からデータを復旧出来るのだよ」

「でもリース会社だってプロですよ。そのあたりは気をつけて徹底的に消すんじゃ」

「節洞レンタリースのウリは「とにかく安い。どこよりも安い」だったそうだ」

軒下は「嫌ですね。デフレって」とコメントした。

「でも、東西フィンテックは予算ありましたよね。専用ソフトでフォーマットしてそうじゃないですか」

「東西フィンテックの稟議フローは「とにかく長い。どこよりも長い」だったそうだ」

軒下は「嫌ですね。組織って」とコメントした。


観光客でごった返す歩行者天国を離れると、アニメ声の客引きも聞こえなくなる。

寂れた雑居ビルの一階に、目的地〝ジャンクショップコモン〟は店を構えていた。名前の通り、PC部品のジャンク屋だ。

時間が止まっているんじゃないかと思うほど古臭い陳列に、電気が止まっているんじゃないかと思うほど暗い店内。客は一人もいない。

何か、化けて出そうな雰囲気だ。コンデンサの幽霊あたりが。

「こう……マニア受けする通の店って感じですね」

軒下の精一杯のフォローが虚しく響く。

「問題は、明らかにマニアにすら受けていない所だろうね」

「錦野さんが教えてくれたんでしたっけ？　この店」

「彼女の情報によれば、二年前にある中古PCがこの店に売られ、未回収らしい。東西フィンテックのプログラマー、白湯健介氏のものだ」

「白湯って……例の告発者ですか⁉　世紀の大発見じゃないですか！」

軒下は商品棚の迷路に勇ましげに踏み込んでいくと、すぐに頭に埃をのせて戻ってきた。

「パーツしかありませんでした！」

「足がつくから、分解して売ったんだよ」

まぁ、分解してもついたんだが。

黒ずんだ値札を見る限り、一台バラして売り払っても、表通りの店でラーメンにありつけるぐらいの儲けだろう。移動時間も考えたら近くのコンビニでバイトした方が金になる。ハイリスクローリターン極まる裏稼業だ。

「PC本体がないとなると、HDDを探すんですか」

「それだけじゃない。可能な限り全てさ」

私は軒下のスマートフォンに所望のパーツの型番リストをSlackで送信する。

「HDDとSSD、それからD-RAMとCPUだ。マザーボードも欲しいな。コンデンサがイカれている可能性は高いが、そこは取り替えられる」

「記憶ディスク系だけじゃだめなんですか？」

「それらをフォーマットしても、メモリには一時データが残っていることがあってね。照らし合わせれば復元に使える」

六年前のデータが揮発していないかと言われると相当怪しいが、手がかりは多いに越したことはない。

「えーと、先生。まさかと思う事があるんですが、念の為確認してもいいですか？」

どうぞ、と促してやる。

「このジャンクの山から、特定の型番を探して、組み立てて、起動して、二年前に持ち込まれた物か確認して、違ったら最初から……。って、まさかそんな途方もない事しませんよね？」

「まさか。この私がそんな無駄な真似するわけないだろう」

軒下はほっと胸を撫で下ろした。

「ですよね」

「通電なんか厳禁さ」

「え」

「当然だろう？　起動時の処理で飛ぶデータもあるからね」

専用の設備で非通電コピーを行ってからでないと、証拠が損耗してしまう。貴重な遺跡を重機で掘り返すような杜撰な仕事は、機島雄弁に相応しくない。

「いやいやいや。起動もしないで、どうやって東西フィンテックのＰＣか確かめるんです？」

「さて、どうしたものかね」

「どうしたものかねって、そんな他人事みたいに」

「へぇ。勘がいいじゃないか」

「はい？」

私は右ロレックスと左ロレックスに目をやった。どちらも約束の時間を告げている。

「ところで、軒下君。君の試用期間は今月末までだったね」

「はぁ。そういえばもう三ヶ月ぐらいですっけ……って、何です？　いきなり」

「いや何、少々悩んでいるんだ。君は千手義足の件では、事務所にごく些細なメリットをもたらした。ただ、上司をポマード臭呼ばわりする等、看過できないハラスメント行為も見受けられるからね。当落線上だ」

「と、当落線上……!?」

「具体的には、とうらくの〝く〟のくびれあたりにしがみついているね」

「だいぶ滑り落ちてるじゃないですか！」

「とはいえ、滑らせっ放しも面白くない。そこで私は気付いたのさ。入所試験がまだだったなと」

　軒下は間抜けに口を開けている。察しが悪いな。

「明日の正午までに白湯健介氏のＰＣ一式を揃える目処が立っていれば合格。なければお祈り。それでいいね」

「え……はい？」

　鳩が豆鉄砲を食らったような顔だが、これも事務所の格式を保つために必要なことだ。私が店の埃臭さに辟易したことや、馴染みの画商にお呼ばれしていることとは何の関係もない。

「使えるものは何でも使っていい。必要なら残業も構わないが、連絡はくれたまえ。それじゃ」

　首を傾げ続ける軒下を捨て置いて、私は店を出た。

君が最適な駒かどうか、証明してみせるがいい。

5

「冗談でしょう?」と声が出たときには、機島先生の背中は雑踏に消えていた。

俺は思い知った。

機島先生はたちの悪い冗談は言わない。たちの悪いことをするんだ。スマホを確認する。

現在、午後二時十二分。表に八時閉店と書いてあったから、あと六時間もない。

あとわずか五時間と四十八分で、初めて来たジャンクショップで、二年前に持ち込まれたコンピュータをピタリと組み上げる。それが、入所試験だそうだ。

インポッシブルだ。あまりに非現実的過ぎて、成功する自分をまるでイメージ出来ない。

頬を叩いて気合を入れる。

悩んでいたって仕方ない。データなくして戦略なし。それが事務所の方針だ。

すだれを潜って奥に進むと、でっぷりとした体格の男性がレジから隠れるような奥に座っていた。ワイヤレスイヤホンまでして、タブレットを眺めている。昔バイトしていたホテルのチーフに見られたら、ヘッドバット食らいそうな接客スタイルだ。

「あのー、すいません！　店長さん！」

店長は肩と肩肉をびくりと震わせ、ゆっくりと顔をあげた。

二秒ほど見つめ合ったあと、店長はさっきと同じ速度で手元のタブレットに視線を戻していった。

「すいません!!」

店長は舌打ちして、片耳のイヤホンを外した。

「なんだよ。高かったのに全然ノイズキャンセル出来ないじゃん。これ」

俺、この店でノイズサイドなんだ。

何故か申し訳ない気持ちになりながら、スマホ画面の型番リストを差し出す。

「すいません、店長さん。二年前の六月に店に持ち込まれた、このパーツについて聞きたいんですが……」

「あるよ」

「も、もうちょっとちゃんと見てもらえると」

「オタクこそ、店見てないのか？　売れてないんだよ。うちに持ち込まれたってのが事実なら、五年前だろうが十年前だろうがあるよ」

売れないことへの自信が圧倒的だ。よく保ってるな、この店。

「ちなみに、二年前の六月の品は棚のどこに……」

「そんなもん一々記録してるとでも？」

「そこをなんとか思い出せませんか？」

店主は質問に答える代わりに、冷たい目でじっと俺の顔を見つめた。

「オタクみたいな悪党、稀に来るんだよ。目ぇギラギラさせて、右も左も引っ掻き回してよ。だが、日が暮れる頃には萎びてきて、最後は決まってウチの在庫管理にツバ吐いて帰んのさ」

「悪党より悪い在庫管理なんですね」

「毒をもって毒を制すってヤツよ」

違うと思うけど。

「特にそれ、富良通社製のｂｔｂパソコンに採用されてたからな。同じ型がごまんと流れてる。マザボ、ＨＤＤ、ＳＳＤ、メモリ。どれも十個はあるんじゃないか。メモリは二枚挿しだから二十個か。１０×１０×１０×２０×１９÷２で、えー……」

店主はタブレットの電卓アプリを叩いた。

「十九万通りかな。この中からピタリ賞当てる運があるんなら、馬券でも買って帰った方がいい」

「……店長さん」

「何」

「算数、お得意ですね」

「やっぱオタク無理だって」

ですよね。しみじみそう思う。

正直にいうと、俺は事務所に入るまでメモリとHDDの違いも知らなかった。何なら今もよくわかっていない。PC自作なんてもってのほかだ。

どう考えても俺一人じゃ解決出来そうにない。それなら……。

『……何？　ヒナドリくん。早寝するとこなんだけど』

電話の向こうで錦野さんはとても不機嫌そうに言った。午後二時過ぎに寝るのは早寝の範疇なんだろうか。

「すみません、錦野さん。実は……──」

機島法律事務所所訓第三条。立っているものは親でも使え。座っていたら立たせて使え。

何でも使っていいというなら、人に協力を願うのもアリだろう。俺が知っている中で、一番この店の攻略に近い人といえば、店を教えてくれた情報提供者本人だ。

「――……ということで、明日までに」

『それさ、機島くんの依頼じゃないよね』

事情を説明し終わると、錦野さんはそう聞いてきた。

「違いますけど、ポケットマネーで」

『ぺたんこじゃん、そのポケット。自分の裁判の実費払ってカツカツでしょ』

なんで知ってるんだ。

「子供の頃のお年玉の定期預金を解約すれば、なんとか」

『嫌。なんかばっちい』

やっぱりこの人に素直に頼み込んでもムリだ。蛇の道は蛇。俺も機島弁護士事務所流の手を使うしかない。

「錦野さん、この前事務所にいらした時のこと、覚えてますか」

『は？ いきなり何』

声が警戒モードになる。忘れられるわけもない。俺の事を散々煽りたおしたものの、機島先生に全部ひっくり返されて顔を真っ赤にして退散したのだ。共感性羞恥でこっちもちょっとキツかった。

「先生、あの時の音源をCDに焼いて保管してるんですよ。サーバーだと侵入されそうだからって」

『最低……』

「俺なら持ち出せます」

『……イヤなとこ強かだね。ヒナドリくん』

二十分後、錦野さんからとあるブログのURLが送信されてきた。

マクシーブログというらしい。タイトルは『ジジイ一匹ブログ道』。ブログ歴は四十年以上。一昨年から更新が途絶えているが、それまで週に一度は更新されていたようだ。

『白湯健介のブログ、これ』

「実名伏せてるのに、どうやって」

『教えない。それより、七年前の四月三日の記事みて。増設しちゃったんだって。リースパソコンのメモリ』

「借り物の改造ってことですか？　それっていいんですか？」

『そんなわけないじゃん。契約違反。普通やらない。だからさ、目当てのPCのマザボだけ痕跡があるかも。メモリスロットに』

そういう事か。俺は膝を打った。

「で、メモリスロットってなんです？」

『うわ……』

錦野さんの指導を受けつつ、俺は白湯さんのと同じ型番のマザーボードを並べて観察した。どのボードにも大なり小なり傷のついたメモリスロットが見られたが、一つだけ、他よりも傷のついたスロットが二つ多いのがあった。これだ。

「見つけましたよ、マザーボード！」

『よかった、よかった。おやすみ』

即通話を切断され、俺は急いでリダイヤルした。まだパズルのファーストピースが見つかっただけだ。メモリもCPUもHDDもSSDもなしじゃ、先生を頷かせられない。

『……何。普通にわかんないし。眠いし』

不機嫌さを増した錦野さんをなんとか宥めて次の手を聞き出そうとするが……。

『ムリ。古い埃の成分を比較するとか、あるかもだけど。明日までは、ムリ』

具体的な手段を持ち出してくるあたり、本当に手の打ちようがないみたいだ。

『逆にさ、それが答えなんじゃない』

「どういうことです？」

『知らーん。てかさ、事務所、落ちた方が幸せだと思うよ』

そう言い残して、錦野さんは通話を切った。今度こそ、リダイヤルしても出てくれなかった。俺はそれほど頭がいい方じゃない。錦野さんが不可能だって言うんなら、ソレ以上の解決策は、たぶん思いつかない。

逆に、それが答え？　どういう意味だろう。答えがないのが答え。

初めから正解なんて用意されてない。この試験は、俺を切るための方便。力不足を知って、自分を見つめ直して、まともな道に戻れっていう……。

「……違う」

機島法律事務所所訓第一条、自分に勝つより裁判に勝て。

あの人は人間的成長なんてあやふやなモノを求めてこない。機械的な最適主義で必勝主義だ。無駄なことをとにかく嫌うし、勝つためには手段を選ばない。クビにするだけなら、こんな回りくどい手は使わない。

だから、これは〝軒下智紀が出来ること〟に決まっている。機島先生に任されたんだから。

二時間後、俺は機島先生に電話をかけた。二コールも終わらないうちに、先生は上機嫌に応答した。

『やぁ軒下君。もう残業の申請かい？　それともギブアップかな？』

生き生きとした応対だ。流石、水と他人の泣き言だけで三ヶ月は生きていけると豪語するだけある。

「直帰の連絡ですよ。明日事務所にPC一式持っていきますね。お疲れさまでした」

『…………』

「先生？」

『……二十秒くれたまえ。今、君のドヤ顔を叩き潰す最高の皮肉を考え――』

「お疲れさまでした」

俺は通話を切った。

「オタク、ペテンにかけてんじゃゃないだろうな」

店長が商品を包んだ紙袋を突き出しながら、聞いてきた。ちなみに袋は近場のデパートの使いまわしだ。

「あってますよ。これで」

説明しても、納得してもらえるとは思えないけれど。

普通の技術では、一式揃えるのは難しい。ということは、俺の感覚を使えってことだ。

鍵は傷だ。マザーボードはその名前の通り、他のあらゆるパーツと接続している。物体が擦れ合えば、そこには当然傷が生まれる。そして、俺にはわかる。どの傷が棚でいじられてついたもので、どの傷が端子の抜き差しでついたものか。どのメモリをどう引き抜けば、どんな傷がつくのか。

あとはジグソーパズルだ。マザーボードからメモリとHDDとSSD。傷を辿って芋づる式で調べればいい。傷を見るだけだから、通電も必要ない。

あくまで、機島先生と錦野さんが敷いたレールを辿っただけだ。俺の発想じゃ解けなかった。

でも今日はそれでいい。入所試験、合格だ。

6

白湯健介氏のPCは、期待通りの効果を発揮した。そこから掘り出せた新証拠には、再審請求を通すに十分な威力があった。

依頼を請けてから一ヶ月。我々はまさにトントン拍子で東京高裁まで辿り着いたのだった。

私は担当検事の名前を再確認し、対岸の席に座る人物を見て、断言した。

「勝ったぞ。軒下君」

そこに居たのは、あの田淵検事だったのだ。刑事訴訟と国賠訴訟では部署が違ったはずだが、異動だろうか。

「でも先生。今日の田淵検事、なんだか妙に大人しいというか、ひと味違いませんか」

軒下が言う通り、今日の検事には特段の異常が見られなかった。いつもの黒縁メガネに、糊の効いた白シャツ。あえて言うなら、やたらと反射率の低い黒スーツに身を包んでいるぐらいか。

虎門の事件では意識高い系に、千手の時はポストヒューマンになっていたので、今回は葬儀屋でも連れてくるのだろうか。

「どうやら、あなた方はこう思っているようですね」

こちらの視線に気付いてか、田淵検事が話しかけてくる。

「『何故、田淵検事はリーゼントになっていないのか』……と」

「機島先生。国側の証人、リーゼントらしいですよ」

要らない解説ありがとう、軒下君。

田淵検事は黒縁メガネを持ち上げた。

「まぁ、不思議に思うのも無理ないでしょう」

いや、別に思ってないが。

どちらかと言うと、検事が証人に影響されて怪しいサロンに入ったり、腕を三本に増やしたりする事の方が不思議だったが。

「軒下君。機島弁護士。あなた方にはこれまで見苦しいところをお見せしました。実のところ、私は人一倍他人の影響を受けがちな検事なのです。しかし、尊敬出来る先輩にお会いしたことで、目が覚めました。正道に戻ったのです」

正気の間違いじゃないか。

「その証拠に、今は堅物検事サロンの会員です」

正気に戻ってなかった。サロンを運営している時点で副業禁止規定違反で堅物じゃないだろ。

「お二人には、一皮むけた私をお見せしましょう」

「どうしましょう、機島先生。やっぱり今日の田淵検事は……」

「脱皮だけならザリガニにも出来るよ」

まだ不安げな軒下をさておいて、私は起動音を鳴らす裁判長に一礼した。

まずは原告。つまりこちらの弁論だ。

「はじめに申し上げておきたいのは、我々の主張は東西フィンテックの貢献を否定するものではないということです」

私は法廷を大股で歩きながら、舞台役者のように語り始めた。

「東西フィンテックの融資スコアリングシステムは、今や国民の人生設計に深く根付いており、国際的にも一定の信頼を勝ち得ています」

先に東西フィンテックを持ち上げておく。ＡＩ裁判官の心証対策だ。「原告は天に弓引く反逆者ではなく、あなたの隣に座るものです」とアピールしておくのだ。

洋の東西を問わず、生活基盤に関わる裁判はポジショントークに陥りやすい。そこから生まれた判例を学習したＡＩも同じだ。

「しかし、成功の影にあった不正もまた、否定することは出来ません」

私は少し大股で歩きながら、舞台を広く使って、〝場〟そのものに話しかける。

「六年前、原告の瀬川大小(だいこ)氏は東西フィンテックの基地局情報流用に関わる内部告発メールを受け取りました。送信元は東西フィンテック開発メンバー、白湯健介氏のマクシーメールです。そこには不正の核心が記述されたソースコードが添付されていました」

軒下に指示を飛ばし、三面モニタに二種類のPythonコードを映す。

「ご覧ください。左は瀬川氏が受け取った告発者のコードで、右は後日東西フィンテックが提出したコードです」

すっきりとした告発者のコードに対し、東西フィンテックのそれは複雑怪奇なブロック構造をしている。

一見似ても似つかないが、見るものが見ればわかる。東西フィンテック側のコードに難読化が使われているだけだ。

比較ソフトを使い、クラスの参照関係を図示する。すると見えてくるのが、構造の酷似だ。クラス名、変数名、改行等が換わっているものの、基地局情報に関わる不正部分を除いて、全く同じプログラムと言えた。

十万光年先の宇宙人が日本語の文法で話していたレベルの奇跡的一致だ。裁判所にコードの提示を求められた東西フィンテックが慌てて書き直した以外に考えられない。

「六年前の裁判では、これほど確たる証拠があるにもかかわらず、告発は虚偽と認定されました。白湯健介氏が関与を認めなかったためです。一人の技術者があと少しの勇気を持ち得なかったが故(ゆえ)に、この国の正義は踏みにじられた」

ここで見せるべきは、若干の怒りだ。強い感情による正義の主張。アメリカのデータで育ったAI裁判官には、日本人が引くギリギリの主張が丁度いい。

「しかし、少なくとも彼の心に罪悪感があったのは事実です。軒下君、あれを」

軒下に指示して、白湯健介のＨＤＤから復元したメールを表示する。無数に数珠つなぎになったＣＣも見ものだが、重要なのは本文だ。

『大変申し訳ございません。やはり納期までに目標精度に届きそうにありません。西銀の伊勢島部長から信頼を得るまでは、以前のお話通り基地局の利用を検討すべきでしょうか』

傍聴席からひそひそと話す声が聞こえる。

それもそうだろう。このメールはほとんど自白だ。

「さて、このメールから読み取れることは三つあります。『白湯氏に納期のプレッシャーがかかっていた』『白湯氏が基地局情報流用をやむをえない手段と捉えていた』そして、『白湯氏が罪悪感を抱いていた』

続いて、東西フィンテック開発現場の悲惨さを訴える証拠を見せる。派遣元と現場での残業申告時間のズレ、体調不良による休職率、精神科の通院率等々、六年前の裁判に使われた物も合わせて提示していく。

「混乱する指揮系統。過酷な労働環境。過剰なノルマ。そこに不正も重なったとすれば、告発の動機は十分でしょう」

1、2、反響が止むまで呼吸をおいて、結論だ。

「六年前の判決は誤りでした。司法の怠慢により、瀬川氏含め五人もの犠牲者が生まれたのです。時間を戻すことは出来ませんが、彼女達の痛みには最大限報いる必要があるでしょう」

私は裁判長のカメラを正面から見つめ、頭を下げた。

「どうか、今度こそ賢明なご判断を」

動揺の声が広がる傍聴席に対し、田淵検事は無反応だ。

せっかくなので、彼の考えを当ててみよう。「勝てる。所詮動機に過ぎない」だ。弁護士は白湯健介のＰＣという圧倒的アドバンテージを持ちながら、告発の動機の裏付けしかとってこなかった。ならばもらったと、そう考えているに違いない。

その浅はかさを愛(め)でるのが、機島雄弁だ。

田淵検事は証人の尋問を申請した。

現れたのは、元東西フィンテックのプログラマー、久慈祐介(くじゆうすけ)だ。

年齢は七十九歳。年を感じさせない豊かな髪でリーゼントを作っており、黒地に金の刺繍が入ったスカジャンを着ている。

久慈は形式通りの自己紹介を終えると、周囲を睨みつけてこう言った。

「生涯現役だもんで。ヨロシク」

田淵が久慈に頭を下げ、補足説明をいれる。

「鬼籍に入られた白湯氏の代わりに、彼の同僚であり無二の親友でもあった久慈氏をお招きしました。久慈さん、ご足労いただき感謝します」

「おう。ケンの弔い合戦ってわけよ」

田淵検事から融資スコアリングシステム開発当時の状況について質問されると、久慈は遠い目をした。

「東西フィンテックは……ありゃ、戦場だった」

久慈はどこか懐かしむように語り始めた。

「エラそうな銀行が押し付けてくる、キツイ納期。何次請けかもわからねぇ、分裂した命令系統。右も左も職安のプログラミングコース出たてホヤホヤのトーシロばかり。出向と業務委託を重ねまくって、五人集まりゃ社員証で花札が出来たってもんだ」

「なんか、聞けば聞くほど完成したのが不思議に思えてきますね」

風情（ふぜい）もへったくれもない花札だな。

軒下が呆れ顔でつぶやく。

「だが！　その逆境が俺とケンを奮い立たせた！」

つぶやきが聞こえたか聞こえないか、久慈はカッと目を見開いた。

「俺達は誓った。東西フィンテックを最後のデンセツにしてやろうってな。生涯現役。死ぬときゃ戦場。骨を埋めんのはここしかねぇってわけよ」

ちなみに、ケンこと白湯健介氏の骨は西東京霊園に埋まっている。それも結構高い所に。

「俺とケンはやりきった。ダサ坊どもをまとめ上げ、いっちょ前の戦士にし、泥水啜ってデータをまとめ、血反吐(ちへど)はいて融資スコアリングモデルを作り上げた」

久慈は得意げに鼻の下を擦り上げた。

「俺達は銀の御旗に立てた誓いを、守りきったってワケよ」

そう言って、久慈はスカジャンの背中を見せてきた。そこには金の刺繍で〝デスマ上等〟と書かれていた。

『証人、議論の明確化のため確認します』

裁判官が質問する。

『銀の御旗に立てた誓いとは、一体何でしょうか』

「決まってんだろ？　シルバー人材派遣センターとの、雇用契約ってやつよ」

だとすると、サビ残していた時点で守れていない気がするが……。

腕組みして鼻息をふかす久慈に、田淵検事が質問する。

「原告が提示したメールについては、いかがでしょうか」

「目ン玉洗って読み直せって話よ」

久慈が足を鳴らす。証言台を蹴り飛ばしそうな勢いだ。

「ありゃ「目標精度に間に合いそうにない」であって、「間に合わなかった」じゃあない。ピンチをひっくり返すのが俺達よ。人流にも手は出さなかった」

予想通りだ。突くべき所を突いてきた。

納期後のメールも掘り出せていれば、決定打になったのだが。

久慈はリーゼントを揺らして締めくくる。

「わかったか？　告発メールもコードも偽物なんだよ。デスマ一つで恨み言なんて言わねぇのが漢（おとこ）ってもんよ。俺もケンも、東西フィンテックに関わった奴らは全員戦友だ。ダチを裏切るような真似は絶対に――」

と、その時だった。傍聴席の扉が開き、茶封筒を持ったツナギの男が現れた。

男は私の顔を見つけると、一直線でズカズカと歩いてきた。

『そこの方。許可なく原告への接近は許されません。退廷を命じますよ』

「失礼。私の客人です」

私はツナギ男から封筒を受け取り、中のフラッシュメモリを取り出した。それをノート

ＰＣに接続し、内容を確認する。

「たった今、白湯健介氏のＰＣのサルベージ作業が完了したようです。こちらは新たに発見された、東西フィンテックのソースコードですが……」

軒下が受け取ったコードをファイル比較にかけて、結果をモニタに表示する。

「驚いた。六年前告発されたコードと全く同じですね」

差分はゼロ。一言一句、インデントの一つまで変わらない。

「じょ、じょじょじょ冗談じゃない！」

田淵検事が泡を吹く。

「そんな話、証明予定には何も……！　後出しじゃんけんにも程がある！」

「吠えても事実は覆りませんよ。田淵検事」

本当に、スカベンジングテックがサルベージを終えたのはたった今だ。そうなるように依頼した。事前に錦野博士からも結果を受け取っていたが、嘘はついていない。

「ま、まだ証拠の検討が不十分です。証拠の棄却を求めます！　裁判長！」

「お忘れなきよう、裁判長。ＡＩ裁判の目的は迅速なる被害者救済です。瀬川氏は既に六年待った。これ以上恥辱に耐えろと言うのですか？」

『原告の訴えを認め、証拠を受理します』

横目で田淵の様子を窺う。目だけ泳がせて、口は微動だにしない。不意打ちの動揺で頭が回っていないらしい。

「白湯健介氏のマクシーメールから送られてきたソースコードが、白湯氏本人のPCから発見された。もはや告発が事実であったことは疑いようもありません。元同僚の証言など無意味です」

一度タメを作って、とどめを刺す。

「六年前の判決は誤りだったのです」

勝負あり。証人はしどろもどろで、検事は地蔵。粥よりも歯ごたえがない勝利だった。

さて。ここからは賠償をいくら積めるか……――。

「異議あり」

その一言が、高揚した空気を握り固めた。

それは決して張り上げた声ではなかった。しかし寺の鐘のように低く腹に響いた。

いつの間に現れたのだろうか。黒い男が田淵検事の隣に立っていた。

宮本検事だ。

7

私は舌打ちしたくなった。

霊園での再会から何か嫌な予感はしていたのだ。しかしまさか、この土俵際で。

「失礼。先程まで別の審理を担当していたため、遅れてしまった」

そう言って、宮本は頭を下げた。分度器で測ったような三十度だ。

『報告ありました。宮本検事ですね』

「いかにも。田淵検事の補佐を務める者だ。よろしく頼む」

黒い男、宮本正義は一礼した。田淵まで無意味に一礼した。どうやら、田淵の言う尊敬すべき先輩検事の正体は宮本らしい。……サロンの方は別人だと願うが。

宮本検事はこちらを一瞥すると、裁判長に向き直った。

「裁判長。こちらはただ今の原告の主張に異議を申し立てる」

『主張とは、どれのことでしょうか』

「六年前の判決が誤りだったとは断定出来ない、ということだ。原告には疑問なき立証が求められる。それを忘れないでもらおう」

そう言って、宮本検事は反証を始めた。

「原告の主張によると、六年前の九月十四日午後十一時十二分、白湯健介氏はマクシーメールで瀬川大小氏に東西フィンテックの不正を訴えた。そこには不正な基地局データを使ったソースコードが添付されていた。間違いないな」

「……ええ」

乱れないリズム、抑えられた抑揚。宮本が腕組みしながら紡ぐ言葉には、巨大な鉄の塊を前にしたような圧を感じる。

「であれば。端的に言って、白湯健介に告発は不可能だ」

宮本は断言した。

「該当メールの送信時、彼は埼玉県の某麻雀店で違法賭博にふけっていたからな」

「……なんですって？」

当時の埼玉県警の捜査報告書と店側の名簿がモニタに映された。

「白湯健介の入店は六年前の九月十四日午後十時二分。ガサ入れが入った翌日一時二分まで店内にいたことが確認されている。密告を防ぐため、店は客から一切の通信機器を取り上げていた。とてもマクシーにログイン出来る状態ではない」

馬鹿な。見つけたのか。管轄外の六年前の摘発記録を。厳重注意にすら至っていない記録を。

宮本は続ける。

「言うまでもないが、予約送信もあり得ない。告発者のものとされるソースコードの最終更新日時は、メール送信の十分前だ」

「……もう少し早くお知らせいただきたかったですね。宮本検事」

「今朝判明したことだ。証明予定事実に記載出来なかったのは申し訳なく思う。しかし、弁護士の言葉を借りれば、吠えても事実は覆らない。いずれにせよ、原告の主張する告発メールとやらは、全くの偽物だ」

「そんな、通らないでしょう！」

軒下が勝手に噛み付く。

「白湯さんのPCには、告発メールと同じソースコードがあったんですよ？　だったら！」

「それは偏った思い込みだ。助手の青年」

宮本は一刀両断する。

「白湯健介が原告にソースコードを渡したと何故言える？　むしろ原告から受け取った可能性もあるのではないか」

「そんな、無理矢理な」

「白湯健介は好奇心旺盛なエンジニアだ。捏造された証拠に興味があってもおかしくはない。理由はいくらでも考えられる。……が、忘れないでもらおうか。立証責任は原告にある」

二の句を継げなくなり、軒下の勢いがしぼむ。

反対に勢いづいたのは久慈だ。虎の威を借り、リーゼントを荒ぶらせる。

「はっ！ わかっただろ。ケンは戦友を裏切らねえ。捏造だってしねえ。ちょっと違法賭博するだけだ。俺達には戦友の絆があるんだよ」

白湯健介のマクシーから送信された告発メール。白湯健介のPCから見つかった、告発者のコード。告発者のコードと酷似した、東西フィンテックの提出コード。状況証拠はほぼ黒だ。

しかし、白湯健介にはアリバイがあった。

田淵相手に積み重ねてきた勝利が、たった一度の介入で全てひっくり返された。

だが。私は不敵に笑う。

それでも、機島雄弁は勝ってしまう。今の私は、あの時とは違う。私には魔法があるのだ。

「絆とおっしゃいますがね、久慈さん」

私は軒下に視線を向けつつ言う。

「にわかに信じられないのですが、単に机を並べただけの同僚に絆なんて芽生えるものですかね」

「ソイツは、テメェの心が貧しいからよ」

久慈が哀れみの視線を向けてくる。私の方が口座は豊かだ。

「では、その絆とやらをテストさせていただきましょう。たとえば……そうですね。白湯氏の一番好きな映画をご存知ですか？」

「答えなくていい。審理に不要な質問だ」

何かを察して宮本が止めに入る。悪いが、ここは押し通させてもらう。

「証人の適性に関する重要な質問です。まさか好みの映画も知らずに友達面を？」

「『ベスト・キッド』だ！」

たまらず久慈が暴発する。

「いいご趣味です。戦友の皆さんもその事はご存知で？　そもそも映画の話とかしました？」

「あたぼうよ！」

「では、誕生日は？　親の旧姓は？　昔飼っていたペットの名前は？　学生時代のパチンコの負け総額は？」

「答えなくていい、証人」

宮本が語気を強めるが、もう遅い。

「そうですね。自信がないのなら答えなくても――」

「誕生日は六月四日！ 親の旧姓は吉田！ ガキの時分に飼ってたペットはインコのピー助！ パチの負け額は百二十四万と五千！ んなもん戦友共なら全員知ってる！ 俺達の絆を舐めんじゃねぇ！」

「いやはや。本物の絆だ。敬服いたしました」

私はリーゼントの古参武者にうやうやしく頭を下げて、

「やはり、六年前の告発は本物です」

勝利宣言した。

「……あ？」

あらぬ方向から殴られた感覚だったのだろう。久慈の目が右往左往する。

「な、なんだその言いがかりは。絆が強いから、告発なんかするわけねえって話で……」

「『好きな映画』『誕生日』『親の旧姓』『昔飼っていたペットの名前』『学生時代のパチンコの負け総額』……。これ全部、〝秘密の質問〟ですよ。白湯健介氏のマクシーアカウントのね」

久慈の伸びたまぶたが、徐々に大きく開かれていく。

秘密の質問とは、古き良き個人認証用の仕組みだ。パーソナルな内容のクイズを出して、正解すれば本人認定するというもので、主にパスワードの再設定に使われていた。セキュリティの弱さから廃れていったが、まだごく一部の古いサービスでは生きている。

「証人。先程あなたはおっしゃいましたね。「んなもん戦友共なら全員知ってる」と。言い換えれば、その戦友達の誰もが白湯氏のマクシーにログイン出来たということです」

白湯健介にはアリバイがある。それは認めよう。

しかし思い出してほしい。我々が争っているのは、あくまで告発自体が事実かどうかだ。告発者が誰かなんてどうだっていい。

「あなたは今、宣言したのですよ。素晴らしい絆に結ばれた戦友の誰かが、白湯氏になりすまして告発メールを送ったのだとね」

「そ、な、馬鹿な……！　てめぇ、騙しやがったな！」

薄々予期していたのだろう、宮本は腕組みしたままじっと押し黙っていた。

機島雄弁の仕事は完璧だ。魔法には一片の無駄も許されない。

何故、白湯健介氏のＰＣから告発者のソースコードを見つけながら、提出のタイミングを遅らせたのか。その答えは、久慈を証言台に立たせるためだ。

ハッカー弁護士は、証言台でソーシャルエンジニアリングをしてみせたのだ。

これが私のやり方だ。宮本検事。

8

三週間後に迎えた再審二日目は、まさにローマに凱旋するカエサルの気分だった。勝敗は既についていて、あとは称賛を受けるだけだ。

私は久慈から聞き出した秘密の質問を使い、白湯健介氏のマクシーメールにログインした。昨今改正された電子資産相続法により、広告収入あるブログは遺族に相続されていた。許可さえとれば大手を振ってハック出来る。

最初からこの手が使えれば話は早かったのだが、映画やペットの名前はともかく、パチンコの負け総額だけは家族に伝わっていなかった。戦友というのもあながち間違いではなかったのかもしれない。

それはさておき、白湯氏のマクシーメールの送信フォルダには、瀬川氏宛の告発メールが存在した。

瀬川大小の受信文に、白湯健介の送信文。もう言い逃れはさせない。これで決まりだ。


初日と同じ法廷で、同じく宮本と（オマケの田淵とも）対峙する。

傍聴人はごくわずかで、証言台にも人はいない。人口密度が低いせいか、やや肌寒い。

すまないな、宮本。愛知からはるばる出向して、寒い中赤っ恥かいて帰るとは。同情はするが容赦はしない。叩きつけてやろう。

「さて、本日はより決定的な証拠を持って参りました。白湯健介氏のマクシーメールから見つかった、瀬川大小氏宛の――」

「異議あり」

宮本の声が割って入る。

「メールの提示は必要ない」

何を今更。カットを入れてくることは予想通りだが、らしくない雑さだ。

「そうですか。それでも提示しましょう」

左手を上げ、軒下に六年前の告発メール提示の指示を出す。

この証拠性を裁判長に認めさせれば、こちらの勝ちだ。

提出した証拠が、裁判長に転送される。

裁判長はテキストの形態を認識し、自然言語処理モデルでベクトル化、Key-Value型のメモリに登録する。

そして、裁判長は言うのだ。

『原告。あなたが提出した証拠は――』

決定的にあなたの主張を裏付けています、と。

『ただ今の証言と酷似しています』

……何だと？

「ただ今の、証言って……」

軒下も、私と全く同じ疑問を抱いていただろう。

それは、一体誰の証言のことだ？

証言台には今誰もいない。それどころか、今日は一人も立っていない。

ならば、それは一体。

〝見えざる証人〟。瀬川小晴が言っていた言葉が脳裏を過る。

馬鹿げている。心を病んだ老婆の妄想だ。しかし、それならば、裁判長は一体誰のことを話しているのだ？

『よって、その証拠性につきましては』

「裁判長。証拠採用の審議は不要だ」

宮本がもう一度異議を唱える。そして。

「我々は、原告の主張を全面的に認める」

たやすく白旗を振った。

「え。……え？　先生。聞き間違いじゃないですよね。今、宮本検事は……」

軒下が頬をつねりながら聞いてくるが、正直、私も夢を見せられている気分だ。

「先日の取り調べで久慈が基地局情報の不正利用を自白した。他の参考人からも裏付けが取れた」

『六年前の判決に誤りがあったと認めるのですか？』

「その通りだ」

宮本は頷いた。

「個人的ではあるが、六年前の担当者に代わり陳謝する。申し訳ない」

宮本が頭を下げ、あわてて田淵検事が続く。

「勝った……んですよね？　俺達」

軒下の呆けた声に頷くことが出来ない。

……軽すぎる。現実感が湧かない。

水を摑んだような気分だ。まるで手応えがない。

道理はわかる。国にとって、この裁判の重要性は六年前とは全く違っている。

六年前の東西フィンテックは、死屍累々の官民連携プロジェクト唯一の希望だった。一度コケればご臨終。そういうか弱い組織だった。

しかし今は組織改編がなされ、実績を重ね、銀行と深く結びついている。過去の汚点一つで地位が揺らぐことはない。

それでも、国を背負った裁判だ。検察にはプライドがあるはずだ。

一度下された判決を、無抵抗で軽々と覆すのか？

何より、あの宮本をこうも易々と倒せていいのか？

錦野唱歌の時は、あれほど……。

「六年前の誤りは認めるが、原告の請求を額面通り受け取ることは出来ない。まさに法外だ」

こちらの困惑が収まるのを待つこともなく、宮本は淡々と話を進める。

「以後の議論は賠償額の多寡についてなされるべきだと考える。異論はないな？」

『機島弁護士。いかがですか？』

「……あり、ません」

結局、法廷を後にしても、足元の浮遊感が拭われることはなかった。

9

五年前の裁判は——勝てる戦いだった、とは言わない。

当時の私は、小規模な弁護士事務所に勤める新米だった。法廷戦術のいろはも知らず、何より魔法を持たなかった。

それでも、錦野唱歌は私に弁護を依頼した。私もそれに応えた。

殺人。それが錦野唱歌にかけられた容疑だった。

被害者とされたのは、大学教授の杉原学（すぎはらまなぶ）。自然言語処理の第一人者であり、この国へのＡＩ裁判官導入の中核メンバーだった。

二月二十一日午前六時三十一分。杉原が研究室で首を吊っていると通報があった。警察はその日のうちに監視カメラと研究室の入退室記録を調査し、自殺と推定した。

しかし、二月二十四日、警察は通報者の錦野唱歌を逮捕した。

その理由は。

「錦野先生。今日こそ話してもらいますよ。カメラ動画と電子錠を改竄した理由を」

都内某弁護士事務所で、私は精一杯凄んだ。

「うへ、またその話？」

保釈中の錦野唱歌は、いつものように辟易した顔をした。

盆休みのせいか、通りの車はいつもより少ない。アブラゼミの鳴き声がイヤに耳につく。

事務所の方針で二十八度設定の冷房は、ヒートアイランド現象に全く対抗出来ていない。シャツが肌に張り付くのが嫌でたまらなかったが、新米の私には文句をつけられなかった。

「宮本検事は本気です。本気で先生を殺人犯と考え、追及しています」

「かつての恩師にも容赦なし。厳しいよねー。彼恩が足りなかったのかな。ただの師だったかも。」と唱歌はぼやいた。

「でも、それが普通の検事だからね」

過去、唱歌は杉原をこっぴどく振ったことがあった。二回り年上の妻帯者相手だ。当然だろう。杉原は謝罪し、唱歌自身もあっけらかんとしていたが、検察はそれを動機と名付けた。

事件当日、現場に出入りする唱歌を見たと言う者達がいた。彼らが唱歌のポストを狙っているのは明らかだったが、検察はその妄言を証言と名付けた。

あらゆる要素が唱歌に不利だったが、殺害の直接的証拠はなかった。

「今のままでは、勝敗は五分と五分ですよ。有罪でも極刑はないでしょうが、軽い懲役では済まされません」

若さ溢れる私は、こう迫った。

「あなたの語る真実が必要なのです」

今の私なら「真実味あるストーリーが必要」と言うだろう。

唱歌はつまらなそうに毛先を指で弄り始めた。

「改竄した方が疑われないと思ったから」

「本当ですか？」

「う。キミのその詰め方、怖いんだよね」

「先生。私はこう考えています。「あなたなら、証拠を残さず偽装出来たのでは」と」

「買いかぶりだよ」

「別の誰かをかばっている……。なんてことは」

「この間、ナシもらったんだよね。剝いてくれる？」

「はぐらかすにしても下手すぎませんか」

「そこをほら、汲んでくれると嬉しいなって。……だめ？」

十分近く睨み合いを続けて、結局、折れるのは私だった。

錦野唱歌は強い。一度扉を閉ざしてしまえば、どうやってもこじ開けられない。それはよくわかっていた。

「私は殺してないよ。それは本当」

「わかっていますよ。そんな事は」

だから、このままではいられないのに。

「言ったでしょ？　君にＡＩ裁判官のことを色々教えたのは……」

「『ＡＩ裁判官を理解し、一緒に育ててほしいから』でしたね」

「そう。君自身は、普通の弁護士でいてくれればいい。程よい銭勘定と、スプーン一杯の正義感で、勝ったり負けたりしてくれればオーケー。小さな仕事の雲行きなんか、一々気にしなくていいの」

小さな仕事なものか。

「大丈夫。信じよう。私の、ううん。私達のＡＩが作る、〝正しい〟を」

この時、私は差し出された右手を握るべきではなかった。

機島雄弁は徹底的に追及するべきだった。

脅してでも、錦野唱歌の真意を暴くべきだった。捏造してでも、勝訴を掴むべきだった。

しかし、機島雄弁は最適を捨てた。

手を汚したくなかったのか。彼女に失望されるのを恐れたのか。

だから。

『主文。被告人を懲役二十二年に処す。あかさたな。あかさたな。あかさたな』

錦野唱歌は、愛した我が子に裏切られた。

10

釈然としない。事務所の外の長雨のように、釈然としない。

久慈が自白した？　あれだけ戦友を誇っていたのに？

軒下は「親友が亡くなって肩の荷が下りたんじゃ」なんて呑気なことを言っていたが、私はそんな性善説は信じない。

久慈には証言を翻す理由がない。宮本側が働きかけて、吐かせようとしない限りは。

しかし、何故？

「えーと、『上長は部下を尊重し、円滑なチームメイクを心がけている』——そう思わない」

二日目の時点で、宮本は私が次にどう出るか気付いていただろう。勝ちの目が見当たらず、潔く白旗を振った……。そんな所か？

「『上長は正しく部下を評価している』——どちらとも思わない」

いや、それでも疑問が残る。

宮本は名古屋地検を代表して、田淵検事の援護に来たのだ。抵抗のポーズを見せなければ、組織に示しがつかない。

宮本がしたことは単なるショートカットだ。信用を落としてまでやる意味はない。

何より、あのタイミングは……。

「『風通しのいい職場だ』——あまりそう思わない」

「軒下君。さっきから画面に向かって何をブツブツ言っているのだね。しかも肉まん片手に」

軒下は応接間に堂々座ってノートＰＣに触っている。その傍らには、湯気の立つ肉まんが蒸し器ごと、イタリアから取り寄せた机に直置きされている。

「瀬川さんが逆転祝いにくれたんですよ。瀬川食肉の肉まん詰め合わせセットと、上長評価サービスのアカウント」

なんだその食い合わせは。

「瀬川さんが言うには、これからはタンパク質とガバナンスの時代だそうですから」

タンパク質はさておき、ガバナンスがまともに機能したら当事務所は終わりだぞ。

「先生もお一つどうぞ」

肉まんの皿を渡された。

一口ほおばると、皮にほのかな甘味があってまぁ悪くない。値段を考えれば儲かるのも当然か。

「『上長は肉まん好きだ』――そう思う」

なんだ、その選択肢。

「『仮眠室からおじさんとポマードの臭いがする』――ややそう思う」

「……文句があるのなら、空き会議室の床ででも寝るんだね」

「機島先生！　それルール違反ですよ」

軒下が人差し指を突きつけてくる。

「上長評価は匿名で行われるものなんです。自分を誰がどう書いたのか気になる気持ちはわかりますが、探りを入れるのはアウトです」

「いや、君が口に出すから」

「気をつけてくださいね。ガバナンスですから」

と言って、軒下はまた画面に向かった。

「『上長が最近買ったイルカの絵がダサい』――そう思う」

「軒下君」

「『イルカの絵なのに、飾っている人はカモだ』――大変そう思う」

「軒下君」

「ガバナンス！」

えぇ……。君のガバナンスの概念、ガバガバじゃないか。

というか、最近態度がややでかいな。

「それにしても、珍しいですね。先生が勝った裁判の資料見返すなんて」

「勝っている途中だよ。まだ賠償額の折り合いはついてない」

依頼人の狙いは復讐だ。小銭などで手を打ってやるものか。

「俺も納得出来てないんですよ。〝見えざる証人〟のこととか」

あの時、明らかに裁判官の発言は奇妙だった。

しかし最高裁の情政課に問い合わせても返答は『致命的エラーに非ず』だ。運用側の時刻設定のズレにより、初日の久慈の証言を直近のものと解釈した可能性があるらしいが、違和感が拭えない。

「機島先生。納得出来ないついでに、ちょっと見てもらいたい謎があるんですが」

「私の時給を知った上で、それを超える価値を生み出せるのだろうね」

「『上長は何でも相談できる相手だ』」

「……見せてみたまえ」

軒下は上長評価のそう思うにチェックを入れてから、やや塗装の禿げたスマートフォンを見せてきた。どこかで見覚えがあるような……。

「虎門のです」

以前の殺人事件の証拠品か。虎門が軒下に『誰にも渡すな』と頼んだとかいう……結局警察に押収されたのだが。

軒下が言うには、警察から戻ってきたものを遺族に譲ってもらったらしい。

「ロックを解除したいのかい」

「いえ、指紋の付き方でパスコードはわかるので」

私は自分のスマートフォンをアルコール除菌シートで念入りに拭き直した。

「そうじゃなくて、これですよ。妙な動画が見つかったんです」

　軒下が見せてきたのは、古い料理番組の切り抜き動画だった。

　エプロン姿の爽やかなイケメンタレントが慣れた手付きで玉ねぎをみじん切りにしていく。

「ね？　妙でしょう？」

「ゴーグルぐらいつけろと思うが。商業的な都合じゃないか」

「違いますよ、先生。よく見てください。動画の最後の方、猫の手側の薬指の関節あたりを」

　軒下が動画を一時停止して、コマ送りで進めていく。玉ねぎのキューブが細い指にのって、そのまま転がり落ちる。

「気付きました？」

「……何が」

「ここですよ。ここ。みじん切りになった玉ねぎが、指にのり上げてから、転がり落ちてるでしょ？」

「はぁ」

「転がりすぎです。四分の一回転余計なんですよ」

「は、何？　怖……」

「『上長は部下の言動に露骨に引くことがある』――そう思う」

採点の細かさも怖い。

しかしまぁ、言われてみると、合成感がないこともない。

「肌質の補完がやや雑だな。ＡＩじゃない。かなり手作業に近い加工か」

「先生から見てもおかしいなら、もう絶対裏がありますって」

軒下が身を乗り出して主張してくる。

「……軒下君。井ノ上の証言を忘れたのかい？」

虎門金満は、クローンバースの社会制度を突き詰める過程で、二束三文の陰謀論者に成り下がった。あの言葉に嘘があるとは思えない。

「覚えてますよ。でも、虎門はこのスマホを俺に託したんです。何か根拠があるはずなんですよ」

その言葉にノセられて現場から逃走したせいで、どんな目にあったか忘れたのか。玉ねぎなんて好き放題転がしておけばいいじゃないか。そう言おうとした矢先に、

「フラッグでしょ。それ」

女の声がした。

瀬川ではない。性別は同じでも声のハリや生気が全く違う。ふやけきった声だ。見ると、机の下から白い顔が上半分だけ、潜望鏡のように覗いていた。

「やば」

と言ってソレは引っ込んだ。

「……弁護士事務所に不法侵入とはいい度胸だね。錦野博士」

「平気、平気。気付いてないよ。機島くん」

無理言うな。

「はじめから、幻なんだよね。わたしも、肉まんも」

錦野は机から出ると、そっと蒸し器に手を伸ばした。私はその手を叩いて、肉まんを現実に繋ぎ止めた。

「あ、あの！　錦野さん。今言ってたフラッグって」

軒下が目を輝かせたので、錦野は露骨に失敗したという顔をした。

「平気、平気。聞こえてないよ。ヒナドリくん」

「無理言わないで、教えてくださいよ。フラッグって何です？」

錦野は無言で肉まんを見つめた。

軒下が肉まんを手渡すと、錦野はそれを無言でほおばった。

「では、教えてくれますね」

「え。なんで？」

どうやら、交換条件ではなく一方的に肉まんが欲しかったらしい。

呆然とする軒下が流石に哀れなので、代わりに答えてやる。

「フラッグというのは、画像や動画に埋め込まれた暗号のことだよ」

その埋め込み方や解読方法は一種の職人芸で、解読速度を競うキャプチャーザフラッグという大会まで存在する。

「この動画から暗号が取り出せるってことですか？」

「まあ、余裕だけど。わたしなら」

「お願いします。錦野さん。いえ、錦野先生！」

「先生はやめて。ほんとに」

いかにもダルそうな錦野だったが、いざ作業に取り掛かると素早かった。目の前に問題をぶら下げられて放置できるタイプではないのだ。

軒下を押しのけて自前のノートPCを開く。体を揺らしながら、目と指先だけを別の生き物のように律動させる。「はいはい、メモリリーク」などとブツブツ呟きながら、三十分とかからず動画に埋め込まれた文字列を発見した。

「これは……」

「ハッシュ。p2pファイル共有のやつ。落とせば、わかる」

p2pソフトでダウンロードしたファイルは〝インディアナチャーハン.zip〟という名前だった。早速解凍しようとしてみると、簡素なUIがこう質問してきた。

【Password?】

「……なにこれ」

錦野が渋面を作る。

「おやおや。錦野大博士ともあろうものが、鍵の見落としかな」

「やだ。待って。解けないわけない。わたしが」

前傾姿勢極まりだした錦野を見て、軒下が立ち上がる。

「時間かかりそうですし、俺、買い出し行ってきますね」

「ん。ああ、そうだ、軒下君」

私は引き出しに仕舞い込んでいた、プラスチックのソレを放った。体育2を思い出す暴投だったのだが、軒下は難なくキャッチした。

「なんです？　これ」

「従業員証だよ。いい加減作っておこうかと思ってね」

軒下はしばらく火に出会った猿みたいに従業員証を見つめていたが、やがて使い方を悟って、首から提げた。

「……似合ってますかね？」

「『あまりそう思わない』」

11

俺、結構形から入る方なのかな。

従業員証を首に提げているだけで、いつもの渋谷の街並みが違って見える。

組織の一員感が出るというか。従業員証がシャンとしろと言っているような。

まぁ、正直胸を張るような組織じゃないし、むしろ手が後ろに回る組織なのだけれど。

友達からのメッセージが溜まっている。最近仕事ばかりで付き合いが悪くなったと言われてしまった。今の俺の仕事、親が知ったらどう思うだろう。

機島先生の正体がバレたら、俺も捕まるんだろうなぁ。

なんなら責任押し付けられて切り捨てられるかも。あの人ならやりかねない。給料は悪くないけど、リスクに見合ってるとは言えない。

あれ？ じゃあ俺なんでこの事務所にいるんだっけ。

助けられたから？ あの人を改心させたいから？ えーと……。

「……あ」

……思い出した。中華料理屋とCoco壱番屋の間を通って思い出した。考えていたのとは全く別のことだけど。

俺は虎門のスマートフォンを取り出した。インディアナチャーハン.zipもコピー済だ。

そうだよ。インディアナチャーハン.zipって、秘密の質問じゃないか。

なんで忘れてたんだ。学校帰りによく行った大衆食堂のメニューだ。インディアナチャーハン。アメリカ帰りの食堂のおばちゃんが開発した、チャーハンにカレーがかかったアレじゃないか。虎門はいつも妙な頼み方をしてたんだ。

この秘密の質問の答えは……。

『ルー大盛り半ライス』

zipファイルはするりと解凍された。

中に入っていたのは、いくつかのPDFファイルと小さな動画だった。

まさか、この動画からまたURLが出てきたりしないよな。玉ねぎだけに。

とても上手いことを思いながら、動画を再生してみる。

『よう。軒下』

現れたのは、ほんの数ヶ月前に見たというのに、どこか懐かしい友人の顔だった。

「……虎門」

ひどい顔だ。不健康に太った後、不健康に痩せこけた顔。たぶん、最期に会った時からそう時間は離れてないだろう。

『どんな偶然か知らないが、このメッセージを見てるってことは、頼れる仲間が出来たんだな』

頼れは、するかな。頼っていいかはさておき。

『隠し財産や遺言を期待してたんなら、悪い。そういう明るい話じゃない。……これは、告発だ。知りたくないなら、今すぐ動画もファイルも消してくれ』

反射的に動画を止める。

告発。重い言葉だ。俺だって自覚してる。一度、虎門の言葉を鵜呑(うの)みにして、強盗殺人容疑で逮捕された。

右も左もわからず、誰も彼もが敵に見えたけれど。あの人の魔法に救われた。救われるだけだった。

「……でも」

従業員証を摑む。

俺はもう、殺人事件の濡れ衣を着せられた哀れな被害者じゃない。

機島法律事務所の戦力で、ハッカー弁護士の共犯者だ。データなくして戦略なしだ。知ることを恐れてはいられない。

一時停止を解除する。

『……とんでもない面倒事を押し付けて、悪いと思っている。金もコネも地位も手に入れたってのに、ソロバンなしに頼める相手の顔が、他に浮かばなかったんだ。添付のファイルは、とある人物の罪を暴く資料だ。あくまで資料であって、証拠と呼べるレベルのものはない。これが、俺の力で集められる限界だった』

虎門は水を飲んで、むせ返って、続ける。

『何故、俺が見ず知らずの相手を告発するのか。そこに何の意味があるのか。気になるだろうが、詳細は明かせない。なんと言うべきか、シリアスじゃないんだ。下らなくて、鼻で笑い飛ばしたくなる、たちの悪い冗談みたいな理由だ。だが、奴がいる限り、その冗談が現実になるかもしれない。それを止めてもらいたい。どんな手を使ってでも。だから、頼む。――を――』

旧友は、最期の生命を吐き出すように、その名を告げた。
「……え」
早まる鼓動を抑えられない。顔が火照る。鼓膜が痛い。音が遠く聞こえる。
人とぶつかって怒鳴られたみたいだけれど、よくわからない。
あり得ない。聞き間違いに決まっている。やっぱり仕事のしすぎなんだ。
巻き戻して、もう一度聞いてみよう。そうすればきっと、変わってくれるはず。
『頼む。機島雄弁を止めてくれ』
俺はもう一度、従業員証を握りしめた。

12

遅いな。右ロレックスも左ロレックスも柱時計も、軒下が事務所を出てから映画二本分の時間が経ったと告げていた。ぼったくりバーにでも捕まったのだろうか。いい年しておつかいも一人で行けないのか。

「切れたわ。肉まん気分」

唐突に声をあげると、錦野はぬるりと立ち上がった。肉の切れ目が縁の切れ目らしい。

「帰宅は結構だが、盗聴器とカメラは持ち帰ってくれたまえよ」

「え。なにそれ」

錦野は口をとがらせた。

「置くわけないじゃん。そんなの。心外じゃん」

こちらとしては、心外感を出されるのが心外だ。先日軒下のPCに侵入したことを忘れたのか。

「いいから、今なら訴えないでいい」

「だから置いてないって。ほんと」

「そうかい。ところで、さっきから何故か三軒隣のコンビニのWi-Fiが入るんだが」

「うん。だから、盗聴器でもカメラでもないよね。偽装Wi-Fiだけ」

もういい。私は錦野の首根っこを捕まえて事務所からつまみ出した。まあ、正確には引きずる感じだが。

引きずられながら、錦野は言った。

「さっきの、びっくりしたよ。ヒナドリくんの餌付け」

従業員証のことだろうか。一人所帯ではなくなったから、作っただけだ。それ以上でもそれ以下でもない。

「けっこう、残酷なこと出来るんだね。機島くん」

「残酷?」

その意味を聞き返す前に、錦野はするりと手の中を抜けて去っていった。

気を取り直して、Wi-Fi探しだ。机の下を覗くと、案の定怪しい機械が転がっていた。

しかし目当てのWi-Fiではなく、USB接続の外付けHDDだ。マルウェアでも仕込んであるのだろうが、よほどの間抜けでないと引っかからないだろう。つまり、うちの従業員は引っかかる。処分した方がいい。

しかしその前に手の内を知っておきたいので、実験用のオフラインPCに繋いでみる。

その外付けHDDの中身は、私の予想外のものだった。

「これは、白湯健介が使っていたものか?」

錦野のやつ、こんなものをまだ隠し持っていたのか。

復元されたデータを眺めていると、あるディレクトリが目を引いた。

〝瀬川脅迫動画_1026〟

十月二十六日というと、六年前の判決から一ヶ月後か。

開いてみると、動画ファイルとテキストファイルが一つずつ。テキストの方には、『同様の嫌がらせが続くなら、これを証拠に法務に問い合わせること』とメモしてある。

賠償額減額のネタに使われたら厄介だ。再生しておこう。

動画を開くと、やつれた老婆が据えた目でカメラを見つめていた。

『……い、あ……です』

復元が不完全だったのか。音が割れ、ブロックノイズまみれで、まともに見られた画質ではない。

『のです。あなた方は、まだ……けるのですか』

想像より落ち着いた様子で、目は血走っているが暴力性は薄い。

しかし、その内容は呪詛だった。

『あなたは、苦しまなくてはなりません。見えざる証人に、首を差し出さないとなりません』

淡々と、ひたすらに呪い続けている。

瀬川大小も面倒な置き土産をしてくれたものだ。

『窒息です。なぜなら、私にはこれがあるのです。真実があるのです』

そう言って、瀬川大小はシワだらけの紙を突き出した。

画質が粗いので、一文字一文字を判別することは出来ないが、文字の並びには見覚えがある。東西フィンテックの不正告発メールだ。

しかし、よくよく眺めているとわずかに違和感を覚える。

「宛先が……瀬川大小？」

どういうことだ？　瀬川大小が、白湯健介側のメールを持っていた？

あり得ない。瀬川大小の受信文、白湯健介アカウントの送信文。六年前の裁判でこの二つが揃っていれば、負ける理由がない。

たとえ判決後に手に入れたとしても、再審請求が出来たはずだ。これほど決定的な証拠があれば、猿でも通せる。

しかし、事実は違う。

白湯健介アカウントの送信文が証拠として提出された記録はなく、公判調書には影も形もなかった。一体何故？

宮本は証拠採用の審議を飛ばした。送信文の提出を拒んだ。そこに自身の信用を引き換えにするほどの意味はない。……本当に？

もし、その選択に大きな意味があったとしたら。

証拠採用の審議を行うと、検察の恐れる何かが起こってしまうとしたら。

六年前の裁判で、瀬川大小が、白湯健介アカウントの送信文を提出していたとしたら。見えざる証人が、本当に現れたのだとしたら。

『悪魔です。棲んでいるのです。あの機械に。奴らは真実を恐れ憎むのです』

まるで未来の疑問に答えるように、瀬川大小は言った。

『認めましょうよ。もう、とうにご存知でしょう？』

瀬川は柔和な笑みを浮かべて、そして。

『あかさたな。あかさたな。あかさたな。あかさたな。あかさたな。あかさたな。あかさたな。あかさたな。あかさたな。あかさたな。あかさたな。あかさたな。あかさたな。あかさたな。あかさたな。あかさたな。あかさた――』

呼吸が苦しい。

音割れした瀬川大小の声が、頭蓋を反響し、何層にも重なって聞こえる。

何故。何故、瀬川大小が。どうして彼女が、『あかさたな』を？

答えは、一つしか考えられない。

これは、陽のあたる場所に生きる人間の考えることではない。思いついたとしても、すぐ頭を振って忘れる妄想だ。そんな事はわかっている。

しかし、機島雄弁はハッカー弁護士だ。ずっと、この可能性を探ってきた。

錦野唱歌を陥れたものは。

気付けば、私は渋谷の街を走っていた。意思疎通の困難な瀬川大小に会ったところで、得るものがあるとは思えない。それでも、足は止まらない。

地下駐車場に向かい、震える手でキーを取り出す。Ｓクラスメルセデスのロックを解除し、ドアに手をかけて――……。

――次のニュースです。

昨夜未明、東京都渋谷区の地下駐車場にて、爆発がありました。

警察や消防などによりますと、この爆発で付近の弁護士事務所を経営する男性が重傷を負い、現在意識不明の重体となっています。ドアの開閉で起爆する車両爆弾が用いられたとのことで、警察は同事務所職員の軒下智紀容疑者を殺人未遂容疑で逮捕しました。

警察は容疑者の認否を明らかにしていませんが、テロの可能性は否定しており――……。

Case 4　正義の作り方

1

暗闇に痒(かゆ)みがあった。

表層ではなく、もっと深い爪の届かないところの痒みだ。それを意識して掴んで穿(ほじく)り出してみると、痺(しび)れであることがわかった。

この感覚はよく知っている。麻酔だ。

私は目脂(めやに)で張り付いたまぶたを開いた。白い天井に、薬臭いベッド。窓から淀んだ空が見える。推測的中。ここは病院だ。

しかしどうも懇意の整形外科ではないようだ。あそこの先生は術後の患者の枕元で必ずサリエリを流す。では栄養剤を処方してもらっている内科だろうか。だとすると、何故この私、機島雄弁が手術を?

最後の記憶は、確か……事務所で東西フィンテック訴訟の祝勝会をやったのだ。そして車に乗ったはずだ。病院に向かうため？　いや、違う。もっと焦っていた。何に焦っていたんだったか。それは……。

『あかさたな』だ。

衝動的に身を起こしかけるが、右半身に走る痛みが私をベッドに縫い付けた。

「重度の火傷。しばらくは絶対安静」

窓際から声がした。眼球だけで影を追うと、錦野博士が丸椅子に座ってノートＰＣを叩いていた。いつも以上の髪の乱れぶりと、いつも以上の姿勢の歪みぶりを見るに、かなり長時間座っていたらしい。

私はなんとか声をかけようとする。

「に……し……」

何て無様（ぶざま）な掠れ声だ。これではＡＩ裁判官の心証点を稼ぐどころではない、音声認識すら働かないだろう。

「飲める？　これ」

そう言って、錦野がペットボトルに刺したストローを差し出してきた。肺の痛みと肋骨のきしみに耐えながら、なんとか吸い込む。むせ返りそうになるも、やや喉が潤った。

「ねぉ……き……」

「喋らないで」

錦野が目前にタブレットを掲げてくる。視線操作か。仕事上、世間に言えない動機で何度か使ったことはある。キーボードの目視と瞬きで入力していく。

『寝起きは　シエラの名水と　決めている　次は　それで』

「もうあげない」

錦野はペットボトルを引っ込めた。『君に看病する社会性があったことに驚きだ』という褒め言葉も用意していたのだが、それを告げたら辛子でも飲まされそうだ。

『火傷　何故』

「自動車爆弾で黒焦げ。覚えてない？」

言われてみれば、何か強い衝撃を受けた記憶はあるし、まだ火薬の臭いが鼻の奥に残っている気がする。誰だか知らないが、随分と派手な手を使ってくれたものだ。

『軒下君は　事務所は』

錦野は首を振った。

「逮捕されたよ。彼」

なんだって。私は思わず飛び上がりそうになったが、実際のところは点滴をわずかにゆらすに留まった。

『容疑は』

「殺人未遂。爆弾で吹き飛ばそうとしたって。君を」

なんてことだ。

『賠償請求　出来ない』

「まず、そこなんだ」

まずそこだ。暴力受けるなら金持ちから、が私のモットーだ。

『他に　被疑者は』

錦野は首を振った。知らないのならそう答えるだろうから、警察は軒下一人に的を絞っているらしい。

『事務所に　捜査は』

「現場検証レベル。君のパソコンまでは覗いてないいんじゃない？　たぶん」

不幸中の幸いだ。直接的な証拠になるものは残していないはずだが、勘のいい刑事に見られたくないものは多い。

「裏切られたって、思わないの？　ヒナドリくんに」

『思わない』

「信じてるんだ」

違う。論理的思考の帰結だ。この機島雄弁が信じるなんて根拠薄弱な真似をするものか。

「ねぇ。……見たんだよね。あの動画」

錦野が探るような視線を向けてくる。

瀬川大小の動画のことだろう。六年前の東西フィンテック訴訟で行われた検察の不正を告発する動画だ。彼女は白湯健介氏のマクシーアカウントから発信された告発メールを手に、見えざる証人と『あかさたな』の存在を訴えた。

『覚えている　五年前　君が聞いたこと』

錦野の瞳が揺れた。


錦野唱歌の納骨は、いやに晴れた秋の日に執り行われた。親戚付き合いの薄い家族だったからか、護送中の事故だったからか、参列者は両手で数えられるほどだった。

青い空に溶けていく線香の煙に、錦野唱歌の姿を探していると、背中から声がした。

「ねぇ、ほんと?」

暗い瞳の少女が、背広に口をつけるほどの距離で私を見上げていた。

「お姉ちゃんを有罪にしたのは『あかさたな』。……それ、ホント?」

あの時、私は本心から頷いたのだろうか。本当は、あの眼に恐れをなしたのではないか。自分の実力を不正に押し付け、妄想に逃げたのではないと、誰が保証してくれるのか。ハッカー弁護士として『あかさたな』の影を追いながら、幾度となく自問してきた。


『ようやく　確信をもって　答えられる』

目の乾きを無視して、私はタブレットに文字を打ち続ける。

『あかさたな　実在する』

錦野は唇を噛んだ。

『軒下　伝えてくれ　三日　復帰する　弁護士　雇うな』

「……いいよ、もう」

もういい？　私がその真意を尋ねようとする前に、タブレットを取り上げられる。

錦野は腰をあげた。どうした。何をするつもりだ。

「片付けてくるから。わたしが、全部」

「ま……て……！」

私は錦野の腕を摑もうとした。

しかしやはり、点滴の針をわずかにずらすに留まった。

2

宮本正義。これほど由来を聞くまでもない名前はないだろう。

俺のこの名は正しくあれと付けられた。厳格な警察官の父と書道教室を営む母に、正道を歩むべしと育てられた。

子供にとって、善悪とは不等式や文章問題よりよほど学びやすいものだ。解答がシンプルでスピーディーに得られる。大人達の顔色さえ窺えばいい。

幼い俺の行動原理は善か否かであり、少なくとも俺の行動は常に大人たちに肯定され続けた。いつしか、俺は自身と規範は不可分のものだと確信していた。

忘れもしない、中学二年生のホームルームまでは。

あの日のホームルームは、道徳の授業を潰した一時間拡大版だった。特別な議題を扱うためだ。

というのも、クラスの中核グループのリーダーだった女子AがSNSで中傷を受けたのだ。

ある匿名アカウントが、女子Aの悪口をばら撒いていた。容姿を馬鹿にし、言動をあげつらい、クラスLINEの画像をあげて、調子に乗っているとあざ笑った。

Aは泣きじゃくり、ホームルームでの犯人探しを求めた。

担任はやや指導力に欠ける人物で、生徒の自主性を盾に学級委員長の俺に仕切りを任せた。

ホームルームが始まってすぐ、男子Bの仕業だと、誰かが言った。

Bはクラスで二番目に嫌われている少年だった。仲間はずれの理由は大したものではない。落ち着きがなく、なんとなく空気の読めない言動が多かっただけだ。

俺は正義なので、Bの様子にはいつも気を配っていた。彼が風邪を引いたときには様子を見に行き、彼が班組みであぶれたときには引き取った。

しかし、その時は擁護出来なかった。

犯人がBだとすると腑に落ちる内容が多かったのだ。BにはAを恨む理由がいくつもあり、文体もBに似ていた。

Bは弁明になっていない弁明を繰り返し、その度に彼への疑いは確信に変わっていった。

最初は傍観を決め込んでいた担任も次第にBを問い詰めるようになり、こうまとめ出した。

「宮本君。彼はこれからどうしたら良いと思いますか？」

「ちげぇし。俺じゃねぇから」

なおも不貞腐れるBを、俺は諭した。

「駄目だ。それは正しくない」

教室の後ろに張り出された、『克己心』と書かれた習字を指差す。

「自分に打ち克て。事実は事実として認めなければ、君はいつまでも成長出来ない」

Bが顔を紅潮させ、観念して謝罪の言葉を口にしようとする。その時だった。

「やれやれ。この教室の空気を吸うと馬鹿が感染るね」

教室の隅の少年が、そう言い放った。

彼こそ、クラス一の嫌われ者。機島雄弁だった。

俺はBを哀れに思っていたが、機島雄弁については正当な評価だと考えていた。場所も相手もわきまえない彼の挑発的な言動は、目に余るものだったからだ。

「機島君。根拠のない罵倒はやめてもらえないか」

俺は機島を睨みつけた。

「鏡を見て言うんだね、委員長。君はもう少し頭がいいと思ったけど」

「もう一度言う。機島君。根拠のない罵倒はやめてもらえないか」

「根拠はあるさ。犯人が投稿したクラスＬＩＮＥの画像だよ」

機島は皮肉な笑みを浮かべて、言った。

「それ、被疑者の彼は誘われてないからね。あと私も」

その一言が、俺の正義を砕いた。

機島の指摘で事実に気付いたから、ではない。機島が指摘した可能性を見て見ぬ振りをしている自分に気付いたからだ。

誰かが言わなくてはならなかったことを、機島は言った。多数決に流された俺に、正義を叩きつけた。

自分の正義もどきがどれほど醜い保身でしかなかったか、思い知らされた。

結局、ホームルーム中に犯人は明らかにならなかった。事件そのものは後日女子Ａの両親が法的な手段に訴えたことで終息した。犯人はＡの親友だったそうだ。

大学で再会した頃には、機島はすっかり俺の事を忘れていた。それでよかった。

機島雄弁が弁護士になるという事実は、それだけで俺を支えた。あの憎まれ口の絶えない男にすら、確かな正義が潜んでいるのだ。道行く人の良心も信じるに値する。

俺達は切磋琢磨し、錦野唱歌の薫陶を受けた。ＡＩ裁判官の未来を作るのは自分達だと信じ切っていた。

しかし、錦野唱歌の有罪判決が全てを変えた。

機島雄弁は彼女の技術に取り憑かれた。顔を切り、足を伸ばし、声を変え、話し方も歩き方も別人になった。元来の正義を捨て、錦野唱歌の技術哲学に染まりきった。

会う度に壊れ、弁護機械に成り下がっていく親友に、俺は何もしてやれなかった。

もし、俺が錦野唱歌を倒すなどと言い出さなければ。機島に頼らず、一人で錦野唱歌を問い詰める勇気があれば。機島が錦野唱歌に抱く、歪な信仰に気付くことが出来ていれば。奴はごく普通の皮肉屋の弁護士でいられたはずだ。

深夜残業手前の時間に睨みを効かされ、俺は職場近くのビジネスホテルに退散した。

東京地検のオフィスは出向者に風当たりが強い。というより、俺に当たりが強い。代打を務めた三件のうち、二件はほぼ白星確定となったが、お偉方のご子息である田淵検事に黒星をつけたのがまずかった。加えて、その田淵検事から新規案件を一つ攫ったのだ。いい顔はされないだろう。もっとも、東西フィンテックの敗訴は妥当な結論だと思うが。

所々黒いゴミのこびりついたエレベーターに乗り、薄汚れた廊下を抜け、二十年は更新されていなそうなカードキーで部屋に入る。

暗い部屋の中、壁に手をやってカード差しを探していると、ふと、胸元で赤い点が揺れているのに気付いた。レーザーサイトだ。

「動かないで」

「……とりあえず、電気はつけたい」

「それはいいけど、大声、出さないで。手は挙げて」

両手を挙げて降参の意思を示しながら、俺は嘆息した。

「だから、クオカードプランのある宿は嫌いだ。セキュリティ意識がない」

俺は部屋の明かりをつけ、両手を挙げたままベッドに腰を下ろした。

予想通り、侵入者は錦野唱歌の妹、錦野翠だった。大きくなった……の、だろうか。姿勢が悪くてよくわからない。しかし身長のわりに細すぎる。機島の奴、きちんと食わせているのだろうか。

錦野妹は、プラスチック製の拳銃の銃口を俺の腹あたりに向け、引き金に指をかけていた。亡き姉の弟子に会いに来た、という風情ではなさそうだ。

「起訴、取り下げてよ。軒下智紀の」

驚いた。あのやや天然風な青年は、意外にもあの事務所に馴染んでいるようだ。

「不可能だ」

「じゃ君、死んじゃうね。しょうがない」

「それも不可能だ」

俺はテーブル上のペットボトルに口をつけた。ぬるい。冷蔵庫にいれておくべきだった。

「ちょっと！　言っとくけどさ、3Dプリンタ製でもホンモノだよ。弾」

「物を疑ってはいない。ただ、お前は撃たないし俺は死なない。それだけだ」

「何の根拠で」

「正義は勝つからだ」

「ジョークに付き合う余裕、無いんだけど」

「駄目だ。付き合ってもらう」

というより、既に付き合っているのだ。この国の誰もが。

俺はあの錦野唱歌の妹に、精一杯の敬意をもって提案した。

「機島雄弁を救いたいのだろう？」

宮本正義には、責任があるのだ。

3

住めば都の警察署、勝手知ったる面会室にて。

私は強化ガラスの向こうでうつむく青年に声をかけた。

「ほとほと鉄格子と縁があるね。軒下君は」

一言目はこれと二日前から決めていた。

「殺人犯から殺人未遂犯になっただけ成長と言えるのかな。次は窃盗あたりで頼むよ」

うなだれポーズで蛹(さなぎ)のように固まっていた軒下は、ようやく反応を見せた。

「……大丈夫なんですか？　火傷」

「幸い、顔にも首にも跡がないからね。手袋は必要になったが、裁判官の評価値への影響は軽微だよ」

「そうじゃなくて。三日前まで集中治療室だったんでしょう？　もう退院していいんですか？」

なんだ、性能の話じゃないのか。

「あの病院の理事には貸しがあってね」

絶対安静だとは言われたが、絶対の裏をかくのが性分だ。

「……先生。あの、俺……」

軒下がおずおずと言う。

「こんなことになっちゃって、すみま……」

「謝るのかい。軒下君」

軒下の口がピタリと止まる。そうとも、今私に謝るという事の意味を、君は理解すべきだ。

「謝ろうとして、すみません」

結局謝ってるじゃないか。私は重いため息をついた。

これ、こっちから言わないといけないのか？　出来の悪い部下を持つと、本当に面倒だ。

「何度教えたらわかるんだい？　無実を主張するのなら、背筋を伸ばして堂々とだ」

「無実……」

軒下が顔を上げる。

「信じてくれるんですか？　俺のこと」

私は鼻で笑った。誰も彼も、どうしてこの機島雄弁が「信じる」なんて弱い根拠を使うと思うのか。

「全ては論理的思考だよ。一つに、君には自動車爆弾を作るスキルがない」

「……適当に検索すれば、爆弾ぐらい中学生だって作れますよ」

「その上でだよ」

軒下は曖昧な顔をした。

「二つに、君が本気で殺意を持って爆弾を仕掛けたのなら、今頃私は閻魔大王相手に自己弁護中だ。そうだろう？」

軒下には超能力じみた脳内物理シミュレーターがある。爆弾の威力を知っていれば、私が車の中でどんな姿勢になった時に起爆させれば〝最適な〟結果が得られるか、わかるはずだ。

だから、軒下は犯人ではない。どちらも法廷に出せる証拠にはならないが。

「君が塀の中を終の棲家と決めるのは勝手だが、こちらとしては真犯人が野放しでは困るのだよ。おちおち新車も買えやしない」

「でも、その体調で裁判なんか出来るんですか？」

「出来るし、勝てるよ。安い案件だ」

既に渋谷の監視カメラを調べて回ったが、軒下の犯行を裏付けるものは出なかった。となると、検察の持ち出してくる証拠にもおおよそ見当がつく。ややスタートダッシュは遅れたが、十分間に合う範囲だ。

「検察に出来るのは、せいぜい犯行可能性を示唆する程度だろう。だが君には動機が…

…」

「動機ならありますよ。俺」

「……そうか。まぁそうだろうね。私だって、君がポテチつまんだ手でそこらに触るたび

爆破してやりたく──」

「そうじゃないんです」

軒下は拳を握った。

「俺は先生を殺そうとなんてしてません。殺したいとも思わないです。でも」

そして正面から私の目を見て、言い切った。

「動機はあるんです」

軒下が語った内容は、全くの不意打ちだった。

「『機島雄弁を止めろ』……？」

あの虎門金満が自分を探っているなんて、考えたこともなかった。見ず知らずの他人だ。

「元々、虎門はクローンバース内の法制度を考える上で、ＡＩ裁判について独自で調べて

いたみたいなんです」

　そういえば、井ノ上もそんな事を言っていたな。法制度を調べ始めてから、虎門の様子がおかしくなった、と。

「その過程で、五年前のある人物の自殺に行き着いたそうです。……越谷真部長って、ご存知ですか？　元東京地検刑事部の」

　その名なら、よく覚えている。なぜなら。

「ああ。彼の自殺は、錦野唱歌に有罪判決が下ったすぐ後だったからね」

　裁判長が『あかさたな』を唱えてから二週間後、刑事部の部長が失踪した。

　同期の出世頭で、懐事情にも問題はなく、家庭も良好。傍目から見れば順風満帆な人生を歩んでいたにもかかわらず、荒川河川敷で溺死体となって発見された。その後、上流の橋で几帳面に揃えられた靴と浅い内容の遺書が見つかった。

　警察は事件性なしと判断したが、私は信じなかった。あらゆる手を使って『あかさたな』との関連を探ったが、骨折り損に終わった。

「では、越谷部長が最後に法廷に立ったのは、東西フィンテック訴訟だったことはどうです？」

　何だと？　私は身を乗り出した。担当は別の検事だったはずだが。

「再審の時の宮本さんと同じく、補佐って形だったそうです。虎門も正式な書類じゃなくて、当時の関係者から情報を買って知ったみたいですから」

「まさか、東西フィンテックの告発が否認されたのは……」

「その話、ご存知だったんですね？　お察しの通りです。瀬川大小さんが摑んだ、白湯健介氏のアカウントから送られた告発メールは決定的な証拠でした。基地局データの不正流用を証明しているのは、誰の目にも明らかでした。でも、越谷部長のたった一言……。『証拠として不十分』それだけの文句で、否認されてしまった」

そう考えると、全てが繫がってくる。

杉原教授殺害事件で裁判官が繰り返した『あかさたな』。

告発動画で瀬川大小が訴えた『あかさたな』。

『あかさたな』とは、やはり。

「検察による組織的不正裁判。ＡＩ裁判官を操るマスターキーの証左か……！」

「ええ。虎門もそう考えていたみたいです」

捕まえた。五年間追い続けた『あかさたな』の影を、ついに摑んだ。

六年前の東西フィンテックは、官民連携ファンド最後の希望だった。検察庁に政治的なプレッシャーがかかっていたことは想像に難くない。部長はその圧力に負けてマスターキーを使用したのだ。

錦野唱歌も、恐らく同様の圧力で……。

しかしそうなると、当然の疑問が湧き上がってくる。

「虎門が部長、ひいては検察庁の組織的不正を疑っていたとして、どうして結論が『機島雄弁を止めろ』になるのかね？」

私はむしろ組織的不正と戦う側だ。『マスターキーと戦う機島大先生に遺産の全てをお渡しします』が正解じゃないか。ちゃんと遺留分は返すから。

「勝ちすぎたんですよ。先生」

「勝って何が悪いんだい？」

「虎門は、先生が部長からマスターキーの秘密を聞き出したと思っていたんです。異常な勝率は、全てマスターキーの力で、検察と裏でつながってるって」

渾身の皮肉だな。そのマスターキーを追い続けた結果が、今の有様だというのに。

「……機島先生」

もったいぶった調子で、軒下が切り出す。

「俺が虎門の最期の頼みを裏切ってまで、先生に全部打ち明けた理由、わかりますか」

「助かりたいから」

「否定はしませんけど、それだけじゃありません。データなくして戦略なし、だからです」

軒下が拳を握る。

「虎門はあいつなりの正義感で、必死に真相を求めていました。でも、結局思い込みの補強で終わってしまった。データの前に戦略ありきだったんです」

ほう。少しはわかってきたじゃないか。従業員証が脳に効いたかな。

「先生なら、一歩先の結末を見せてくれると信じてます。どうか俺を納得させてください。虎門の事件と同じように」

何を期待されようとも、私の答えはあの時と同じだ。

「納得は業務外だよ。だが、私と契約した以上、最短距離で、最適な手順で、君は無罪だ」

4

争いの本質は戦術よりも戦略であり、矛（ほこ）を交える前から勝敗は決まっている。歴史上の戦争を語るとき、「とりあえず生」の頻度で聞く言葉だ。

それが事実なら、私は既に負けているだろう。

一歩歩くたび、焼けた背中の皮が突っ張る。布がこすれるたび、痛みで声をあげそうになる。鎮痛剤はとうの昔に耐性が出来てしまい、立っているのがやっとだ。

おまけに錦野が行方知れずで、情報も足りていない。

最適とは言いがたい、不本意な状態だ。お世辞にも戦略的な有利が取れているとは言えない。

だが、歴史に語り継がれるのは戦術だ。優れた戦術には魔術的魅力が宿るからだ。

そして、機島雄弁は魔法使いだ。


地裁が渋谷車両爆弾事件にあてがったのは第八一五法廷だった。開廷五分前になっても傍聴席には空きがある。自動車爆弾という手口こそ珍しいものの、死人が出なかったので世間の注目度はさほど高くはない。

靴底からＡＩ裁判官の筐体の振動が微かに伝わってくる。私は小法廷での勝率の高い立ち位置を意識しつつ、検事に挨拶した。

「おやおや。誰かと思えば、東西フィンテック訴訟で無様に白旗を振った宮本検事殿じゃあないか。帰りの切符を買い忘れたのかな？」

「原告の訴えが事実だった。それだけのことだ」

宮本は特に堪えた様子もなく言った。ダメージはないだろう。お前は自分から勝利を差し出したのだから。

「こんな裁判、どうせ誰がやっても結果は同じだよ。田淵君にでも任せたらどうかな？」

「田淵検事なら、堅物検事サロンなる職務規程に違反する組織に所属していたことが発覚してな。謹慎中だ」

当たり前過ぎる処分だが、よりにもよってこのタイミングか。

「お前こそ、怪我をおしてまで爆破魔を弁護するとはな。車両保険で儲けたか」

軒下が反論しかけるのを、私は抑えた。情報をくれてやることはない。

「事務所のイメージに関わるからね」

「沽券を気にするのなら、この場に来たのは判断ミスだ」

名古屋地検の敗戦処理屋は、そう言い切った。

「先程の言葉、そのまま返そう。誰がやっても結果は同じだ。お前は負けるぞ。機島雄弁」

論理的ではないが予感がある。

　この裁判は、一介の殺人未遂事件を裁くに留まらない。六年前、瀬川大小を陥れた見えざる証人。錦野唱歌を陥れた『あかさたな』。それらは何処かで繋がっている。

　宮本。お前は何処まで知っている？

　ブザー音と共に、裁判長が開廷を告げる。

　裁判長の指示により、宮本による冒頭陳述が始まる。

「本件は、自動車爆弾による暗殺未遂だ。事件現場は渋谷駅から約一キロの地下駐車場。被害者の事務所が年契約している駐車スペースで、同事務所所有の高級車が爆破された。事件発生は二十二時十四分だ」

　宮本は心臓の弱い人に警告してから、爆破後の現場写真をモニタに表示した。中々に血の海だ。あれが全部自分から流れたと思うと、感慨深いものがある。ほうれん草好きでよかった。

「爆弾の構造はシンプルで、電気街に行けば自作も容易だ。アンダーグラウンドなサイトなら安価で購入も出来る。よって、重要なのはスキルではなく時間だ。鑑識の報告によれば、爆弾はドアの開閉に反応して起爆するよう工作されていた。このことから、被害者が最後に駐車してから爆発が確認されるまでの間、十八時十九分から二十二時十四分のうちに、細工が成されたことになる」

犯行時刻前後の被告人にアリバイがないことを示し、宮本は言った。

「これより被告人、軒下智紀の犯行を立証する」

序盤の展開は、リハーサルから離れなかった。

検察は車載セキュリティを理由に、登録者である軒下（と被害者本人）以外の犯行は不可能だと論じた。

一方こちらは、スマートキーの電波を中継機で増幅させるリレーアタックを紹介し、被告人以外にも犯行は可能だったと証明した。

警察が逮捕に踏み切った理由を正面から否定してやった形だが、宮本には動揺した様子はない。恐らく、ここまでの審議は桜田門への義理立てだ。奴の本命は次の矢にある。

「裁判長。我々は証人の尋問を申請する。被告人の犯行を裏付ける決定的な人物だ」

証人を出してくるのは読み通りだ。大方、軒下の愚痴か何かから犯行動機を証言するのだろう。

しかし、現れた証人については、読みが外れたと言うしかなかった。

若い女だった。比較的長身だが、ふやけた雰囲気と曲がった背筋がそれを感じさせない。

その芯の通っていない証人は、私と軒下に一瞥もくれず、証言台にもたれかかった。

『証人。自己紹介をお願いします』

「錦野翠。職業はえーっと、フリーのＩＴエンジニア？」

証人は錦野翠。機島雄弁の共犯者、錦野博士その人だった。

「……錦野さん……」

軒下が自身のワイシャツの胸ポケットを摑んだ。

宮本に尻尾を摑まれたのか、先日の肉まんに当たったのかは知らないが……。裏切りを糾弾するつもりはない。証言は自由で、我々の関係はビジネスだ。検察について利があるのなら、お好きにどうぞ。

錦野君がどんなつもりだろうと、私は約束を守るがね。

「事件当日に見たもの。聞いたこと。包み隠さず証言してもらおう」

宮本に促され、錦野は話し始めた。

「あの日はさ、機島くんとこの事務所に行ったんだよね。用事があって」

「用事とは、仕事の相談だと認識して良いか？」

「あー、うん。そんなとこ」

だとしたら、錦野の職業はフリーの肉まんさらいだな。

「二十一時半だったかかな。ヒナドリくんが出てった後だよ。あ、ヒナドリくんは犯人のことね」

「被告人、だ」

　宮本に訂正されつつ、錦野は続ける。

「で、帰りがけにさ。駐車場、行ったんだよね。どうしてかっていうと、えーっと……どうしてだっけ？　宮本さん。なんか良いのあったよね。言い訳」

「……正直に話してくれ」

「あ、そう。機島くんの車にいたずらしようと思って」

　傍聴席から失笑が漏れる。宮本は仏頂面のまま、やや眉間のシワを深くした。

　既に裁判官の証人への心証はかなり悪い。口裏合わせを自白した証人が軒下の犯行動機や不審な挙動を証言したところで、信憑性は皆無だろう。

「なんか、勝手に自爆してくれましたね」

　と軒下。

「爆弾だけに、と付けたら弁護を降りるよ」

「言いませんよ。そんなオヤジ臭いこと」

「宮本検事も、錦野博士の使い方がわかってないね。敵に回すと厄介だが、味方にすると扱いづらい。それが彼女だ」

呆れた視線もどこ吹く風で、錦野は証言を続けた。

「で、駐車場でね。見ちゃったんだ。ヒナドリくん……被告人が爆弾、仕掛けてるとこ」

「……何？」

「あ、動画も撮ったよ」

コンビニのサンドイッチをつまむような軽さで、爆弾を放り込んできた。

軒下が何か言いたげな視線を向けてきたので、私は先手を打った。

「言っただろう？　敵に回すと厄介なのさ」

宮本の指示で、その動画が再生される。

手提げ鞄を持った軒下が車に近寄り、何やら車の下を覗き込んで手を伸ばしている。その挙動は、明らかに何らかの細工をしているようだ。

「何を撮られてるんだね、軒下君」

「いや、違うんですよ。車の下に猫がいたので、追い払おうと……。でもおかしいな。これ、事件の前の週だったと思うんですが」

しかし、動画の右上に記録された録画時刻は、軒下の記憶を真正面から否定していた。

宮本は補足説明を入れる。

「見ての通り、この動画は事件当日の二十一時五十二分に撮影されたものだ。動画ファイルのプロパティにもそう記録されている。周囲の車両の配置も、事件当時の状態と合致する」

宮本は検察の加工検出モデルによる試験結果を添付した。結果はシロ。

これが検察の切り札という訳か。急ごしらえにしてはよく出来た動画だ。

「被告人の犯行を捉えた決定的な証拠だ。裁判長、甲8号証の採用を」

『弁護人。只今提出された動画、甲8号証の採用にご意見はありますか？』

「ありますとも、裁判長」

私はすかさず打って出る。

「この動画では軒下氏の手元が映っておらず、爆弾を設置しているのか定かではありません」

「手元が映らずとも、十分な確証をもって断定可能だ」

と、宮本が反論する。

「動画中で被告人は車に細工をしている。すなわち、この時点で爆弾は仕掛けられていない。そして、これ以降爆弾を仕掛ける時間的余裕はなかった」

「要するに、検察はこの動画には正しい時刻が記録されている、と考えているのですね？スマートフォンの時計にズレなどはなかったと」

宮本が一瞬の躊躇の後、頷いた。

悪い予感がしたのなら、大正解だ。運がなかったな。いただきだ。

「では、やはり甲8号証には致命的な問題があると言わざるをえませんね」

『問題とは、なんでしょうか』

「この時間、軒下氏には決定的なアリバイがあるのですよ」

私はタブレットを操作し、正面ディスプレイにある動画を表示した。

ドライブレコーダーの映像だ。都会特有の狭く小汚い路地を、徐行気味の車が進んでいく。鈍く光る看板の並びが、渋谷のやや郊外にいることを示している。

酔っぱらい集団とすれ違い、水たまりを踏み抜く。その先の大通りに差し掛かろうとした、その時だった。

スマートフォンを持った男が幽鬼のような足取りで道路を横切った。

信号手前での飛び出しに、運転手は驚きの声をあげて急ブレーキを踏む。しかし、減速が間に合わず、フロントを男の腿にぶつけてしまう。

幸い、元々時速三十キロ前後だ。男はわずかに体勢を崩すだけだった。クラクションを盛大に鳴らすと、男はようやくこちらに気付いたのか、カメラに顔を向けた。

そのぼうっとした顔。まさに人生に迷っている人間の顔と言っていい。軒下だ。

「注目していただきたいのは、記録された時刻です。二十一時四十五分。証人の動画とわずか七分差です」

サブディスプレイに渋谷駅周辺の地図を表示する。

「右の赤丸が人身事故の現場。そしてこちらが地下駐車場。直線距離では百六十メートルほどですが、実際に歩くと、どのルートでも三倍はあります。渋谷の人混みを考えると、七分切るのはラガーマンでも厳しいでしょうね」

私は宮本と錦野に順番に視線をやった。こうなれば手四つだ。

「ここから導かれるのは、シンプルな事実です。証人が撮ったという動画、我々が提出したドライブレコーダー。どちらかが捏造だ」

宮本は黙り込み、錦野は舌打ちする。

数少ない傍聴人がどっと沸き立つ。検察と弁護士の動画がこうも正面衝突するのは、そうそうお目にかかれるものではない。

見ると、軒下も唖然とした様子でいた。

「た、確かに車に轢かれかけた話はしましたけど……。こんな動画どうやって……？」

「何、そう褒めるようなことじゃあないさ」

軒下から車種を聞き出し、監視カメラをいくつかクラックしてナンバーを特定し、所有者の轢き逃げ行為を軽く指摘してあげただけだ。

「わかりませんけど、本当に褒めるようなことじゃないんでしょうね。先生の場合」

多少は褒めてもいいと思うが、まあいい。

私は続いて、第三者機関による動画の加工検証結果を提出した。

深層学習モデルによるフェイク動画は、動画や写真から真実性を奪い取った。しかし、そうは言っても証拠としては依然現役だ。

ここから先は、もっともらしさの勝負だ。

「我々のドラレコ動画で確認していただきたいのは、軒下氏の胸元です」

動画を静止し、一部を拡大表示する。ライトに反射してやや見づらいが、彼が首からプラスチックのプレートを提げているのが確かめられる。

「ご覧ください。これは機島弁護士事務所の従業員証です。事件当日の、まさに被告人が事務所から買い出しに出るその時に渡したものです。証人。あなたもその現場を見ていましたね」

「……覚えてないし」

そう答えた錦野だったが、視線はぶれ、声は震える。

視覚情報も聴覚情報も、ＡＩ裁判官の判断に影響を与える。嘘をつく人間が目をそらし、声を籠もらせるのは、統計が保証する事実だからだ。

錦野もそれは重々承知だろうが、知識と実践は別物である。これがハッカーとハッカー弁護士の差だ。

「従業員証の存在が、ドライブレコーダーがまさに犯行推定時刻中に撮影されたものだと保証しているのです。さらに」

動画を従業員証がネオンに反射する瞬間に進める。すると、そこには複数の人影が映り込んでいた。背景除去処理を加えると、やや懐古趣味なヒップホップ系ファッションの集団が現れた。

「この従業員証には、目撃者情報が含まれている。検察がお望みなら、こちらの方々に証言願うことも出来るでしょう。一方、甲8号には従業員証は影も形もありません。甲8号の撮影時刻を保証するのは、改竄の容易なプロパティと、背景の車だけです」

私は錦野に向き直った。

「証人のエンジニアとしての経験に鑑みて伺います。駐車場の背景に映る車と、軒下氏の動きと連動し、画面外情報の映り込む従業員証。どちらが違和感なく加工しやすいと思いますか？」

錦野は言葉をためらった。宮本に視線を向けるが、助け船はやってこない。

結局、錦野は消え入りそうな声で答えた。

「……駐車場の車」

そうとも。君は技術に嘘をつけないのだ。錦野〝博士〟。

「只今の正直者のお答えで、どちらを信じるべきか火を見るよりも明らかになりました」

私は裁判長に向き直り、こう断じた。

「証人が撮影したというスマートフォンの動画、甲8号は捏造であり、警察と検察はまんまとそれに踊らされた。以上です」

運がなかったな、宮本。

警察の推理に穴を見つけるまでは良かったが、錦野を引き入れたのは失敗だ。

『検察官、弁護側が提出した動画、弁13号証にご意見はありますか？』

宮本は腕組みして目を瞑る。

白旗を揚げるなら、今のうちだぞ。これだけの証拠があれば、お前も気付いているだろう。被疑者軒下智紀は筋が悪いと。

『宮本検事？』

裁判長による再度の問いかけに、宮本は答えない。代わりに、ゆっくりと首を左右に曲げ、肩を鳴らした。

『意見がないのでしたら、弁１３号証を採用――』

「異議あり」

宮本の声は張り上げるようなものではなかったが、合成音声を容易く上書きした。

空気が変わった。非科学的な発言だが、そう感じた。

「弁護人が提出した動画、弁１３号証は証拠品として不適格だ」

『その根拠はなんでしょうか』

「ネオン光が強すぎて映りが悪い。被告人かどうかの判別が困難だ」

そう言うと、宮本は口をつぐんだ。次の言葉を待っても、何も来ない。

……それだけか？ 従業員証まで見えている動画に、その程度で反論したつもりか？ 温い。手応えがない。

何が「空気が変わった」だ。馬鹿らしい。あの裁判での敗北が、宮本を実態以上に大きく見せていたのだ。

今頃ＡＩ裁判官の黒い筐体の中では、検察官の異議を却下する文言を生成しているだろう。

これで錦野は潰した。証拠は当然、証言の信憑性も消えた。宮本の程度は把握した。次の手も予想はつく。ドライブレコーダーの撮影前後の時間帯を外して、買い出し前等の犯行を主張するのだろうが……。

詰将棋の感覚で、頭の中で検察の逃げ道を塞いでいく。

私が詰みを確信した、その時だった。

『検察官の異議を認め、弁１３号証を不採用とします』

耳を疑う。裁判長のたった一言で、盤面が反転した。

不採用？　こちらの証拠が？

論拠では勝っていた。証人の信用も落とした。姿勢、表情、発声、全てに気を配ったはずだ。その上で、渾身の反撃が空を切ったと？

軒下が身を乗り出す。

「ど、どうしてですか！　納得出来ません！　もう一度見てくださいよ！　どう見てもドラレコ動画に映ってるのは僕で！」

『被告人は不規則な発言を控えるように』

裁判長は淡々とそう言った。法壇を占拠する黒い筐体の中で何が演算されているのか、突然想像もつかなくなった。

極めて不本意だが、足を止める余裕はない。あちらの証拠も道連れだ。

「よいでしょう。しかし、弁１３号証が否定されたからといって、甲８号が正当化されるわけではありません。むしろその逆だ。証拠採用のハードルは上がったと言えます。ファイルの日付プロパティは改竄ツールがフリーで配られています。検察の加工検出というのも、どこまで信用できるものか」

　私は二点の証拠を提出した。加工動画検出ＡＩをかいくぐる背景合成ＡＩのデモ動画と論文。

「以上から、甲8号の信憑性も重力子で寿命を伸ばすトマトと同等未満と言えるわけです」

「それはどうか」

　宮本が異議を挟む。

「弁護側が提出した証拠は不完全だ。論文は計算機の記述が欠けている。証人がそれを実行可能な計算環境を保有していたとは言えない」

「検事殿は二十世紀からお越しかな？　多少の与信があれば、クラウド計算環境などいくらでも調達可能だ」

　反撃しつつ、私は首筋に虫が這うような感触を憶えていた。

　……また、それだけなのか。宮本はわかっているはずだ。自身の反論がどれだけ無根拠か。ＡＩ裁判官は人間の裁判官よりもＩＴ系の知識に強い。作った人間の知識がＡＩに反映されるわけではないが、知識データベースの選定には影響する。クラウド環境を知らないはずがない。

では、宮本の声に宿る確信の色はなんだ?

どうか、この予感だけは外れてくれ。単なる悪あがきであってくれ。

私は祈りを込めて、神託を待った。

『検察官の異議を認め、弁14から16号証を不採用とします。弁護人に他に意見がないようでしたら、甲8号証を採用しますが、よろしいですか?』

願いは易々と踏みにじられた。

呼吸がつかえる。火傷の痛みが何処かに消える。あらゆる音がどこか遠くから聞こえる。

「…………先生?」

軒下が顔を覗き込んでくる。何をやっている。こんな男に動揺を悟られてどうする。

『弁護人。……弁護人?』

確かに、裁判長の判断は手痛いものだ。主要な手札が潰され、捏造された証拠動画の採用を阻む方法はもはやない。

しかし、私を追い詰めているのは、裁判長の異常さではなかった。

「……驚かないのか、宮本」

宮本検事の平常さだ。

お前の無表情はなんだ？　ほんの少しでいい。その仏頂面の眉を上げてくれないか。他の誰にも気付かれない程度でいい。驚いてみせてくれないか。

『機島弁護士。これ以上の沈黙は、遅延行為と見なしますよ』

「失礼。傷が痛みましてね。まだ異議はあります」

愕然としながらも、私は戦いを続けた。軒下にぶつかられたことを示すSNSの投稿。軒下が轢かれかけたところを見たという証言。だが……。

『検察官の異議を認め、弁21号証を不採用とします』

アリバイが無慈悲に却下されていく。通常の裁判であればまず採用されるだろう証拠が、宮本のほんの些細な指摘で崩されていく。泥の海に沈められた気分だ。息継ぎしようと顔を上げると頭を押さえつけられる。

外見や身振り手振りによる好感度操作程度では、どうあっても説明不可能な現象だ。わかっていた。宮本は『あかさたな』裁判の担当検事だ。疑いの目で見るべきだった。いや、実際に調べもした。それでも、心の何処かで踏み込みきれなかった。

宮本は不正と関わっていない。何かを知っていたとしても、受動的な立場に過ぎない。そうでないとおかしいだろう。俺達は同じく錦野唱歌の薫陶を受けたのだから。

「……宮本。お前は……！」

一瞬、宮本のレンズごしの瞳がわずかに揺らいだ。

だが、そこから感情を読み取る前に、黒い検事は黒曜石の冷たさを取り戻していた。

「言ったはずだ。お前は負けると」

5

その後の展開は目も当てられないものだった。ハンニバルでも匙を投げる戦力差。一日保ったのが不思議なぐらいだ。いや、奇跡的な生還というより、宮本がトドメを刺さなかったという方が近いか。私は生かされたのだ。

軒下の保釈すら取り付けられず、我々はまた拘置所の面会室に戻ることとなった。

強化ガラスの向こうの丸椅子に座った軒下は、今期最高潮に辛気臭かった。口を開いては、視線を手元に戻す。言葉を選び続けているようだ。

「……宮本検事は機島先生とご友人、なんですよね」

「機島弁護士事務所所訓第三条」

呆けた顔をする軒下に、もう一度繰り返す。

「第三条だ」

「た、『立っているものは親でも使え。座っていたら立たせて使え』」

覚えているじゃないか。

「この接見の間に新たな方針を立てられなければ、有罪になる確率はぐんと上がる。君はその貴重な時間を時候の挨拶で済ませるのか？　お人好しが小脳の生存本能まで侵してしまったのかね？」

機島雄弁は旧友に裏切られた哀れな男だが、被疑者に同情されるほど落ちぶれてはいない。

軒下はようやく顔をあげた。

「宮本検事は、マスターキーを使ったのではないでしょうか」

「よろしい。しかしそれだけじゃないだろう」

「……錦野さんが提出した動画、なんですが」

「言い淀む時間が無駄だよ。所訓第二条だ」

「俺の立ち位置が、記憶より車のフロント側にずれていました」

やはりか。

「たぶん、物理シミュレーター対策です。捏造動画で俺が手を伸ばしていた先……。あれが正しい爆弾の設置位置です」

そうなると、ここで一つ疑問が生まれる。一証人でしかない錦野が、どうやって爆弾の設置された場所を知ったのか。

いや、言葉を変えるべきか。一体〝誰〟が錦野に動画の偽造を命令したのか。

警察は車載セキュリティを根拠に軒下を逮捕した。普通に考えれば、証拠の偽造は余計なリスクだ。しかしその〝誰〟かは、リスクを抱えてでも捏造が必要になると踏んでいた。

その〝誰〟かは、警察の捜査情報を知り、爆弾の設置位置を知り、弁護士のレベルを知り、そして、あのタイミングで私を殺す理由があった人物だ。

「犯人は、宮本検事……だと思います」

軒下は絞り出すような声で言った。

「君にしては上出来だ。最初からそれが言えればね」

軒下の情報を元に、仮説をまとめる。

「宮本検事はマスターキーユーザーだ。東西フィンテック訴訟再審の一件で現れた、見えざる証人。恐らくあれがトリガーだったのだろう。口封じのために我々を狙った。弁護士を爆殺し、その罪を被告人になすりつけようとしている。その前提で話そう」

前提条件となった以上、宮本の動機についてこれ以上深く考える必要はない。私は自分に一度言い聞かせて、思考を仕事に戻した。

「まず言えるのは、マスターキーは万能じゃあない」

「というと、どういうことです？」

「もし、マスターキーが裁判官を自在に操れるなら、冒頭陳述などすっ飛ばして即結審でいいだろう」

「傍聴人の目がありますし……」

「それにしたって、もっと自然な流れがあるはずさ。思い返してみたまえ、チマチマと弁護側の手札を潰していくあのやり口を。非効率が過ぎる。よほど捻くれた性格の持ち主でない限り、あり得ない戦略さ」

軒下はしばし考え込んだ。

「……宮本検事は機島先生とご友人、なんですよね」

「月末の評価面談を楽しみにしていたまえ」

それはさておきだ。東西フィンテック裁判や杉原教授殺害事件でも、証拠の棄却が判決に繋がった。

「マスターキーの正体は『証拠や証言を棄却させる不正』だとみて間違いない」

「じゃあ、ＡＩ裁判官のハードウェアに何か細工があるんですかね。弁護側の証拠データが送信されたら書き換えるとか」

宮本がこちらの証拠に異議を唱えた時、必ず証拠の品質に言及していた。データを欠損させる加工を加えるというのは、悪くない推測だ。しかし。

「残念ながら、可能性は薄いな。筐体やカメラ、その他納入業者は調査済だ」

「じゃあ、ソフトですかね。ＡＩの前処理とかに……」

「それもまぁ、ほぼないね」

私も伊達に五年ハッカー弁護士を続けていたわけじゃない。

ソフト面、ハード面含め、バックドアの調査は徹底的に行った。ＯＳに起因するもの、ライブラリの脆弱性、その他いくつもの穴を発見したが、（うまい汁を吸ってから）報告するとすぐ塞がれた。どれも意図的ではなかったということだ。

「なら……そうだ。カメラやマイクとＡＩ裁判官を繋ぐケーブルに中継機を挟むとか、どうでしょう？　そこは調べられないですよね」

「それだと、東西フィンテックの再審で見えざる証人が現れた理由が説明出来ない」

あの時、明らかに宮本は見えざる証人の出現を予期していた。偶発的な事故ではなかったのだ。

「仮に裁判のたびに特殊な中継機を設置していたとして……。見えざる証人などという致命的なバグの存在を知りながら、六年も修正しないと思うかね？」

「つけっぱなしだったとか」

「マスターキーの決定的な証拠を？　ナンセンスだ。君の家のこたつじゃあないんだぞ」

「失礼ですね。ちゃんと毎年しまってますよ。お盆のナスと交代で」

夏真っ盛りじゃないか。

「ソフトもだめ、ハードもだめ。じゃあ一体マスターキーはどこにあるって言うんです？」

全ての可能性を潰せば、答えは自(おの)ずと見えてくる。

「ＡＩのパラメータだろうね」

ＡＩ裁判官を構成する三京(けい)のパラメータに、マスターキーを折り畳むのだ。普段は紳士的なＡＩだが、検察からあるメッセージが与えられたときのみ、ハイド氏が顔を出す。

「問題は三京のパラメータのどこに、どうやって、マスターキーを仕込んだかだが」

「それ、悩むような話なんですか？」

軒下は首を傾げた。

「検事さんの合図で証拠を却下するってデータを学習させまくればいいんですよね。要するに」

「いいかね、ＡＩ裁判官の初期実装は学術機関の合作だが、現在の運用やチューニングは、最高裁の情報政策課の管轄だ。裁判所に気付かれず不正なデータを追加出来るとは思えない」

「裁判所もグルとか……」

「その規模の不正なら、万能なマスターキーを用意出来るだろう」

軒下が腕組みして黙り込む。どうも行き止まり感が出てきたな。仕方ない。藁に縋ってみるか。

私はタブレットのブラウザで、とあるデータを読み込んだ。

「なんです？　そのグラフの塊」

「最新のＡＩ裁判官のタイタンボードだよ。以前、錦野君からもらったことがあってね」

深層学習系ライブラリの中には、学習過程のビジュアライズをサポートする機能が充実しているものがある。タイタンボードもその一つだ。

「画面左の弧のような折れ線グラフが、学習エポックごとの教師データや検証データとの一致率だ。教師データは基本的に右肩上がりに漸近していくが、検証データはどこかで落ち込む。そうなると過学習だ」

「では、右上の動画は？」

軒下が指したのは簡素な3Ｄ動画だった。メッシュと等高線で描かれた谷を、小さなボールが転がり落ちる。ボールは凹凸激しい地形の局所的な傾きに右往左往しつつも、やがて谷底に落ち着いていく。

「ＡＩ裁判官の最適化の過程を動画にしたものさ。横と奥行きがパラメータ空間で、高さが損失関数の値だ。ボールが時刻ｔの裁判官のパラメータを示している。深い谷底に落ちるほど、損失関数の値が低い状態だね」

三京次元の谷を、損失関数という重力にしたがって転がり落ちるイメージだ。もちろん、三京次元のグラフ化は不可能なので、学習過程で得られたパラメータの相関関係を元に、二次元に落とし込んでいるわけだが。

「それでだ、軒下君。この動画に違和感はないかね。地形やボールの動きの法則に狂いがあるとか、感覚と合わない何かだ」

未だに信じられないが、軒下は流星群の軌道予測コンペの一位を暗算で勝ち取った元天才少年だ。不正扱いで失格になったが。

これまで、軒下は脳内物理シミュレーターとも言うべき奇怪な力を幾度も見せてきた。

三次元世界と三京次元世界で勝手が違うのは百も承知だが、最適化関数には物理系の理論を元に生まれた物が多い。共通項はあるはずだ。

マスターキーを見つけろとは言わない。どこかにヒントがあればいい。軒下の力ならば、あるいは。

「違和感なら、あります」

軒下は即答だった。

「どこだね!?」

「どこと言うか、まあ、全部ですね。ボールの動きに加速度もないですし」

「最適化関数がSGDだからね。他には?」

「特には」

私はため息をついた。やれやれ。所詮は三次元人か。

「君には、もう少し高い次元の視座を持てと教えたつもりだがね」

「すみません。いわゆる経営者目線的なアレかと……。三京次元を要求されてたとは……

…」

それきり、会話が途絶える。

ソフトにもハードにも痕跡を残さず、六年間同じ不正を続ける。

そんな事が、果たして可能なのだろうか。

軒下がぼやく。

「やっぱり、あのドラレコをもう一度検証してもらったほうが……」

私の呆れた眼差しに気付き、軒下はあわてて言い訳する。

「いや、わかりますよ。済んだ議論を繰り返しても心証を悪くするだけって言うんですよね？　でもほら、多少叱られても見せまくれば記憶に残って、こう」

中々せこいことを考えるな。発想は嫌いではないが、考えつくのが十年遅かった。

「残念だが、やるだけ無駄だよ。裁判官には推論型マスクトークンがあるからね」

「……なんです？　それ」

「簡単に言えば、裁判官の記憶と認識の一部に蓋をつける仕組みだよ」

実のところ、米国に軒下と同じ発想で裁判に挑んだハッカー弁護士がいた。その人物はデータオーグメンテーションの技術で一つの証拠を数十に増やし、下手な鉄砲数撃ちゃ当たるを実践した。

そうした証拠倍加ハックの対策として生み出されたのが、推論型マスクトークンだ。その仕組みは対象と過去に棄却された証拠の類似度を測り、それが高ければ記憶野にマスクをかけるというもの。実にシンプルだ。

「推論型マスクトークンがある限り、ＡＩ裁判官は否認した証拠や証人を完全に無視するのさ」

「じゃあ、結局マスターキーの正体を暴かない限り……」

「賭けてもいいが、次の公判で君は有罪判決だ」

軒下は肩を落としてうなだれた。

6

接見を終えた私は、拘置所横のコインパーキングに停めた代車を放置して、タクシーを呼んだ。

代車に爆弾が仕掛けられている可能性は、薄いとは思う。あちらにまだ口封じの意思があるのなら、身代わりである軒下の保釈を認めたはずだ。しかし、用心するに越したことはない。

向かった先は高級老人ホーム「杉の宮」。要介護度3以上の富裕層を対象にしたホームだ。金がかかっているだけあって、高級ホテルさながらの外観だった。帝国ホテルを思わせるモダンなデザインは、年老いた親を「旅行しましょう」と言って連れ込むのにもってこいだ。

ホームページを調べたところ、職員の就労環境もよく、季節に応じたレクリエーションも多彩で、月に一度は職人を招いて寿司パーティーを開いている。入居者の部屋にはそれぞれ見守りカメラがあり、親族も安心して預けられる。

財を成し、子を残し、人並み以上の人生を送った者の、アガリの宿。ここにマスターキー最後の生き証人がいる。

六年前の東西フィンテック訴訟の原告、瀬川大小氏だ。

薄い可能性なのはわかっている。東西フィンテック訴訟で精神障害を患い、流れるように認知症になった人物だ。要介護度4の認定と彼女が生きている事実そのものが、証人として無力であることを示している。

それでも、データあれ、だ。錦野唱歌は私にそう教えた。

「失礼。瀬川大小さんと面会したいのですが。こちら親族の小晴さんの委任状です」

マッシブな職員に、玄関口で東西フィンテック訴訟の契約書を見せる。職員はやや訝しみながらも私を通した。知らないフォーマットの慣れない文書だ。内容の精査などしない。

二階の見晴らしの良い部屋で、老婆がぽつねんとベッドに座っていた。髪はよく梳かれていて、肌の色艶も悪くない。

ロックが趣味でビートルズのブッチャーカバーを家宝にしていたそうだが、部屋の装飾はファンシー寄りだ。怪我しないモノを選んだ結果がこれなのだろう。文明の利器と言えそうなのは、壁に立てかけられたタブレットぐらいのものだ。

「職員さん、少々法的に込み入った話ですので、外していただけますか」

法的を強調して言うと、職員は眉をへの字に曲げた。

「……瀬川さんのトラウマのことはご存知ですよね」

「裁判の話をすると手がつけられなくなるんでしょう？　依頼人から再三聞かされましたよ」

一見人畜無害な縁側系老婆だが、ベッドのシーツが引っかき傷にまみれている。

「くれぐれも気をつけてくださいね。他の入居者様のご迷惑になりますから」

そう念押しして、職員は去っていった。

足音が遠ざかると、私は横開きのドアにつっかえ棒を置いた。

「どうもこんばんは。瀬川大小さん」

声をかけると、瀬川大小はゆっくりと顔を上げた。耳は悪くないらしい。

「お昼の体操なら、もう終わりましたよ？」

「失礼。私こういう者でして」

瀬川は名刺を受け取ると、それをおもむろに一噛みして捨てた。歯型のついた名刺が
「一筋縄ではいかないぞ」と警告してくる。

「六年前の東西フィンテック訴訟について伺いに参りました」

「……六……年前……」

シーツを摑むシワだらけの指に、筋が浮かぶ。

「あなたは東西フィンテックの告発メールを法廷に提出したが、証拠として採用されなかった。なぜなら、見えざる証人が現れたから。そうですね？」

「……やっ、たー」

「はい？」

私が屈み込んで耳を近づけると同時に、瀬川大小は体を跳ね起こした。

「やったー！」

老婆渾身の頭突きをくらい、思わず鼻を押さえる。大丈夫だ。ズレてはいない。

瀬川大小は諸手を挙げ、焦点の合わない目と満面の笑みでこう叫んだ。

「やったー！　やったー！　勝訴です！　おめでとうございます！　ありがとうございます！」

耳をつんざく大音量だ。隣近所の迷惑などまるで顧みない、全力の声だ。

『だから言ったのに弁護士さん！　って、ちょ、ドア開けてください！』

駆けつけた職員の男が扉を叩く。既にちょっとした事件だ。あと三分もこのままなら、施設中の職員から吊るし上げを食らうことになる。

私は叫び続ける瀬川に対抗して、彼女の耳元で声をあげた。

「先日、東西フィンテック訴訟の再審が行われましてね。六年越しにあなたの訴えが正当だったと認められました。私の功績です」

瀬川大小もヒートアップしていくが、発声法なら負けはしない。

「ですが、まだ不十分だ。あなたを陥れた相手に一発返してやらないと。そうでしょう？」

「やったー！　やったー！　かちました！　やったー！」

瀬川大小が突然立ち上がり、倒れながら私に抱きついてきた。ネクタイに顔をうずめて叫びながら、スーツの背中をかきむしってくる。

「な、瀬川さん？」

「やったー！」

こだわりの一張羅だ。変なシワがついてはたまらない。万力じみた膂力を発揮する体をなんとか引き離そうとして……気付いた。

瀬川大小はただ爪を立てているのではない。

これは文字だ。

――にげて　もう　こないで

私は老婆の顔を見返した。年輪の刻まれた目元には、在りし日の経営者の姿を思わせる理性と意思が確かに宿っていた。老婆は知っているのだ。もう一歩踏み込めば、何が起こるのかを。自分自身だけでなく、私の身まで案じて、必死にメッセージを送っている。

瀬川大小は告げている。ここがデッドラインだと。

「……わかりましたよ。あなたの勝ちだ」

私が両手をあげると、瀬川大小はじゃれついた子供のように、無邪気に笑ってベッドに座った。重心の置き方からして、警戒を解いたようだ。

ありがとうございます。瀬川大小氏。あなたの老婆心はしかと受け取りました。

私は彼女に誠意をもって一礼して……壁のタブレットを手にとった。

「やはり、これがあなたの鎖で命綱という訳だ」

瀬川大小が目を見開く。

「ぇ……あ……や、やったー！　やったぁぁぁあああ！」

そして、慌てて狂気の老婆を再開した。

「失礼。年配のご婦人を騙すのは心苦しいのですが、これも事務所の方針でね」

誠意を見せて利用しろ、だ。老婆心は受け取ったが、従う義理は特に無い。

「このタブレットの見守りアプリは、あなた方入居者を二十四時間監視しています。家族は自分のアカウントでいつでもあなた方の様子を確認出来る。それはいいでしょう。しかし調べてみると、ある奇妙な事象に突き当たりました。瀬川湖中（こなか）、故人であるはずのあなたの夫のアカウントが未だに使用されているのです」

必死に目をそらして叫び続ける瀬川大小に、私は告げた。

「瀬川さん。あなたは何者かに監視されている」

「やったー！　やぁったー――！」

『いい加減にしてください、弁護士さん！　警察を呼びますよ！』

叫ぶ老婆。ドアを蹴破る勢いの職員。おもちゃ箱をひっくり返したような騒ぎだ。

しかし、退（ひ）くつもりはない。

「いつ頃のことかはわかりませんが、あなたは精神の均衡を取り戻した。しかし、それを監視者に悟られるわけにはいかなかった。マスターキーに関わった者の末路を、知っていたからです」

「やったぁ！　やったやったやったー！」

「あなたはご自分と娘さんの安全のために、事件から六年経った今なお認知症を演じ続けている。と、ざっとまぁこんな所でどうでしょう」

「やぁったぁぁぁぁぁぁあぁぁあああ！！」

瀬川大小が喜びながらネクタイに摑みかかってくる。まずい。ややパワー負けしそうだ。

「どういたしまして。そんなに感謝していただけると、弁護士冥利に尽きますよ」

お昼の体操をやっているだけある。

私は襟元を両手でなんとかガードしながら、言葉を続けた。

「ところで、瀬川さん。私が到着する六分ほど前から、偶然施設のVPNに障害が起きていましてね。何やら大量のトラフィックで、か細い回線がパンク……み、鳩尾はご勘弁を。脇腹もお待ちを、そこは火傷が……！　とにかく！　私が話したことも、あなたの芝居も、今はまだタブレットの中なのです！」

「やっ……」

ようやく、瀬川大小の拘束が解ける。危ういところだった。意識が二割ぐらい飛びかけていた。

お互い息を整えてから、私は丸椅子に座って話を続けた。

「いいですか。瀬川さん。障害が収まってからの展開は二通り考えられます」

指を二本立ててみせる。

「一つは『弁護士の推理で瀬川大小の演技にほころびが生まれた。その様子は時間差で監視者のもとへ届けられた』。もう一つは、『弁護士は瀬川大小から何も聞き出せず、苦し紛れにタブレットを盗んだ。発覚を恐れ、弁護士はタブレットをオフラインにしていた』」

瀬川大小と視線を合わせる。

「どちらがお好みですか？　瀬川さん」

瀬川大小は舌打ちした。

「…………ホント、小晴ちゃんの言っていた通りの人ね」


外の職員を法律用語で追い返し、瀬川と二人きりになる。

やや言葉が覚束(おぼつか)ない所もあったが、瀬川大小は一度話し始めると止まらなかった。自分を偽らずに話す機会に飢えていたのだろう。

「コードに穴があるとか、よくわからない反論で証拠を否認されて……。それから、裁判官が突然透明人間に話し始めたの」

「当時の検事は、越谷真——この画像の人物ですか？」

「ええそう。いつもの人と違ったから、よく覚えているわ。刑事部の部長さんよね。あの時は妙に驚いたというか、焦った様子だった」

「焦ったというのは、具体的にはどのタイミングでした？　白湯健介アカウントの告発メールの棄却時？　それとも見えない証人が現れた時ですか？」

「たぶん、後者だったと思うわ」

やはり、見えざる証人の出現は想定外だったのだ。そして再審時、宮本はその出現を予想していた。

六年前と再審の共通項は証拠だ。白湯健介アカウントの告発メールが審理されたことで、見えざる証人が発生した。見えざる証人はＡＩ裁判官の記憶野、証拠保存メモリに住んでおり、マスターキーはそこに作用する。

裏付けが取れたが、まだ足りない。

「弁護士さん。私からも質問、いいかしら」

「……構いませんが」

「あなたの下の名前、雄弁？」

頷くと、瀬川大小は息を吐いた。肺の奥に六年溜め込んだ空気を捨てるような、重い息だった。

「写真と全然違ったから、気付かなかったわ。……あなたが唱歌さんの教え子だったなんて」

今度は私が声を出す番だった。瀬川大小は、錦野唱歌と面識があったのか。

「私の妄想に付き合ってくれたのは、あの子だけだったの」

「錦野唱歌は見えざる証人を、マスターキーを調べていたのですか⁉」

馬鹿な。彼女はそんな事は一言も……！

マスターキーを知った唱歌がどうするか。決まっている。挑むのだ。

規範は人であってはならない。錦野唱歌は彼女のＡＩを汚すものを許さない。マスターキーの存在を知りながら無抵抗で裁判に身を任せるとは思えない。たとえ脅されたとしても、彼女なら証言台で不正を訴えたはずだ。

「これで、やっと伝えられる」

瀬川大小は窓の外に目をやった。

「マスターキーの生みの親は、杉原教授」

「それが何か？」

杉原学。錦野唱歌の所属していた研究室の教授だ。自然言語処理の第一人者だったが、ある時研究室で首を吊った。錦野唱歌は、その死の濡れ衣を着せられて有罪となった。

彼はAI裁判官の本国導入に尽力した人物でもあり、実際に設計から実装まで携わっていた。杉原教授の担当範囲は、自然言語処理と証拠ベクトルの関連付け。

「そういうことか……」

真相は見えてきた。五年前、杉原教授と錦野唱歌に何があったのか。宮本は何をしたのか。

しかし、一歩及ばない。AI裁判官にマスターキーを植え込みながら、どうやって最高裁判所情政課の目を欺き続けているのか、その謎が解決しない。

悩んでいると、ふとベッドの引っかき傷が目に入る。そこには一定の規則性があった。文字だ。認知症の演技で日々摩耗する記憶をつなぎとめるため、瀬川大小は犯人の名をベッドに書き続けたのだ。この日のために。

瀬川大小は恥じるように、その傷を手で隠した。

「あなたなら、辿り着けるはず。唱歌さんはそう言っていたわ」

買いかぶりだ。錦野唱歌。私は出来の悪い生徒だった。

あと一つでいい。頼む。ヒントをくれ。

7

面会人の名前を聞かされた時、正直言って俺は迷った。

俺からすれば、あの人の技術は魔法そのものだ。ガラスの向こうから洗脳光線を撃ってきても驚かない。

機島先生を呼びたくなったけれど、悩んだ末に一人で会うことにした。

腹をくくって出来ることをやらないと。今月末は評価面談だ。

気合を入れて部屋に入ると、面会人は机に足を載せてだらけていた。

「やっほ。元気？　ヒナドリくん」

錦野さんだ。でっち上げの証拠で有罪に加担しておいて、一言目がそれとは。

「証拠の捏造を謝りに来てくれた……だと、嬉しいんですけど」

「え、あー……。うん。ごめん。ソーリー」

錦野さんはあっさりと謝った。

「捏造した証拠は取り下げるつもり……だと、もっと嬉しいんですけど」

「ソーリー」

取り下げる気はないみたいだ。

俺はちらと監視カメラを見た。動作中を示す赤いランプが点灯している。

弁護士を介さない面会は録画録音するのが規則だ。今の会話はこちらに有利な証拠になるはずだけれど。

視線を錦野さんに戻すと、彼女は薄い笑みで「ドンマイ」とだけ言った。やっぱり、この人相手じゃ望み薄か。

「何の用ですか」

「君さ、飲んだことある？ リタリン」

「たぶん、ないですけど。ジュースですか？」

「お薬。元気になるやつ」

合法な話だろうか。

「人気はあるけど、買えないんだよね。お医者さんの診断がないと。で、前ＡＩ精神科医の攻略アプリ作ってみたらさ、売れたんだ。めっちゃ。いいでしょ」

素直に羨みづらい自慢だ。

「……面会時間は二十分です。ご用があるなら、お早めに」

「ヒナドリくんさ、欲しいでしょ。無罪判決」

やっぱり錦野さんは底しれない。隙を見せたかと思うと、突然切り込んでくる。

「精神鑑定って、二人の医師と一つのＡＩでやるんだよね。で、多数決」

錦野さんはタブレットで書類を見せてきた。地裁御用達の精神科医リストと書かれている。そのうち半数の顔写真に丸印がついているが、何のマークだろう。

「丸じゃないよ。首輪」

弱みを握っているってことか。

「精神鑑定受けろって言ってます？」

「ミリ違う。ただのお願い。機島くんに勧められたら、教える通りに受診して」

「機島先生が、精神鑑定を選ぶって言うんですか？」

「あと、引退もするんじゃないかな。ハッカー弁護士」

「……聞くだけ無駄なお話でしたね」

もし精神鑑定が勝利への最短距離なら、機島先生は躊躇なく使う気もする。けれどこの裁判に限っては違う。機島先生の勝訴は、ただの無罪判決じゃない。まして、引退なんてあり得ない。

マスターキーは手強い。検察が仕掛けた組織的なバックドアなんだから、ズルにも程がある。けれども、ズルさなら機島先生も負けちゃいない。あの人はいつも俺の心配をせせら笑って、俺には想像もつかない手品で、鮮やかに無罪を勝ち取ってきた。だからきっと、今頃真相を解き明かしている。

「機島先生は無実を証明してくれます。取引なんてしなくても、俺は無罪放免です」

錦野さんは長いまつげの目を瞬かせてから、引きつけを起こしたように笑い出した。

「俺、真剣ですよ」

「ごめんごめん。でもさ。ほんとなんも見えてないよね、ヒナドリくん。一応部下のくせに」

錦野さんが目頭に浮かんだ涙を指で拭う。

「勝てるわけないじゃん。機島くん、才能ないもん」

そう言って、彼女はタブレットであるグラフの集まりを見せてきた。

「ＡＩ裁判官のタイタンボード……」

「見せられたんだ。やっぱり」

錦野さんは口の端を吊り上げた。

「ヒナドリくんさ、なんでこんなツールがあるか、わかんないよね」

「わかりませんけど、一応質問の体(てい)は保ってほしかったです」

「答えは、ヒトが低次元だから」

とても大きな枠で罵倒された気がする。

「ほんの少しでもあの子達の世界を目にしようって、あの手この手で工夫するの。大きなＡＩをちっちゃな自分の世界に縮めて捻じ曲げて押し込んで、わかったつもりになる」

錦野さんは目を細めてそう言った。

「……でもさ、ウソなんだよね。結局。ここからマスターキーを見つけ出そうって、才能ないよ。超能力に頼ろうって時点で負けてるじゃん。エンジニアとして。ペンギンの背中に鷲(わし)の羽根刺したって、飛べないよ。どうして気付かないのかな。機島くん」

錦野さんの嘲笑は、機島先生だけに向けられているようには思えなかった。

それもそのはずだ。ただ見下しているんじゃ、筋が通らない。何故なら。

「じゃあ、錦野さんはどうして才能のない人の復讐に五年も付き合ったんですか」

錦野さんの表情が固まる。

底しれない人だけれど、痛いところを突かれた時だけは、本当にわかりやすい。

「決まってるでしょ。お姉ちゃんの、復讐。特等席で鑑賞してやるの。機島くんの悪あがき。ハッキングの手伝いして、闇医者紹介して……」

「通りません。あり得ません。納得いきません」

復讐という動機がないとは言わない。身内の死を『あかさたな』なんて不正の仕業にされたら、誰だって怒りを覚えるだろう。

けれど、俺だったら憎い相手にスパムメールでじゃれつかないし、肉まんをもらいにも行かない。俺も人を憎んだことがあるからわかる。怒りは疲れる。復讐心を抱き続けると消耗する。だからきっと、それだけじゃ五年も保たない。

二人の間にある種の陰鬱な結束があるのはわかっている。錦野唱歌さんを失った過去が二人を縛っているのも知っている。

　でも、憎しみだけじゃないはずだ。

「そっか。そう見えちゃうんだ。ヒナドリくんにも。じゃ、違うのかな」

　伸びた爪をいじりながら、錦野さんは言った。

「……機島くんさ、吹っ飛びかけたあと、手術の最中に起きちゃったんだって。三回」

「さ、三回も……!?」

「しかも暴れだすんだよ。誰かに謝りながら。いくら麻酔追加しても、耐性強すぎて、全然きかなくて。一歩違ったら植物人間だったって」

「植物人間……」

　機島先生がそこまで追い詰められていたなんて。俺は気付けなかった。見ないふりをしていたんだろうか。見せてくれなかったのか。

「嫌味な弁護士と頼りない助手のお話は、もうおしまい。解放してあげようよ。彼のこと」

解放という言葉を口にした時、錦野さんの肩から少し力が抜けたように見えた。

二ヶ月に一度は整形し、鎮痛剤が常備薬。法を犯してまで勝訴を求める無法弁護士。不健全な精神が不健全な身体に宿っている。普通に考えて、こんな仕事がいつまでも続くわけがない。

「……機島先生から精神鑑定を勧められたら、錦野さんの指示通りに受診する。それでいいんですね」

「ナイス、物わかり」

機島先生との付き合いは錦野さんの方が長いし深い。俺は錦野唱歌さんの因縁という蚊帳の外にいる。だから、先生の事を考えるなら、錦野さんの言う通りにするのが一番かもしれない。

それでも。

「その代わり、もう一度タイタンボードを見せてもらえませんか」

「え、いいけど」

「このＡＩ裁判官、いつのモデルですか？」

「一番昔の、テスト導入時のやつ」

　思った通りだ。機島先生が見せてくれた最新版と比べて、どこか違和感がある。単純にパラメータ空間のメッシュの構造が違うとか、パラメータ空間上のボールの速度が違うってだけじゃない。

　何かが奇妙、な気がする。

「全バージョン、あるだけ見せてください」

データなくして戦略なしだ。タブレットに齧りつき、テスト導入から本格運用、全ての最適化の動きを頭に叩き込む。

　想像しようとする。三京次元の空間を、加速度のないボールが転がっていく。無理だ。俺は低次元の生き物だ。アプローチを変えよう。

　三京次元の座標は、ある法則で二次元に折り畳まれた。三京次元のルールも、同じように折り畳まれている。押し潰された狭い世界のルールを捉える。

「……ねぇ、なにやってるの？　気持ち悪いよ。ヒナドリくん」

「静かに」

　暑くて熱い。吐き気がする。焼けた鉄を脳に突き刺された気分だ。でも止まれない。

　三次元の常識を捨てろ。この世界にあるのは地形だけ。木もなく、風もなく、街もなければ人もいない。太陽も月もない。海も自転も電気もガスも火もない。裁判も爆弾も因縁も罪も強迫観念も弁護士もない。

ただ座標と重力だけの、モノトーンの単調な世界だ。

それなら、見える。

三京次元もかき集めたって、俺達の世界の方がずっと重い。

「機島先生にメール送ってもらえますか」

「え、禁止じゃない？　そういうの」

「まずタブレットの持ち込みが禁止です」

渋る錦野さんに、俺は言った。

「機島先生は無敗弁護士です。辞めるにしても、勝ち逃げですよ」

マスターキーが見つかったわけじゃない。単に、漠然とした小さな違和感を伝えるだけだ。正しい保証は全くないし、これが真相に繋がるかもわからない。

それでも、機島先生ならやってくれる。そういう確信があった。

唯一気がかりがあるとすれば……。

メールを代筆する錦野さんの目が、俺達を憐れんでいたことだ。

8

五年の因縁に引導を渡すには、いささか寂れた場所だった。

老衰間近のニュータウン、霊園の見下ろせる公園。

錦野唱歌が眠るそこに、私は旧友を呼びつけた。

「親しき仲にも礼儀ありだ。機島雄弁。今何時だと思っている」

黒い検事は、電話で約束した通りの時間に現れた。

「そういうなよ。宮本。同じ事件の弁護士と担当検事だ。白昼堂々とはいかないだろう。それにほら、丑三つ時に墓場だよ。火の玉のパレードでも見られそうじゃないか」

「祟られても知らんぞ」

「それは、経験者の忠告かい？」

私は慇懃に頭を下げた。

「こんばんは。錦野唱歌の祟りです」

「……ボディチェックをさせてもらう」

この展開を読んでいたのだろう。宮本はハンドサイズの金属探知機まで持ってきていた。

互いに武器や記録媒体の類を持っていないことを確認し、スマートフォンの電源を切る。

宮本が自販機でコーヒーを二本買い、一本をこちらに投げてよこした。ささくれのあるベンチに腰掛ける。

宮本のやつ、まだブラックが苦手らしい。微糖いじりをするとやたら長い言い訳をしてくるのも、相変わらずだろうか。私は別に他人の飲み物の嗜好などどうでも良いのだが、宮本の方はコンプレックスらしく、少し突くとコーヒーの歴史や日本における無糖信仰の発端を資料付きで解説してきた。

からかい過ぎて一週間ほど口を利いてくれなくなったのは、学部二年の頃だったか。

「何処まで知った。機島雄弁」

「何処までもさ」

「お前は二割でもそう言うからな」

宮本は微糖コーヒーに口をつけた。

よし、吹き出させてやるか。

「狂言だったんだろう？　五年前の杉原教授殺害事件は。事件も裁判も」

残念ながら、宮本は無反応だった。

「始まりは、六年前の東西フィンテック訴訟さ」

白湯健介アカウントから送られた告発メールという決定的な証拠を否認した不可解さに、

錦野唱歌は疑問を持った。彼女は独自に調べを進め、ＡＩ裁判官に仕組まれたマスターキーと検察の組織的不正を知った。

だがその事実を世間に訴えるには、あまりに証拠が不足していた。錦野唱歌は米国判事ＡＩの開発者の一人ではあるものの、この国のＡＩ裁判官プロジェクトでは技術補佐の立ち位置だ。強い権限は持っておらず、マスターキーに関連する資料があったとしても閲覧権がなかった。

証拠なき荒唐無稽は、ただの陰謀論だ。

錦野唱歌はマスターキーの発明者である杉原教授を問いただすが、自殺されてしまう。

しかし、転んでもただでは起きないのが錦野唱歌だ。彼女は矛先を開発者から検察（ユーザー）に切り替え、教授の死を逆に利用した。

検察を攻めるなら、その内部に協力者が必要だ。条件は、上層部から遠く、正義感が強く、信頼できる検事。

「それがお前だったんだろう？　宮本検事」

宮本の答えを待たず、私は推理を続ける。

唱歌はあえてアリバイを捏造し、有罪無罪どちらに転んでもおかしくない裁判を演出した。

彼女は『無罪判決と引き換えにマスターキーの秘密を守る』と、越谷部長に取引を持ちかけた。

取引の中継をしたのは宮本だ。宮本は部長にマスターキー使用の許可を仰いだ。マスターキー使用者の言質と使用方法。再現可能な証拠が揃えば、マスターキーはただの陰謀論に終わらない。検察の組織的犯罪を明るみに出すことが出来る。

「しかし、お前は錦野先生を裏切って陥れた。後の展開は知っての通りだ」

錦野唱歌が私に真相を知らせなかったのは、危険に巻き込まないためか、単に戦力扱いされていなかったか。今はどちらでもいい。

宮本は沈黙を保っていた。微糖コーヒーの缶を親指と人差し指ではさんで揺らしていた。黒い男に宿る何らかの意思が刻一刻と固まっていくのが、肌で感じ取れた。

「冒頭陳述としては十点だ。田淵検事未満だな」

「三百万は取れる侮辱だ」

「お前の語るケーススストーリーは、架空の技術が核になっている。そのマスターキーとやらの具体的な実装が不明瞭では――」

「マスターキーは、検察官が証拠や証人を自在に否認可能になるバックドアだ」

宮本の言葉を遮り、私は言った。

杉原教授の実装範囲は、言語処理と証拠の関連付け。そこから推測すれば、全容は見えてくる。

「AI裁判官内の証拠の関連度計算に影響しているのだろうね。検察は弁護側が出した証拠に否認済の証拠を関連させ、推論型マスクトークンを利用して、欠損させた」

恐らく、見えざる証人はその関連付けのミスから生まれたエラーだ。

法廷に存在しない架空の証人と白湯健介アカウントのメールを紐付けてしまったことで、AI裁判官がバグを起こした。

「起動条件は?」

「答えられないってわかってて聞いているのなら、意地が悪いね」

条件は、恐らく一意じゃない。特定の単語の組み合わせだ。変数が多すぎて、解答は不可能。欠けた連立方程式を解くようなものだ。

「言葉は慎重に選べ。機島雄弁」

宮本は言う。

「お前は既に、AI裁判官の開発メンバーである杉原教授を告発した」

「そうだね」

「だが、教授は五年前に鬼籍に入った。現在、AI裁判官をメンテナンスし、定期的に再学習させているのは、最高裁の情報政策課だ。お前は最高裁を疑うと言うのか?」

「そう、まさにそこが問題でね」

やはり同レベルの聞き手がいると話しやすい。答えを知っている相手なら、尚更だ。

「答えはノーだ。裁判所ぐるみなら、不正ももっとスマートに出来る」

「五年前の亡霊が、運用上の再学習コードに痕跡も残さず、今なおＡＩ裁判官をマスターキーで縛り続けていると？」

「それについては……部下の言葉を借りるなら、重力が変わったそうだ」

「……何？」

答えは軒下からのメールにあった。テスト導入期間中のみ、最適化の終盤で、パラメータ変化の方向が変わるそうだ。谷底に転がり続けていたボールが、突如北に向けて落下する。大げさに言えばそんなおかしな現象がみられた。三京次元の空間で。

しかし、運用が裁判所に移った途端、その現象はなくなった。

テスト導入中も本格運用も、最適化アルゴリズムには変化がない。次元の折り畳み関数も、初期モデルから大きな変化はない。

それでは一体、テスト導入の終盤は何を最適化していたのか。

マスターキーだ。

「杉原教授は、ＡＩ裁判官の余剰パラメータを利用した二段階の最適化を行っていた」

データの特徴量数がパラメータ数と一致する線形モデルと違い、深層学習モデルは精度に影響しない余分なパラメータが数多く存在する。モバイル適用などを目的とした深層学習モデルのパラメータ削減は、古くからメジャーな分野だ。

「AI裁判官のパラメータを一度次元圧縮し、寄与度の高い低次元の重みを固定する。次に、寄与度の低い一部パラメータを特定の条件にのみ反応するよう、追加学習する」

恐らく、Layer Normalizationを利用したのだろう。

Layer Normalizationは、学習効率を上げるための仕組みだ。深層学習モデルのあるレイヤの特徴量を、平均0分散1になるよう加工する。ここに極大、極小の重みを入力させれば、他の特徴量を押しつぶせる。

特定の条件でのみ活性化するReLU系の活性化関数と併用すれば、AIの中を流れるデータが、ある地点で全く別物に書き換わる。

賽（さい）の河原の方がまだ温情な調整が必要だろうが、理論的な可能性は二〇二〇年代には示されていた。

「再学習に特別な工程は必要ない。AI裁判官は判断基準の極端な変化がないよう、パラメータの更新量に拘束条件をつけている。Weight decayが不採用だから、使われていないパラメータでも重みが潰される心配はない。それに、元々寄与度の低いパラメータは再学習での変化もごくわずかだ」

私は残ったコーヒーを飲み干した。

「かくして、教授の遺したバックドアは三京パラメータの高次元空間内に溶け込んだ。推論型マスクトークンの誤動作を誘発し、証拠を否認するシステム。それがマスターキーの正体さ」

「……驚いたな」

宮本は素直に称賛した。

マスターキーの正体を当てられたのは予想外だったろう。軒下のヒントなんて、ほぼ交通事故だと言っていい。

気付いていなかったようだが、宮本が喧嘩を売った相手は機島雄弁じゃない。機島法律事務所だ。

「宮本。お前を呼び出したのは、一つは命令のためだ。軒下君の起訴を取り下げたまえ。もう一つは……」

私は一度言葉を飲み込んだ。近頃、意識してこの単語は使ってこなかったのだが。

「納得のためだ。どうして、錦野先生を裏切った?」

私の知る宮本は四角四面で不器用な男だ。組織に屈して不正を見逃せる人間ではなかった。権力に溺れたとも思えない。宮本は常勝不敗の検事ではなく、名古屋地検の敗戦処理屋になったのだから。

宮本はもう一度、缶を呷（あお）った。微糖コーヒーはとっくに空になっていた。

「……元々、エンジントリガーの予定だった」

何の話か、すぐに思い当たった。車両爆弾の起爆方式だ。エンジントリガーはエンジンをかけることで起爆する方法だ。ドアに仕掛けるよりもメジャーで、標的が逃げられない状況でより確実に仕留められる。

「だが、前日に変更してしまった。現地工作の時間を短縮するため、ともっともらしい理由はつけていたが……。今ならわかる。あれは俺の甘さだ。友達だからな」

自嘲気味な検事の自白に、私は不思議と怒りを感じなかった。覚悟が出来ていたのもあるが、友達の一言にわずかな安堵を覚えたのも事実だった。我ながら、お優しいことだ。

「こちらの要求はシンプルだ。引退しろ。機島雄弁」

だが、この一言は聞き逃がせなかった。

「は？」

「気の毒だが、軒下智紀は虎門金満の毒を浴びた。野放しには出来ない。しかし、条件を飲むのなら精神鑑定で無罪でもいい。幸い、彼には虎門や瀬川大小ほどの影響力も、お前ほどの知識もない。二年程度の入院で手を打つ」

「おいおい。宮本お前、通信簿に周りの話をよく聞きましょうってコメントされるタイプだったか？　お前のすべきは入院費と慰謝料をいくら出せるかって話だろう。要求というのは、有利をとってからするものだよ」

「だから言っている。マスターキーに関するお前の推論は、概ね正しい。だが、立証のない推理は妄想と同じだ」

「ご心配なく。立証は簡単さ。マスターキー使用時のＡＩ裁判官のパラメータ、入力データ、内部状態、出力。この四点を揃えれば、シンプルな勾配法でマスターキーを浮き彫りに出来るよ」

「それが揃うのは裁判官が判断を下してから数ミリ秒だ。裁判官が次の思考を始めれば、証拠もかき消える」

ああ、やはり同レベルの聞き手がいると盛り上がる。答えに気付いていない相手なら、尚更だ。

宮本の言うことは正しい。ＡＩ裁判官の思考ログや内部状態は保存されない。ストレージの問題もあるが、公判記録以外の法廷の記録は認められていないからだ。

決定的な証拠は瞬く間もなく消失し、跡も形も残らない。

……ただ一つの例外を除けば。

そう、あるのだ。錦野唱歌が命と引き換えに残した、原点にして切り札が。

「『あかさたな』だ」

あれは、マスターキーの引き起こす異常動作だ。

五年前、私があの忌々しい呪文を聞かされたのは、どのタイミングだったか。

『主文。被告人を懲役二十二年に処す。あかさたな。あかさたな。あかさたな』

判決文の読み上げ時だ。ＡＩ裁判官の最後の思考だ。以降の閉廷処理にはＡＩは使われない。次の裁判が始まるまで、何時間でも残り続ける。

マスターキーの生みの親は五年前に死亡し、情政課はシロだ。『あかさたな』のバグは修正されていない。見えざる証人と同じく、今もＡＩ裁判官に残り続けている。

「判決後、ＡＩ裁判官の状態保存とマスターキーの調査を申請する。根回しは済んでる」

私は宮本の肩を叩いた。

「もう言い逃れは出来ない」

あとは野となれ山となれだ。

さあ、どうする宮本。買収に走るか？　暴力に訴えるか？　どちらも覚悟は出来ている。

しかし。

宮本の目に浮かんでいたのは、憐れみだった。

「亡霊の糸が強すぎたな」

「……どういう意味だ」

「五年前も言ったぞ。『あかさたな』など聞こえなかった」

「記憶にございませんが通じる段階じゃあないよ」

事件の後遺症を理由に、聴覚障害者向けの音声認識補助を申請した。それで読み上げた判決を文字起こしすれば、「『あかさたな』なんて忘れちゃいました」は通じない。

「記憶にない、ではない。聞かなかったのだ」

「聴覚検査か定期的な耳掃除をおすすめするよ。『あかさたな』を聞いたのは私だけじゃあない」

「瀬川大小の告発動画か。東西フィンテックのＨＤＤに保存されていたという」

知っていたのか。

「錦野翠は、姉の購買履歴を辿ってあのＨＤＤを見つけたそうだ」

錦野唱歌の？　聞いていないぞ。

「錦野唱歌は秋葉原のジャンク店でＨＤＤを買い、同じ店に売っていた。お前がいずれ東西フィンテックを調べると読んでいたんだろう。瀬川小晴の再審依頼を見据えていたかは……あの人ならやりかねないか」

「それがどうしたと言うんだい？」

錦野唱歌は東西フィンテック訴訟を調査していた。おかしな話じゃない。

「告発動画なら俺も見た。出来はいいが、所詮は過去の技術だ。検察の加工検出モデルは、一発で口元の加工を見破った」

「……ハッタリだ」

「錦野唱歌の裁判から、一時被告人席近くのスピーカーが不調になった。調べてみると、ケーブルがやや緩んでいたそうだ。まるで誰かが一度中継機を挟んだかのように」

「言いがかりだ」

「本当に、一度も頭をよぎらなかったのか？　魔法は種が見えないからこそ、魔法であり続ける。露骨なサインを残す手段が、マスターキー足り得ると思うか？」

宮本の悪あがきを鼻で笑いつつも、別の自分が疑問を呈す。

考えてみろ。私の知る錦野翠は、知人の病床で目覚めを待つような殊勝なタマだったか？　動画を見たのかという問いかけの真意はなんだった？　何故、自分の手でケリをつけると言い出した？

もし錦野翠の行動が、懺悔と贖罪から来るものだったとしたら……。

「目を覚ませ。機島雄弁。『あかさたな』などという呪いは、存在しないのだ」

「言葉を返してあげるよ、宮本検事。立証のない推理は妄想と同じさ」

宮本と視線が交差する。

明日のＡＩ司法を担うと誓った私達も、今やお互い、薄汚れた犯罪者だ。地位も財産も、風の一吹きで吹き飛ぶ軽さで、あとに残るのは意地だけだ。

今更後には退けない。退いたところで、帰る場所もない。

宮本はうつむいて頭を振った。

「そうだな。その通りだ。全部妄想で、下らない冗談だ」

宮本は私の手から空き缶をひったくると、ハンカチで拭いてから、自分の缶とまとめて捨てた。今度は自販機でビールを二本買って、片方渡してきた。

カフェインロでビールか。

「ついでにもう一つ、ジョークを考えた。聞いてくれないか」

「飲まないと笑えない類なのかね？」

「その上、ブラックで長いぞ」

黒い男は、とうとうと語り始めた。

9

雑巾臭い曇り空の日だった。

俺は懐にボイスレコーダーを忍ばせて、越谷部長を第四会議室に呼びつけた。ほとんど個室のような小さな会議室だが、防音対策は完璧だった。

目的は機島の推理通り、マスターキーの証拠を聞き出すことだ。

白状すれば、その時の俺は酔っていた。検察内に巣食う巨悪と戦う、ヒロイックな自己陶酔があった。錦野唱歌から選ばれたという優越感もあった。何より、正義と怒りに酔っていた。

十分前に会議室につくと、多忙なはずの部長は、既に扉側に陣取っていた。

俺は窓際に座り、こう伝えた。「錦野唱歌はマスターキーの情報を盾に無罪を要求している」。そしてマスターキー使用の許可を仰いだ。さも「俺は清濁併せ呑む人間です」といった風の演技で、部長に媚びを売ってみせた。

慣れないことはするものじゃない。

犯罪を見抜く側のプロでも、見抜かれる側は未経験だった。胸元に意識が向いていることを悟られ、ボイスレコーダーとスマートフォンを取り上げられた。

部長が部屋の盗聴器を調べている間、俺は考えた。

部長の仲間は何人いるのか。この呼び出しは何人に知られたのか。

相手は次どう出てくるのか。脅迫か、買収か。それとも、既にこの思考も無意味なのか。

だが、部長の一言目は予想のどれとも違っていた。

「ありがとう」

感謝だった。

「認める、ということですか。不正な手段で判決を歪めたと」

「宮本君は見どころがあるが、やや突っ走るきらいがあるね。表現の正確性に気を配らないと、弁護士に足をすくわれるよ」

評価面談さながらに部長は言った。

「不正だったのは、目的だよ。手段は正当だった。マスターキーは、いついかなる時もこの上なく正義なのだから」

「あなたは！　検察官の身でありながら、自分が何をしたのか理解していないのか!?」

思わず立ち上がった俺に、部長は微笑んだ。

「被疑者を怒鳴るのは警察の役目。研修で教えたつもりだけど」

　検事の仕事は、有罪を取ることではない。被疑者の人となりを見極め、更生に最適な道筋をつけることだ。

　ならば、断罪の前にこの人の話を聞くべきだ。俺はそう判断した。

「宮本君、ＡＩの裁判官好き？」

「……好悪ではなく、社会に必須と考えています」

　偏見から解放された、迅速にして公平な正義。

　ＡＩ裁判の登場で訴訟社会化が進んだと批難する者も多いが、逆説的にはそれまで声をあげられなかった弱者や被害者の救済として、機能しているということだ。

「そうだね。僕も大賛成。まぁ、隣の部の元裁判官連中は未だにグチグチ言ってるけどね。ところで、優秀なルーキーは、判例法主義とその問題点は知っているかな？」

「もちろんです」

　高校の社会科レベルの質問だ。

　判例法主義とは、英国や米国が採用するコモン・ローを第一とする司法制度のことだ。

　我が国が採用する制定法主義とはしばしば対比して語られる。

　コモン・ローとは過去の判決の集合だ。前例踏襲こそ第一で、前例のない裁判にのみ、新しい判決が必要とされる。

メリットは画一的な判決が得られること。デメリットは前例を容易には覆せないことだ。

「その通り。時代が変われば正義も変わる。しかし、コモン・ローは司法の変化を許さない。では、その問題を解決する仕組みは？」

「エクイティです」

英国の大法官裁判所や米国の裁判所は、コモン・ローとは別に裁判官の裁量で救済措置を講じることが出来る。裁判官個人の良識に大きく依存した制度だ。十七世紀の法学者ジョン・セルデンは「エクイティは大法官の足の長さに応じて変わる」と揶揄したが、逆に言えばそれだけ柔軟な制度だということだ。

「ですが、我が国は制定法主義です。過去の判決が法的拘束力を持つわけではありません。何故判例法主義の話を？」

「減点2だ。さっきも言ったよ。表現の正確性に気を配れって」

正確な表現だった、はずだ。

確かに、大戦以降の我が国は米国の影響を強く受けてきた。司法も例外ではなく、制定法主義でありながら前例主義が強いのは事実だ。しかし、制定法主義であることに変わりはない。

「いいかい？　我が国は、制定法主義〝だった〟んだ」

「過去形、なのですか？」

「過去形だよ。では聞こう。AI裁判官は何から学ぶ？」

「それは、過去の裁判官の……」

そこまで口にして、俺は言葉を止めた。

思考のスコップの先が、金属片にぶつかった感覚だ。これを掘り出すと、後戻り出来ない。漠然とした恐れを感じた。

しかし、部長の目は思考の停止を許さなかった。

「過去の判例、裁判官の判断です」

それは一体何を意味するのか。

人は生まれながらに裁判官ではない。家族に育てられ、学校に通い、社会生活を知った上で法に触れ、判例を学ぶ。裁判官の根本には人生で培った道徳があり、そこに法を重ね合わせて思考する。

一方、ＡＩは法と判例のみを学ぶ。過去の判例の再現こそが正解であり、そこに道徳の絡む余地はない。

判決が同じだったとしても、道理が異なる。

「ＡＩ裁判官の本質は、極めて強固な判例法主義だと……？」

「うん。あと一歩進もうか」

そうだ。問題はそれだけに留まらない。

ＡＩ裁判官の数十兆のパラメータにコモン・ローが封じられたとして、では、そのカウンターは、エクイティは何処にあるのか。いや。

「ＡＩ裁判官に、エクイティは存在しない……！」

エクイティは裁判官個人の良心、人生から生まれるものだ。だが、ＡＩに人生はない。過去の情状酌量をトレースすることはあっても、温情を持つことはない。

『うっわ、人間じゃん、て思ってさ』

いつだかの錦野唱歌の言葉が浮かぶ。

人間性を拒絶すれば、情による救済も否定される。当然の帰結だ。

「気付いたようだね。いや、若い子は話が早くて助かるよ」

部長は言う。

「この国は裁判の現代化を急ぐあまり、致命的な穴を検討しなかった。委員会には指摘する学者もいたんだ。けれどほら、結論ありきで意見を求めるのが、僕たちお役人の本能だろう？」

役人根性を嘆いても、もう遅い。

既にＡＩは自ら判例を作り、それを学ぶフェーズに入ってしまった。ブレーキのない自転車で坂道を降っている。

今はまだ問題の表層化には至っていないが、時間の問題だ。一度社会の道徳とＡＩの正義が乖離（かいり）してしまえば、その差はどこまでも広がり続ける。

そして、勝つのは法を司る者だ。ここは法治国家なのだから。

「三文小説みたいだろ？　笑ってもいいよ。ＡＩによる人類支配なんてさ」

部長の言う通り、笑い飛ばしてやりたかった。

しかし、俺は唾を飲むだけだった。否定する術を持ち合わせていなかったのだ。

「カウンターが必要なのさ。ＡＩ裁判官という構造から生まれた意思が、道徳を超えた時、それを止める手段が」

「それが、マスターキーだと？」

「杉原の受け売りだけどね」

部長は頷いた。

「あいつにマスターキーを託された時は、少しばかり興奮したよ。優越感かな。この国を守る切り札が、この手に握られているんだってね。ヒーロー気分で浮足立ち過ぎて、妻に浮気を疑われてさ。言い訳が大変だった」

部長は懐かしげに袖をまくって、引っかき傷の跡を見せてきた。かなりの大げんかだったらしい。

「けれどね。一度興奮が引いていくと、なんだか肩が重くなってね。それが責任の重みだって気付くのには、少し時間がかかった。裁判で不本意な流れになると、つい使いそうになっちゃってね。必死で現場から遠ざかっても、力が私を誘惑する。ある意味、浮気は本当だったかも」

認識は世界を変える。高尚な哲学の話でなくとも、実感として理解出来る。

窃盗には再犯が多いと言われる。一度盗みを働いてしまえば、常に生活に盗むという選択肢が入り続けてくるからだ。

「一番下の娘がさ、医大に行きたがったんだ」

絞り出すような声で、部長は懺悔した。

「忙しいなりにコミュニケーションは取れてるつもりだったのに、全く気付いてあげられなかった。上の子達は留学させちゃってさ。あの子は留学嫌がっていたし、きっと地元で公務員になるんだろうなんて、勝手に思い込んで……。そんな時に、東西フィンテックだよ」

　東西フィンテック訴訟の一件で部長に圧力がかかっていたのは、新人ながら知っていた。敗訴なら連帯責任で左遷だと、まことしやかに噂されていた。

「使っちゃったんだ。つまらない個人的理由で、正義を不正に行使した。原告は心を病んで、杉原は死んだ。全部弱いヒーロー様が招いた結果さ」

「……その話は、他にどなたが……」

「他なんていないよ。巨大な悪の組織を想像していたのなら、ご期待に沿えなくて残念だ。これは社会のバグに気付いてしまった大学教授と、その信頼を裏切ったせこい検事の小さな話に過ぎない。秘密を知っているのは、私と……」

　部長は目を見開いた。暗い瞳に、身をすくめる俺が映っていた。

「君だけだ」

　深い洞穴から生ぬるい風が吹いたようだった。

「目が泳いだね。早速肩が重くなったのかな？」

「……マスターキーの存在意義は理解しました。ですが社会に信を問うべきです」

「赤信号、みんなで渡れば怖くない、か。いいね。私も想像したよ。でも、その結末は見据えられているかな？」

　否が応でも、思考が進んでしまう。

マスターキーの存在のみを公表すれば、国民はデバッグを求めるだろう。それは即ち、制御不能な正義に国を預けることを意味する。

しかし、マスターキーの意義も世間に知らせてしまえば、その先にあるのは……。

「AI裁判官そのものの否定さ」

進歩は不可逆だ。交通事故の犠牲者が年間何千人出ようと、人は徒歩には戻れない。既に年間訴訟件数は導入前の八倍を超えている。それだけの人々が、迅速で公平な裁きを求めている。

AI裁判官が消滅すれば、以前の社会に戻れるのか？　人々を救えるのか？　答えは否だ。

それだけではない。もし過去の判決に疑問が生まれたとしたら。

導入時から遡って、全ての審理のやり直しが始まるとすれば。

司法は完全に麻痺、いや崩壊する。それはこの国の善の崩壊と言っていい。

その過程で、一体何人が犠牲になるのか。

「やっぱり宮本君はよく出来る。配属面談の時から目をつけていたんだ」

部長は小さく拍手した。

「マスターキーは、誰とも共有してはならない。決して使ってはいけない。それでも、来たるべきその日まで、誰かが守り続けなくてはならない」

背中で、ブラインドが拉げる音がした。俺は自然と後ずさっていた。

「それならば、情政課に訴え出て……」

「馬鹿のフリをしちゃいけない。集団と腐敗は切り離せない。マスターキーは司法を歪める暴力的権能だ。組織が隠し持ってはいけない。存在を知らせることすら許されない。マスターキーは、絶対的な正義だ。それを守り続けるのは、高潔で、揺るがない、孤独な正義の味方こそ相応しい」

背筋が凍る。部長の俺を見る目は、まるで……。

「待っていたんだ。君みたいな正義の味方を」

俺は思わずブラインドを握り歪めていた。

「お、俺は……。俺では、不適格です」

「馬鹿のフリをするなと言った。君はもう理解している。秘密を知るのは二人だけで、私は既に失敗した。宮本正義は背負ってしまった」

そして、俺は知ることとなった。

マスターキーの正体。その権能の振るい方を。

おぞましい情報を脳に挿し込まれながら、俺は初めて担当した殺人事件のことを思い出した。

被害者は若い女性で、被疑者は彼女が交際中の男だった。

痴情のもつれによる衝動的殺人というのが、警察の見立てだったが、故意性を明らかにする証拠が不十分だった。新米の俺では、容疑を過失致死に切り替える他なかった。

被害者の姉は言った。

「他人事ですもんね。本気になんて、なれませんよね」

俺は自分の力不足を詫びた。全力を尽くしたが、届かなかったと。

これからは、なんと答えればいいのだろう。マスターキーを持ちながら、同じ判決に至ったとしたら。

負けさせたのは俺になる。俺個人の判断で、殺人に赦しを与えたことになる。

それでも、宮本正義はヒトでいられるだろうか。


その夜、部長の口止めを反故にして、俺は錦野先生を寂れた駅ビルの裏手に呼び出した。

当初の計画通りの行動ではあるのだが、それ以上に一人で抱えきる自信がなかったのだ。

錦野先生なら救ってくれる。この重圧を消してくれる。そう信じて、眠たげな錦野唱歌にマスターキーの意義をまくし立てた。

一通り話し終えると、錦野唱歌はこう言った。

「あー、うん、その話ね」

なんだ、その反応は。

「……錦野先生は、マスターキーの存在意義を知っていたのですか？」

「あ、うん。元々そんな感じかなと思ってたけど、教授が白状して確定してた。でもマスターキーの正体までは教えてくれなかったんだ。美人だけじゃ渡れないってことかな、世の中」

錦野唱歌は「あ、ここ笑うとこだよ」と、あのつまらない講義と同じトーンで言った。

「その上で、この計画を？」

「うん。でもマスターキーの存在を公表して削除させるって方針は転換しないといけないかもね。部長さんが余計な事を暴露したら、ＡＩ裁判官が叩かれちゃうし。こっそり消そっか。最高裁にかけあって」

冗談じゃない。マスターキーはＡＩ裁判の歪みへの最後のカウンターだ。この人はそれを無策で捨てさせるつもりなのか？

「あれ？　まさか宮本君。上司の大失敗談聞いたくせに、人が人裁く信者になっちゃったの？　センセイ的にナシだなぁ。それ」

そうではない。わからないのだ。

マスターキーは司法を歪める。しかしだからといって、マスターキーの全貌を錦野唱歌に明かしていいのか。計画に付き合うことが正しいのか。既に判断がつかなくなっていた。

機島の声が聞きたい。あいつの正義を聞きたい。

教室の片隅から、皮肉たっぷりに俺の悩みをあざ笑って欲しい。あいつなら、一体なんと……。

「教授さ、自殺じゃないんだよね」

「……は」

釘が刺さったように、思考がピン留めされた。

錦野唱歌の言っている意味がわからなかった。

「マスターキーの事聞いたら、お説教タイムが始まってさ。なっがーいやつ。退屈で髪の毛いじってたら、教授ってば、どっかに電話しようとして」

待ってくれ。

「あの時はもう、センセイ焦っちゃったよ。巨大組織の陰謀だと思ってたし」

この人は、今、何を話している？

「で、先手必勝。落ちてるコードで首をぎゅっとね」

「……人を、殺していたのですか……？」

自殺を利用した狂言裁判では、なかったのか。

法と社会のために身を犠牲にしたのでは、なかったのか。

錦野唱歌は殺人を犯した自覚がありながら、あいつに。

機島雄弁に弁護させたのか。

「お、若い正義が燃えてるねー。そうとも。センセイはサツジンハン。悪いやつさ」

錦野唱歌は拍手した。

「やっつけたいと思った？　ねぇ？　今の君にはその力がある。でも、それをやったらサツジン仲間だ。知ってるよね。裁くのは規範でなければならない。人が人を裁いても、ハッピーエンドなんてないんだよ」

自身の哲学のために、自らの殺人すら利用する。これが、俺達が師匠と仰いだ人の結論なのか。

「センセイを正しく裁きたいなら、そのためのシステムをデバッグしよう」

気付くのが遅すぎた。俺達と錦野唱歌は、決定的に違う世界を見ていたのだ。

錦野唱歌の〝正しい〟とは、システムが仕様通りの挙動をすることだ。その目的の正しさはどうでもよかった。宮本正義や機島雄弁は、正義の一端を担うものではなく、システムの構成要素に過ぎない。

あの日、あの講義室で、俺達は錦野唱歌に質問をするべきではなかった。

錦野唱歌は、俺達を導くために手を取ったのではない。

手触りのいいネジを拾っただけだ。

10

声が出なかった。

マスターキーの真相に。親友が抱えた責任の重さに。なにより。

「……嘘だ」

私はアルミ缶を握りつぶした。飲みかけのビールが吹き出し、スーツの袖にかかった。

錦野唱歌は無実だ。そうでなくてはならない。

五年間、私はそれだけを証明するために生きてきた。どんな違法な手でも平気で使った。

だから、れっきとした理由があるのだ。

何故なら、彼女は「殺していない」と言った。「君にだけは嘘をつきたくない」と言ってくれた。それから……！

……………………それだけか？

そんなはずがない。クライアントが寝ぼけたことを言ったら、嘲笑するのが私だろう。

機島雄弁が、信じるなどという弱い根拠を、使うはずが……。

宮本は言う。

「古典的なアナログハックだな。ハッカー弁護士」

聞くな。認めたら終わりだ。もし、万が一にでも、機島雄弁が偽の無罪に取り憑かれ、
偽の手がかりを追い、マスターキーの謎に誘導されていたのだとしたら。

私は一体、何のために顔を捨てたのだ。

「ここ最近、目覚まし時計に凝り始めてな」

宮本は私の手から潰れた缶を取り上げると、残ったビールを飲み干した。

「アナログなベル式から、森の環境音を流すタイプ、昔懐かしい鳩時計。独身貴族の財力をこれでもかとつぎ込んだ。時計だけじゃなく、振動する枕や傾くベッドも買ったぞ」

愉快げに話しながら、空き缶を一度水洗いして、宮本自身の缶からビールを注ぎ、また飲みきった。

「だが、どれもこの悪い夢から醒めさせてくれない。きっと現実の俺は錦野唱歌の授業を

子守唄に、長い夢を見ているはずなのに。あの人の授業は本当にひどかったからな」

空き缶をハンカチで拭い、宮本は言った。奴がゴミ箱のコーヒーの空き缶に手を出したあたりでようやく、その意図が摑めた。

この公園から、機島雄弁の痕跡を消しているのだ。

「そこで俺は気付いた。良い目覚めには、まず深い睡眠が必要だと。……来てみろ」

宮本は靴を脱いで几帳面に揃え、木の柵に腰掛けた。

わずかに体重を後ろにずらせば、霊園まで二十メートル近く落下するか、送電線に引っかかるか。いずれにせよ、結末は同じだ。

「知っての通り、俺は几帳面な質だ。直筆の遺書を自宅に置いてきた」

宮本の硬い手が私の腕を摑み、宮本自身の胸に添えた。

手袋の上からでは、宮本の体は死体と区別がつかなかった。

「復讐を遂げたいのなら、好きにしろ。お前には権利がある」

私が五センチ腕を伸ばせば、宮本は転落する。

丑三つ時の風が、整髪剤で固めた髪を乱す。

「どうした？　錦野唱歌の祟りなのだろう」

ああ。そうだ。私は必死に呼吸を整え、薄い酸素をかき集める。

「機島雄弁は……勝訴のためなら、手段を選ばない」

「噂は聞いた」

「お前を落として裁判に勝てるのなら、そうする」

「そういう話だったな」

「お前は、錦野先生を裏切った……！」

「その通りだ。だから好きにしろと言った。ただ……」

宮本の目が、検事のそれに戻った。

「機島雄弁は知ってしまった。それだけは忘れるな」

お膳立ては十分。あとは押すだけだ。

鼓動がうるさい。胃が軋む。火傷の痛みが、一斉にぶり返す。

押せば、勝てる。突き落とせば、軒下は無罪だ。錦野唱歌の仇を討つなら、今だ。

わかっている。わかっているのに。

それなのに。

「――そうだ。その選択が機島雄弁だ」

私は跪（ひざまず）き、砂利を摑んでいた。何故だ。何故押せない。

旧友に同情が湧いたからか。仕組まれた復讐に抗いたかったからか。マスターキーを背負う覚悟がなかったからか。全て正しいが、どれも根源を言い当てていない。

結局、機島雄弁が半端者だからだ。

錦野唱歌の頭脳も、錦野翠の発想も、宮本の信念も、軒下の特別な力もない。

機島雄弁は錦野唱歌が組み上げた人形だ。どれほど尊大な態度を繕っても、どう顔を作り換えても、いくつの技術を身にまとっても、所詮は外付けのハリボテだ。

一度操り糸が切れてしまえば、あとに残るのは……。

「用件は済んだな。取引は飲んでもらう」

宮本は靴を履き直していた。

その顔に浮かんだ小さな失望に、私は言い訳もできなかった。

「……宮本」

「笑え。俺がこの国の正義だ」

黒い検事は口元を吊り上げた。十年来の付き合いで、最も大きな笑みだった。

11

案ずるより産むが易しだ。

軒下に精神鑑定を切り出すのは気が重かったが、実際口にしたらどうということもなかった。

軒下は提案を素直に受け入れて、一度も納得させろとは言わなかった。錦野博士から話は通されていたらしい。

胸のつかえが取れた。底を見せるというのはこんなにも楽なことなのかと、少し驚いた。

鑑定結果は計画通りで『殺人事件の被疑者となり、世間の奇異の目にさらされたストレスからくる心神喪失状態』と精神科医二人とＡＩが判定した。

そして迎えた公判二日目。

地裁の手狭な待合室で、私は軒下と目を合わせないように時間を潰していた。壁にもたせかけた鞄が薄い。鑑定書以外、何の書類も入っていない。

「……軒下君。身内の問題に巻き込んでしまって……」

「謝るんですか。先生」

軒下に出鼻を挫かれる。意趣返しとは、少しは成長したのかな。

「千手メディカルの脳波義肢の話、まだ追ってます？」

一応は。錦野パッチの治験は進んでいるが、その他いくつもの新規技術の開発マイルストーンは、三年も先延ばしになったそうだ。

「天才が抜けた穴って、そうそう埋まらないんですね」

「犯人は、天才ポストヒューマン様だった」

「ええ。結果は正しかったと思います。それでも、先生が判決を歪めなければ、救われる患者さんがいたっていうのも、事実でしょ？」

「……それは」

「ああいや、すいません。諸悪の根源は錦野さんのお姉さんで、機島先生は心優しい被害者なんでしたっけ」

言ってくれるね。嫌味の研修はまだだったはずだが。

ただ、軒下君の境遇を考えれば、この程度で済ませているのは温情か。

他に選択肢がないといえ、私は依頼人をこの国の司法を支える生贄にしたのだから。

「錦野さんにも叱られちゃいましたよ。浅い付き合いで機島先生を語るなって」

なにを言っているんだ。あの骨なし娘は。もう少し交友関係を広げるべきじゃないか。

「その時は場の勢いで謝っちゃったんですが、後々疑問が湧き上がってきまして」

「君、口論に向かないタイプだね。まあいい、私でよければ、代わりに聞こう」

「だってほら。錦野さん、自分の裁判でほとんど寝てたじゃないですか」

まぁ、確かに被告人席で堂々と居眠りしていたが。それがどうしたと言うのか。

「宮本検事もそうですよね。古いご友人だそうですけど、裁判でかち合ったのは今回含めて三回だけ。どれも先生がエンジンかかる前でしたし」

何に怒っているのだろう。軒下が徐々にヒートアップしていく。

「あの人達、まともに見たことないんですよ。ハッカー弁護士の魔法を。ううん、二人だけじゃない。先生自身もそうです」

「……私自身も？」

「先生、毎日朝晩、鏡に向かって笑顔の練習しているじゃないですか」

「最適な表情のリハーサルさ。それが何か？」

ＡＩ裁判官の評価値を最大化し、勝率を〇・〇一パーセントでも上げるためのルーチンワークだ。

「この際ですから、餞別代わりに教えてあげますが」

軒下はどこかの誰かのような、嫌味な笑顔を見せた。

「人を追い詰める時、口角が二度上がり過ぎてますよ」

以前と同じ第八一五法廷で、最後の仕事は始まった。

初日で流れが決まったからか、日を跨いで追うほどの事件ではないと思われたのか、傍聴人は前回よりさらに減っている。

緊張はなかった。私の役割は決まっている。この鑑定書を提出して、責任無能力による無罪を嘆願するだけだ。検察はそれを受け入れ、控訴しない。軒下は二年程度精神科病院に入院する。退院後は、宮本がある程度の便宜を図ってくれるそうだ。奴には背負うものがある。安心して任せられる。

裁判長が前回の審理の流れを一通りさらったところで、私は手を挙げた。

「裁判長。弁護側は起訴内容を全面的に認めます」

『それは、有罪を受け入れるということでしょうか』

「いえ。被告の心神喪失による責任無能力を主張します」

数少ない傍聴人から不満げな空気が流れる。軒下を見れば、法廷で認められるレベルの精神疾患がないのは明らかだ。不平と落胆が生まれるのも無理はない。

人間の裁判官なら眉をひそめるところだろうが、ＡＩは素直に進行する。

『主張を裏付ける鑑定書はありますか？』

「はい。こちらの精神鑑定書三点を提出させて——」

　ふと、宮本の顔が視界に入る。

　黒曜石さながらの眼光は、以前よりさらに鋭さを増していた。

　旧友でなければ、普段と変わらない仏頂面だと思うだろう。真相を知るものがいれば、使命を背負った殉教者の顔と見るだろうか。

　彼はマスターキーの秘密を抱え、AI裁判の歪みを一人で背負い切るつもりだ。

　思えば、初めからこの結末は決まっていたのかもしれない。自分の意志で立つ宮本に、錦野唱歌の人形が敵うわけがない。

　機島雄弁の正体は、矮小な罪悪感を小手先の技術で覆っただけの泥人形。法廷の魔法使いなどと大層な看板を掲げても、やってきたことは逃避に過ぎない。

　身勝手に法廷を掻き回し、幾人もの未来を捻じ曲げ、最後は部下に押し付けて逃げる。半端者にお似合いの、惨めなエンディングだ。

　いけ好かない悪徳弁護士ぶるのも飽きた。歩みを止める頃合いか。

　後始末は、宮本に任せておけば……——

「……は？」

　しかし、私は見つけてしまった。

　黒い検事の口元に潜む、わずかな笑みを。

まさか。こいつ、勝ち誇っているのか？

この、機島雄弁に。

「提出させて――いただきません」

どこかで、紙の裂ける音がした。

誰かの息を呑む音が聞こえた。

宮本の口から笑みが消え、その眉間には普段の倍のシワが寄っている。

私は自身の手元を見て、声をあげそうになった。

宮本との契約の証であり、被告人の無罪を保証する蜘蛛の糸。

軒下智紀の精神鑑定書が、破り捨てられていた。

他ならない、弁護士の――私の手によって。

「何、を……している、機島雄弁！」

宮本が吠える。

心臓に液体窒素を流し込まれたような悪寒が私を苛む。

終わりだ。なんて愚かな真似をしたんだ。どう足掻いても不注意や気の動転で誤魔化せる行為じゃない。

このままでは、軒下君は有罪だ。機島雄弁はただ負ける。

もう、後戻りは出来ない。

そう自覚した途端、頭の奥底が熱を帯びる。〝機島雄弁〟の演算が始まる。

『弁護人。責任無能力の主張は……』

「しませんよ」

『では、起訴内容については』

「当然、否認です。我々の主張は一貫して無実の無罪です。責任能力の有無など問題外だ」

そんな訳があるか。口から滑り出しているのは全てでまかせだ。

混乱する頭と裏腹に、私の立ち姿は、あくまで威風堂々としていた。姿勢、顔の角度、口角、眉の上げ方まで、全てがベストのカメラ写りだ。

「『無実を主張するのなら、背筋を伸ばして堂々と』ですもんね」

軒下が呟く。

私は破った鑑定書を片手に、大股で法廷の中心に躍り出た。

「いいですか皆さん。私に言わせれば、こんなアサガオ観察日記未満の鑑定書で金がもらえるのが信じがたい！」

さらに破り、くしゃくしゃに丸めてやる。

「ヤブ医者共は被告人軒下の素顔を知りません。彼ときたら、菓子をつまんだ手で他人のタブレットに触り、クラッキングされたPCを得意げに見せびらかし、挙げ句に上司自慢の美術品を偽物呼ばわりする図太い男です。少しばかり世間様に叩かれたからってどうにかなるような繊細な心などありません。何なら週一で炎上してほしいぐらいです」

「機島雄弁！　貴様、自分の行動を理解しているのか!?」

宮本を怒らせてしまった。当然の反応だ。

せっかく、殉教者が旧友のよしみで譲歩に譲歩を重ねてくれたのに。

英雄気取りの爆弾魔如きが不遜にも、この無敗弁護士にお情けを恵んでくれたというのに。人の信頼を踏みにじるのが、こんなにも愉しいなんて。

宮本が嚙み付く勢いで裁判長に訴える。

「裁判長！　既に議論は尽くされた。我々には犯行の現場を押さえた決定的な証拠があり、弁護人は提出した以上の証拠を持たない。迅速な判決をお願いしたい」

事実だ。手持ちの証拠はゼロ。証人も呼んでいない。鑑定書以外に準備などない。関ヶ原の東西軍に一人丸腰で喧嘩を挑むようなものだ。九死に一生も起死回生もない。

それでも、機島雄弁は魔法使いだ。

私は土壇場で契約を反故にし、精神鑑定書を破るというパフォーマンスを見せた。ただの出来心とその場のノリで、自殺まがいの真似をした。

では、その報いによって負けるのか？

否だ。最短距離で、最適な手順で、無罪を勝ち取る。機島雄弁の選択は勝利に繋がっている。

私はタブレットを操作し、裁判長に証人の申請を行った。

「弁護側は、ある証人の尋問を請求いたします。ただいま手配中ですので少々お時間いただきますが」

「証人だと？」

「判決を決定づける極めて重要な人物です」

宮本は首を振った。

私は公園での取引以降、事件関係者の誰とも接触していない。それは奴も知っている。

機島雄弁が何を意図し、誰を呼ぼうとしているのか、宮本には皆目見当もついていない。

隣に視線をやると、軒下が拳を握っていた。

「見せてやりましょう。機島先生」

言われなくとも。

私は見えない程度に深呼吸し、呪文を吐いた。

「これより、弁護側は当法廷に幽霊を呼んでご覧に入れます」

宮本の指が微かに動く。

数少ない傍聴人が、一斉に前のめりになって食いつく。

「その人物は、当事件を含めた複数の事件の元凶であり……。スタンダップだ、軒下君」

「は、はい！」

軒下が慌てて立ち上がる。

「機島法律事務所所訓第一条」

「『自分に勝つより裁判に勝て』！」

「この格言を生んだ人物です。すなわち」

「やめてくれ」

地底を這うような声が、私の言葉を遮った。

宮本は目を伏せ、机の角を握りながら、こう言った。

「頼む。これ以上失望させないでくれ。錦野唱歌は死んだ。お前は騙されていたんだ。わかってくれ」

震える声で懇願する宮本に、私は微笑みかけた。

「すなわち、機島法律事務所の原点と言っていいでしょう」

「この期に及んで、まだ亡霊に縋るのか！」

激怒する検事に、裁判長は平坦な音声で尋ねる。

『検察官は、弁護人による証人の尋問の請求を認めますか？』

「断じて否！　弁護側が申請した証人は事件と全く無関係で不適格だ！」

『検察官の異議を認めます』

頼みの綱の証人は、焚き火に投げた木の葉のように呆気なく否認された。

通夜さながらの法廷で、私は深々と頭を下げた。法廷を騒がせた謝罪の気持ちの現れ……

…ではない。

笑いを堪え切れないからだ。

「ところで軒下君。近くにコンビニがあったね」

「え、は、はい？　二軒隣にセブンマートが」

セブマか。ちょうどいい。

「裁判長。弁護側は証拠品として安酒を提示します。セブンマートPBのスパークリングワインです。五本ほどでいいでしょう」

傍聴席から失笑が漏れた。弁護人の錯乱ととったのだろう。

『弁護人。その証拠と事件に関係はあるのでしょうか』

「事件当日、打ち上げで軒下氏が飲んでいたものです」

ちなみに私はドンペリだった。

人間の裁判官ならば激怒間違いなしの提案だが、やはりＡＩは進行を優先する。

『検察官、異議はありますか？』

「大ありだ！　いい加減にしろ。悪あがきにも程がある。事件と無関係の物を法廷に持ち込むな」

宮本検事は不快そうに吐き捨てる。

それを受け、裁判長は至極まっとうな決断をした。

『異議がないようですので、証拠品の提示を認めます。法廷警備員は購入を』

「……は？」

この瞬間ほど、法廷の録画禁止を憎いと思ったことはない。宮本の表情は額縁に入れて飾っておくだけの価値があった。

それではと、私はもう一つ注文をつける。

「裁判長。栓抜きとグラスも証拠品として求めます。食堂のもので結構。数は……」

傍聴席を一瞥して、頭数を数える。

「二十で」

「論じるまでもない！　即刻却下だ！」

宮本が口から泡を飛ばして叫ぶ。血圧が心配だ。

『異議がないようですので、証拠品の提示を認めます』

「裁判長。証拠品で事件当日の被害者の酩酊ぶりを検証したいのですが」

「いい加減にしろ！　法廷をなんだと思って……！」

『異議がないようですので、検証を実施します』

目を白黒させる宮本を尻目に、私と軒下はコルクを五連射した。

証言台で淡黄色のスパークリングワインをグラスに注ぎ、手分けして配る。軒下が傍聴人達と法廷警備員に、私は宮本検事に。

グラスごしの宮本の顔はひどく歪んでいたし、グラスをどかすとさらに情けなく歪んでいた。

「……なんだ、これは！　貴様ら揃いも揃って狂ったのか⁉　何故通る、何故こんな！」

宮本はわめき散らす。

進行妨害、法廷侮辱、いくらでも名を付けられそうな取り乱しぶりだ。しかし裁判長は宮本検事に何の関心も示さない。オーディエンスもグラス片手に瞬きするばかりだ。夢か幻でも見ている気分なのだろう。軒下含め、誰もこの状況を理解出来ていない。

だからこそ、私の弁護は魔法なのだ。

「まさか、本当に証人の……錦野唱歌の亡霊が現れたとでも……！」

「おいおい、宮本検事。飲む前から酔っているんじゃないか。死人が証人になるわけないだろう」

「お、お前が言ったのだろう！　事件の元凶で、所訓の生みの親を呼ぶと！」

「言ったね」

「嘘をついたのか!?」

グラスごと嚙み砕いてきそうな宮本の勢いに、私は肩をすくめた。

「私が呼んだのはね。君だよ。宮本委員長殿」

「……委員、長……？」

宮本の口が間抜けに開いた。


忘れもしない、中学二年生のある日のことだ。

つまらん匿名アカウントのどうでもいい誹謗中傷でホームルームが紛糾する事件があった。詳細は割愛するが、そこで私は上から目線の真面目委員長の鼻をへし折ってやった。

放課後、宮本委員長が私の席にやってきて、頭を下げた。

「すまない。機島君。先程は無礼なことを言った。君の諫言(かんげん)を、根拠のない罵倒だなどと」

「顔を上げてくれ、委員長。私は傷ついてないよ。君の滑稽さが際立っただけだから」

「自分が恥ずかしい。克己心を身につけるべきは俺だった」

宮本は教室の後ろに並んだ習字を、恨みがましい目で見つめた。無実の生徒を犯人扱いしたことを、克己心の文字を見るたび思い出すのだろう。

「自分に勝つのは勝手だが、委員長。それで私を超えられるとは思わないでくれたまえ」

「自分に勝つより議論に勝て、か……。敵わないな」

あの時の、自嘲と羞恥と不貞腐れの混じった仏頂面ときたらもう。

あれこそ私の原点だ。機島雄弁に弁護士の道を歩ませた理由だ。

機島弁護士事務所所訓第一条、自分に勝つより裁判に勝て。

それを生んだのは、他ならない宮本正義だ。

「……憶えていたのか」

と、宮本はつぶやいた。未だに気付かれていないつもりだったとは、可哀想なことをした。

「すいません、先生」

グラスを配り終えた軒下が、ずいと割り込んできた。

「今の話と、このやりたい放題な法廷と、どんな関係があるんです？」

「簡単な話さ、軒下君。幽霊、所訓の生みの親、事件の元凶。そうした紹介から、宮本は証人を錦野唱歌だと考え、マスターキーを使って否認した。しかし」

「……もしかして、実際に尋問を求められていたのは、宮本検事自身だった……？」

「その通り。裁判長は証人宮本正義を否認した。否認された証拠や証人の扱いは、どうなるのだったかな」

「確か、裁判官の判断に影響を及ぼさないように、推論型マスクトークンでフィルタをかけて……。あ！」

正解だ。

今、ＡＩ裁判官の中で、宮本正義は事件と無関係な証人としてマスクされている。宮本の声も姿も、裁判官には無視されている。宮本正義という概念そのものが、ＡＩ裁判官にとっては目に見えない幽霊と同じだ。

かくして、ハッカー弁護士は宮本正義という幽霊を法廷に召喚してみせたのだ。

宮本検事は、ただ証人の名を聞くだけで良かった。

そうすれば、即座に私の仕掛けたチープトリックを見抜いただろう。

仏頂面の黒検事が平常運転していれば、こんな初歩的なミスを犯すはずがない。

思い返せば、だからこそ、機島雄弁は鑑定書を破いてみせたのだろう。思惑が崩れたことによる動揺。身にかかる責任の重さ。マスターキー保有者の慢心。錦野唱歌に抱く罪悪感。機島雄弁への誤解。

それら全てが宮本に選択を誤らせた。

結果、宮本はマスターキーで自分の首を絞めたのだ。

「師匠直伝のアナログハックだ。やるもんだろう？　私も」

「……機島……。貴様は、自分が何をしたのか……」

ぐうの音の一つも聞けるかと期待したが、宮本の返事はほぼうわ言だった。

「マスターキーを……お前は……！」

「落ち着きたまえ。宮本。語順が滅茶苦茶だ」

「見ろ！」

宮本がまばらな傍聴席を指差す。

傍聴人達は各々思い思いの間抜け面で困惑を表現していた。一番多いのは、大口を開けて呆然とグラスを見つめるパターンだ。中には見知った顔の報道関係者一名と、マイナー法廷画家が一名。彼ら、宝くじを当てたな。今は状況に翻弄されるだけの彼らも、やがて気付くはずだ。ＡＩ裁判官が検察官の否認などするはずがない。何か、特別な力が働かない限りは。

「もう隠し通せない。機島雄弁、お前がマスターキーを殺した！」

「だろうね」

人の口に戸は立てられない。この事件はたちまち世間の語り草となり、マスターキーの闇を暴くだろう。一個人が司法を意のままに操る裏道など、社会が許容するはずがない。

そしてそれは、この国がＡＩ裁判官へのカウンターを失うということだ。

「錦野唱歌の思惑に乗って、司法を機械に明け渡すのか！」

「そんな義理堅い男に見えるかな」

確かに、私は錦野唱歌の思惑通りにハッカー弁護士となり、思惑通りにマスターキーを暴いた。

だが、これは私自身の快楽のために歩んだ道のりだ。いつまでも彼女に従う理由はない。錦野唱歌はマスターキーをデバッグし、ＡＩ裁判官を人の手から解き放とうとした。それこそが純粋な正義の実現だと、彼女は信じていた。

しかし、私の意見は違う。

「マスターキーの一件は、全て世間に公表するつもりさ。その存在意義も含めてね」

「馬鹿な！　そうなれば、ＡＩ裁判官の信頼は失墜し、司法は……！」

「局所解だな。宮本」

　真面目過ぎて視野が狭い。足元だけ見て山を上っている。大域最適とは程遠い。

　宮本検事はもう少し、斜な構え方を知っておくべきだ。

「私に言わせれば、メタな視点が足りないのだよ。マスターキーを失えばＡＩに正義を乗っ取られる？　ＡＩ裁判の根本的問題を指摘すると司法崩壊？　片腹痛いな。主に右腹が」

「火傷のせいですね」と軒下。

「いいかい。ＡＩ裁判官は、資本主義の落とし子だ。ならばそれを修正するのもまた資本主義だ。ＡＩにエクイティの代わりが必要なら、運用制度を作り直せばいい。法務省も裁判所も喜んで天下り機関を作るだろうね」

　当然、大規模な混乱は予想される。時間はかかるだろう。混乱に泣く者もいるだろう。

　それでも。

「ＡＩ裁判は終わらないよ」

「無根拠な楽観主義だ！　どうしてそう断言できる⁉」

　やれやれ。そこから教えてあげないとだめか。

「誰もが欲しているからさ。大手を振って他人を叩きのめすチャンスを」

　クローンバースで法廷をハックし、自身の力を証明しようとした、井ノ上翔。錦野博士を陥れ、法廷で復讐を遂げようとした、千手樟葉。国家を相手に正義で殴りかかった瀬川大小に、仇討ちに燃えていた瀬川小晴。形はどうあれ、誰もが判決という勝利を求めていた。こと法治国家において、気に入らない相手を殴るのに最も強力な棍棒は勝訴だからだ。人がある限り争いはなくならない。社会の複雑化にともなって、その種は加速度的に増えている。もはや、人間の裁判官では対処不能だ。

「これほど愉快で金になるエンターテインメントを、ヒトが手放すわけがない」

宮本はしばらく赤い顔で口を開け閉めしていたが、やがて肩を落とし、

「……友人選びを間違えたな」

と言って、グラスを手にとった。

さて、この裁判はどう始末しようか。

錦野博士に自白させてもいいし、軒下を轢き逃げしたカップルに証言させる手もある。保証書付きのワンサイドゲーム。順当に証拠を積み上げれば、猿や軒下君でも勝てる勝負だ。

しかしまあ、午後からでいいだろう。

私は振り返り、オーディエンスに呼びかけた。

「皆さん、ご起立願います。グラスを掲げて。警備員君、キミもだ。こんなチャンス二度と無いぞ。……裁判長！　乾杯の許可と音頭を」

『機島弁護士。法廷内での飲食は原則認められていませんが』

「真相解明に必要な実験です。検察も同意しています」

『そうなのですか？　検察官』

宮本は「どうとでもなれ」とぼやいた。

『検察官の沈黙を同意とみなします。それでは……』

「AI法廷に」

『AI法廷に、乾杯』

12

コードとゴミで足の踏み場もない、閉め切った薄暗い自宅。エナジードリンクとインスタント担々麺の臭いが混じったそこで、わたしは情報に沈んでいる。

——はい！　じゃ今日もエルダーコアプレイしていきまーす……——

――実は、ヴェルサイユ宮殿ではノックは禁止されていたのです――

動画を二本同時再生。片方は興味もない配信者のつまらない実況で、片方は歴史モノの教養系解説。テレビももちろんつけっぱなし。今は何かの教育番組。ARウェアグラスで、クローンバースの電子書籍をめくりつつ、時々SNSのタイムラインを眺める。

情報を、もっと。いらないもので頭を埋め尽くさないと。

五年前にお姉ちゃんが亡くなったときも、そうだった。肉親が死んで、悲しかったのは本当。でも、どこかで「もう比べられずに済む」って言うわたしがいた。そこから目をそらそうとして、機島くんの悪あがきを後押しした。彼が身を切り刻んで『あかさたな』なんて幻を追い求めるのを、眺めてた。

今思うと、知っててわたしの八つ当たりに付き合ってたのかな、機島くん。わたしの技術が不要だったとは思わないけど、それなりのサイトに潜れば、わたしより安くて警察に関係を疑われない相手も見つかったはず。それが彼なりの贖罪だったんだと思うと、あまりにも……。

適当なニュースサイトを開いて、自動音声で読み上げさせる。

――CCA証券幹部逮捕。株価操縦の疑い――

――うっわ何あのでっかい鳥――

カーテンの隙間から夕日が差し込んでくる。嫌と思っても、また意識が取られる。

もう、とっくに判決は出たはず。地裁の小さな舞台で、ハッカー弁護士のお話はひっそりとおしまい。ヒナドリくんを犠牲にして、この国の司法は守られた。

これでよかった、と思う。

宮本さんに一気に聞かされた時は、ショックだった。マスターキーの意味、お姉ちゃんの過ち、『あかさたな』の真相。けれど、スッキリもした。機島くんは止まっていいんだ。お姉ちゃんの影に踊らされ続けた五年間だったけれど、最後の選択だけは間違いじゃない。

そう思っても傍聴に行けなかったのは、わたしが臆病者だから。見届ける責任があるはずなのに、機島くんのメールもSNSもブロック済だった。散々彼を恨んできたくせに、恨まれるのが怖いんだ。

錦野唱歌は殺人犯で、わたしはその妹。人殺しの計画に加担して、機島くんから顔も声も個性を奪った。自覚はあるけど、それを彼に直接言われたら。

――一部のイギリス貴族がマカロニを自称したのは、一種の海外マウント――

――原油価格上昇への歯止めなるか――

――大自然の旅へ、レッツ――

でもたぶん、怖いだけじゃないかも。

見たくないんだ。機島雄弁が負けるとこ。

——番組を一時中断して、臨時ニュースをお伝えします——

テレビ画面の雄大なサバンナが、唐突に青白いスタジオに切り替わる。男性キャスターがやや困惑した面持ちで、原稿を読み上げる。

——東京地方裁判所で争われていた殺人未遂事件におきまして、極めて異例の判決が下されたとのことです。詳細は不明ながら、裁判官が乾杯の音頭……すみません、これチェック通ってますでしょうか？——

——速報。東京地裁の怪奇現象——

——現地の浜傘（はまがさ）レポーターに中継つながっているそうです。浜傘さん……——

——あ、金コメどうもー！　あたし優しいからね。ちゃんと読んであげますよ——

——ただいま弁護側の代理人が姿を見せました！　判決が書かれているのでしょうか、手には大きな紙を持って……え？　代理人じゃなくて被告人本人？——

地裁の石階段を、安っぽいスーツの青年が転びそうになりながら駆け降りてくる。知り合いに似ている気がするけれど、きっと錯覚。だって彼、拘置所か病院にいるはずだから。

——はい、そうです。俺が被告人です。先生が高級和紙以外は認めないとかで——

──『ソーヌさんが鳥に殺されてる間に日本も息引き取ってて吹いた』は？　どゆこと？　ニュースヤバい？　ニュース見てたの配信中なのに──

──お任せください。俺、ペン習字初段ですから。筆でもサインペンでも……あ、さっさと判決見たいですか？　では──

どこか見覚えのある青年は、掛け声と共にコピー用紙を開いた。

「…………え」

──速報。虎門金満殺害事件弁護士、あまりに異様な逆転無罪──

──精神鑑定書を破く弁護士、透明人間になった検察官。密室の酒盛り──

──だとしたら由々しき事です。政府が喧伝してきたＡＩ裁判の正当性が──

──検察官自首。不正アクセス禁止法違反の疑い──

うそ……うそ。だって、あり得ない。勝てるわけない。相手は、お姉ちゃんでも抗えなかったマスターキーなのに。

──随時更新。明かされた検察の不正？　ＡＩ裁判の根底が揺らぐか──

──うっわほんとにあかん奴じゃんこれ。鳥に負けてる場合じゃないじゃん。こっち実況しよっか──

──東西弁連会長、法廷での乱行に苦言「呆れ返る」──

こんなの知らない。宮本さんに聞かされた流れと全然違う。でも、お姉ちゃんのシナリオでもない。じゃあ一体何が起こってるの？

――お、あの影はまさか――

――ご覧ください！　ついに疑惑の弁護士が現れました！――

テレビ、ニュースサイト、タイムライン、実況配信。全くバラバラなことを話していたメディアが、次々と疑惑の逆転弁護士の整形顔に乗っ取られていく。

今度こそ、錯覚なんて言えなかった。

――裁判官をハッキングしたというのは――

――法廷で酒を飲んだって本当ですか⁉――

十数本のマイクに囲まれ、質問の礫（つぶて）を浴びせられて、機島雄弁は言い放った。

『失礼。先程フレンチの店に予約を入れまして』

逃すまいと迫る報道陣を、機島くんはそっけない態度でいなす。

『皆さまには依頼人の無罪と機島雄弁の実力だけ覚えていただければよろしいかと。インタビュー依頼なら機島法律事務所にメールを。お安くしておきますよ』

何があったの？　すっかり普段の自信と嫌味が戻ってる。

『省庁関係者の方、次世代ＡＩ裁判官に向けた有識者会議などありましたら、ぜひとも機島雄弁のご登用を。当事務所はいつでも権力と甘い汁を歓迎しております。では』

次世代って、どういうこと？　ようやく自由になれたのに、まだ続けるの？　ＡＩ裁判。

『……おっと、最後に少し』

機島くんはカメラに振り返った。

『推定無罪の原則をお忘れなきよう。たとえ自白があってもね』

どういうこと？　この裁判、ヒナドリくんは自供なんて一切してないはず……。

まるで画面先の反応を読んでいたかのように、機島くんは続けた。

『と言っても、その原則も永遠不変じゃあない。正しいは作るものじゃなく、正しいは作り続けるものさ。法も技術も正義も絶えず進歩する。だから飽きない』

「…………ぁ」

わかってしまった。これは、わたし宛てのメッセージだ。

機島くんはこう言ってたんだ。錦野唱歌はまだ殺人犯だと決まったわけではない。

お姉ちゃんが殺人を犯したという根拠は、宮本さんが聞いた自白だけ。決定的じゃない。

それだって、宮本さんを焚きつけるための挑発かも。

それから、もう一つ。

お姉ちゃんの思惑なんて関係なく、機島雄弁は自分の意志で法廷の魔法使いになったんだ。

だから、わたしが気に病むことなんて……。

って、何考えてんの。最低。機島くん、許すなんて全然言ってないじゃん。言い訳一つ見つけたからって、勝手に妄想して、救われようとしてる。

でももっと嫌なのは、機島くんがそんなわたしの弱さを知ってて言ってること。

『機島雄弁は、その進歩の一歩先を行く。覚えておきたまえ』

反射的に、わたしはテレビを消した。実況動画も、ニュースサイトの読み上げも、SNSも機島くんが見えるもの全部を消した。

「当たり前でしょ。それぐらい」

未来のＡＩ裁判がどうなったって、機島雄弁は勝ってしまう。最短で、最適に。そんなの、言われるまでもない。

だって、機島くんとわたしで作りあげたハッカー弁護士なんだから。

次世代ＡＩ裁判官に一枚嚙みたいようだけど、絶対無理。法務省が機島くんみたいな鼻つまみ者を受け入れるわけない。データなくして戦略なし。誰かが情報を集めないと、機島くん一人じゃ次の法廷についていけない。

思い知らせてやるんだ。ハッカー弁護士には、錦野博士が必要だって。

13

通称マスターキー裁判から一年と二ヶ月。

政府の対応は想像よりも早かった。即座に法務省と学術機関を中心とした対策チームを組み上げ、不正の影響範囲の特定と制度刷新の指揮を執らせた。

その裏に不正献金問題から目を逸らしたい思惑があったのは、明らかだったが。

ＡＩ裁判は一時凍結になった。延期可能な裁判は可能な限り延期し、不可能なものは引退裁判官を含めた資格持ちをかき集めて対応した。

人が支配する裁判に、ハッカー弁護士の出番はない。私は休業を余儀なくされた。

代わりの居場所となったのが、メディアだ。マスターキーの闇を暴いた敏腕弁護士。時の人となって当然だろう。

オールドメディアといっても大資本だ。持て囃された分だけ財布が肥える。ＡＩ裁判が戻らなくても、タレント一本でいけるかもしれない。

……などと考えていたのが、四ヶ月前までのこと。

閑古鳥の鳴く機島弁護士事務所で、私は口を半開きにしてニュースサイトを眺めていた。

「機島先生。アイドル事務所のノックハーツから郵便ですけど、開けちゃいますね」

すっかりマネージャーが板についた軒下が、慣れた手付きで封筒を開け、見慣れた動きでうなだれた。

「……また絶縁状です」

「それは、生放送でアイドルに腕の良い整形外科を紹介したせいかね？　枕営業問題の示談金を七倍に吊り上げた方かね？」

「詳細は書かれてませんが、『貴様の呼吸が許せない　事務所一同』だそうです」

「ナイス脅迫。貯金箱フォルダのAランクにしまっておいてくれたまえ」

私としては、各所の依頼に誠意をもって真摯に対応してきたのだが、どうにもボタンの掛け違いがあったらしい。度重なる共演NGとプロデューサーNGにより、もはやネットラジオの依頼すら来なくなった。YouTubeチャンネルもBANされた。

「訴訟貯金もいいですけど、いい加減無駄遣い控えないと事務所の資金も底付きますよ」

「私が一体いつ無駄遣いしたと言うのだね」

「先週の火曜ですね。三百万も経費使ってゴッホの壺とかいうよくわかんないもの買ってきて、学芸員さんに見せたら鼻で笑われたじゃないですか」

「しかしね、軒下君。あの小島先生似の古美術商がゴッホ似の壺に「いい仕事に似てますねえ」と言ったのだよ。数え役満で本物だと思うだろう」

「数え役満で偽物だと思いますが……」

「それは結果論というものだよ、軒下君」

「十九世紀に結果出てますよ」

美とは時間を越えるものだが、軒下君には難しいか。

「今後、骨董に手を出すときは先に稟議書出してくださいね。来月の家賃も怪しいんですから」

頭の中にご立派な計算機があるのだからと、軒下君に経理（表）を任せてみたが、失敗だったかな。段々小姑じみてきた。

失敗といえば、最近宮本の顔を見ていない。拘置所でどうしているだろうか。

あいつめ、友人価格二パーセントオフで弁護してやると申し出たのだが、自己弁護でいいと断ってきた。私に任せておけば無罪放免だったものを。まあ、あいつもその気なら執行猶予ぐらいつけてもおかしくない。裁判所の混乱ぶりからして公判はまだ先だろうが、始まったら見物に行ってやるか。

瀬川大小は晴れて認知症の演技が不要になり、娘の家に帰っていった。しかし結局、一年待たずに施設に戻ることになった。

一度だけ見舞いに行ったが、あの気丈な老婆が私の顔も名前も覚えていなかった。ただ、部屋にはリンゴ・スターの“Photograph”が流れていて、壁にはアビイ・ロードのジャケットが飾られていた。流石にブッチャーカバーは施設長の許可が下りなかったらしい。

『使命感と恐怖で繋ぎ止めていた何かが、ふっと緩んでしまったんだと思う』

そんな事を娘の瀬川小晴から言われたので、私はそもそもの原因である見守りシステムのセキュリティの不備を並べ、施設と業者からいくら取れるか試算を送った。以来連絡は来ていない。

田淵検事の話は時間の無駄だと思うが、一応。軒下によれば、心酔した人物が次々と逮捕されたことで流石に生き方を見直したらしく、今では立派にサロン脱出サロンのゴールドメンバーらしい。付き合ってられるか。

視線を戻すと、軒下が書類が詰まって閉まらない引き出しに悪戦苦闘していた。

「はぁ……。この溜まりに溜まった訴訟貯金が引き出せるようになるのは、一体いつになるんでしょうか」

「――すぐじゃないかな。それ」

答えたのは、女の声だ。いつの間にか、芯のないふやけたエンジニアが、応接間の机に勝手に寝そべっていた。

「たぶん、三ヶ月後ぐらいだから。ＡＩ裁判の再開」

生きていたのか。喉をついて出かけた言葉を、私は飲み込んだ。

「おやおや。誰かと思えば裏切り者の錦野博士じゃぁないか。人のことを才能ないとかマスターキーに勝てるわけがないとか散々言ってくれたそうだねぇ。あとついでに証拠偽造」

「そっちオマケですか」

と軒下がぼやく。

「……ヒナドリくんには、ごめんだけどさ」

錦野は口をとがらせた。バツが悪そうで愉快だ。

「言っとくけどさ。機島くん、私とお姉ちゃんに謝りまくってたから。手術の時」

「全身麻酔はせん妄状態を引き起こす。心神喪失時の言動は何の証拠にもならない。勉強になったね」

錦野の口のとがりが増した。

「それで？　用件はなんだね。サンドバッグになりに来たわけじゃないだろう」

「始まるでしょ。ＷＥＢ陪審制」

「あ、知ってます！　ＡＩ裁判が判例主義化してしまう事への対策の一つ、でしたよね」

軒下が食いつく。社会科習いたての中学生か。

「ネット世論をうまく抽出して、エクイティの代わりにするっていう。ＡＩ裁判が再開したら、一部の法廷でテスト導入されるんですよね」

「で、これ」

錦野がフラッシュメモリを渡してきた。

スタンドアローンなＰＣで警戒しつつ開いてみると、そこには宝が詰まっていた。ＷＥＢ陪審制が導入されるサーバーと、設置される法廷。それから、ＷＥＢ陪審に割り当てる案件を決めるフローチャート。

「……欲しいかと思って」

「ああ、ちょうど切らしていた」

「やっぱりやるんですね。先生」

これから、この国はＡＩ裁判のあり方を模索していく。挙国一致の社会実験が始まるのだ。

錦野唱歌が思い描いたそれとは似ても似つかない、属人的で穴だらけのシステムが動き出す。誰かが穴を塞ぐには、まず誰かが穴を突くことだ。

バグだらけの法廷で、私のするべきことは一つ。

最短距離で、最適な手順で、勝訴する。それがハッカー弁護士だ。

解説

ミステリ評論家
千街晶之

裁判官の法服が黒いのは、どんな色にも染まることがない公正さの象徴である。また、裁判官のバッジのデザインが「八咫の鏡」なのも、曇りなく真実を映す鏡に裁判の公正さを象徴させたものだ。しかし、たとえ裁判官個人が外部から影響を受けない人物だったとしても、その内面にあるバイアスが、判決に影響することはあり得るだろう。例えば、似たような犯罪に対し、ある裁判官は重い判決を下し、別の裁判官は軽い判決を下す——といったケースは実際に存在する。そんな事例の報道に接して、理不尽な思いをしたことがあるひとは少なくない筈だ。

では、裁判を公正に進めるために、人間ではなくＡＩ（人工知能）の裁判官を導入したらどうなるか——竹田人造の本書『ＡＩ法廷の弁護士』（二〇二二年五月、早川書房から書き下ろしで刊行。『AI法廷のハッカー弁護士』を文庫化に際して改題）は、そんな思考実験が繰り広げられる小説である。著者は一九九〇年、東京都生まれ。二〇二〇年、『人工知能で10億ゲットする完全犯罪マニュアル』（応募時のタイトルは「電子の泥舟に金貨を積んで」）で第八回ハヤカワSFコンテスト優秀賞を受賞してデビューした。本書は二冊目の著書にあたる。著者は現役のエンジニアでもあり、二冊の作品はAI方面の専門知識で裏打ちされている。

舞台は近未来の日本。誤解なく、偏見なく、正義を確実に執行すると同時に、裁判を省コスト化・高速化し、広く国民に法の恩恵を行き渡らせる——そんな触れ込みでAI裁判官が導入された社会である。

主人公の機島雄弁は、「魔法使い」を自称し、「不敗弁護士」と呼ばれるが、一方では「無罪捏造家」だの「犯罪ロンダリング装置」などと罵倒されもする弁護士だ。第一話「魔法使いの棲む法廷」の冒頭、ある殺人事件の一審において、彼はいきなり依頼人を裏切るようなことを言い出す。被告人の利益を守るべき弁護士が何故？　被告人が狼狽し、法廷がざわめく中、機島は被告人に不利な指摘を並べ立て、意味不明な質問をする。ところが、それを聞いたAI裁判官が下した判決はまさかの「無罪」。まさに「魔法使い」の異名通り、機島は誰にも見当がつかない手段で被告人の無罪を勝ち取ってみせたのだ。

それで片がつく筈だったのに、機島はその依頼人・軒下智紀に秘密を握られたと思しき状況に陥ってしまう。秘密とは何か――実は機島は、ＡＩ裁判官の杓子定規ぶりを逆手に取ったハッキング戦法で勝訴を重ねていたのだ。

こうして軒下は機島に雇われることになるのだが、このコンビが、近未来社会ならではの難事件の数々に挑んでゆく――というのが本書の内容である。

法廷ミステリというジャンルには時折、勝つためには手段を選ばない、倫理的にも性格的にも問題ありだが凄腕の弁護士が登場する。中山七里の『贖罪の奏鳴曲』（二〇一一年）などに登場する御子柴礼司弁護士や、ＴＶドラマ「リーガル・ハイ」シリーズ（第一期は二〇一二年）で堺雅人が演じた古美門研介弁護士などが代表例である。機島雄弁も明らかに同じ系列に連なるキャラクターで、彼が重視しているのは最短で勝訴するための「最適化」であり、正義だの倫理だのは知ったことではなく、法廷での態度も不遜を極める。だが、ＡＩ裁判官が人間を外見や声で判断してしまう傾向を利用するために、わざわざＡＩ好みに全身整形を繰り返すに至っては「そこまでやるか」という感じで、もはや涙ぐましくさえある。抜け目がないわりに、どう考えても偽物に決まっている美術品・骨董品にころりと騙されてしまうという一面があるのも可笑しい。

ところで、人間よりもＡＩのほうが情に流されないから公平な判断が出来るのでは――

と問われれば、「それはそうかも」と考えるひとは多いだろう。しかし、そのＡＩを作るのは人間である以上、そこには設計者の思想が必ず反映される。また、ＡＩの思考には時として意外な陥穽が存在する。例えば、二〇一五年三月に行われた「将棋電王戦ＦＩＮＡＬ」の第二局で、永瀬拓矢六段（当時）と対戦した将棋ＡＩ「Selene」は、通常出現することのない指し手を認識する機能がプログラムから抜け落ちていたというバグが原因で反則負けを喫した。もっと私たちの日常に近い例を挙げるなら、最近は高精度な画像生成ＡＩにキーワードや文章で指示して画像を作らせる遊びが広まっているけれども、もとになるデータに偏りや欠落があれば、指示者の意図とは似ても似つかない奇妙な画像が生成されてしまう場合がある。そんなＡＩの問題点を逆手に取ったハッキング戦法で勝訴を重ねてゆくのが機島という弁護士なのだ。著者のデビュー作『人工知能で10億ゲットする完全犯罪マニュアル』は、ＡＩ技術者の三ノ瀬とフリーランス犯罪者の五嶋のコンビが、自動運転現金輸送車の強奪や、マネーロンダリングが行われているカジノの個人認証チップの奪取などの完全犯罪を目論む物語だが、作中の「ＡＩがいかに世界を見ているか解釈出来れば、いかに騙すかも読み取れるものだ」という一節は、本書にも当てはまるのである。

本書では、機島のみならずその前に立ちはだかる敵も、「イエス。井ノ上、イノベーション」が決め台詞の自信満々なカリスマ実業家・井ノ上翔や、最新式の義手を十本も取りつけた千手観音のような外見で通常の人間を「二本腕」と軽蔑する脳波義肢開発者・千手樟葉など、アクの強い相手ばかりである。検察官の田淵は他人に影響されやすい性格のため毎回妙な言動を法廷で披露するし、一話限りの出番の証人に至るまでひとりひとりのキャラが濃い。第二話「考える足の殺人」から登場するフリーランスのエンジニア・錦野翠は機島顔負けの性格と口の悪さだし、第三話「仇討ちと見えない証人」から登場する機島の旧友・宮本正義検事もまっとうに見えて次第に一筋縄ではいかない一面が見えてくる。お人好しな常識人に見える軒下さえも意外としたたかな面を持ち、機島を舌戦でやり込めることさえある。そんな登場人物たちが丁々発止の派手な法廷劇を、時にシリアスに、時にコミカルに繰り広げるのだが、軒下がピンチに陥る第四話「正義の作り方」では機島と宮本検事との対決の行方が二転三転する中、機島と関係者たちの過去の因縁が浮上してくる。そして機島はこの第四話において、AI裁判の根本的問題に関わる秘密に迫ることになるのだ――AIの弱点を利用した、彼ならではの人を食ったハッキング戦法によって。

著者は本書刊行時のインタビュー「AI技術者、SFを書く。竹田人造インタビュー」（「Hayakawa Books & Magazines（β）」二〇二二年五月二十四日）で、本書に影響を与えたのは「『逆転裁判』とドラマの『リーガル・ハイ』、それと宮内悠介さんの『スペース金融道』ですね」と述べている。法廷ミステリ・ゲーム『逆転裁判』（第一作は二〇〇一年）は、円居挽の「ルヴォワール」シリーズ（二〇〇九～二〇一四年）、阿津川辰海の『名探偵は嘘をつかない』（二〇一七年）、紺野天龍の『シンデレラ城の殺人』（二〇二一年）など、数多くの国産ミステリ小説に影響を与えているが、本書はそれらの中で最もSF色が濃い作例と言えるだろう。作中でも言及されているが、現実の日本の裁判では、事前に検察側と弁護側が証明予定事実記載書面という書類を提示し、そこに記載がない証拠や証人の提示は認められないか、後日に持ち越されるのが一般的である。この制度が存在するため、日本の裁判では『逆転裁判』やアメリカの法廷ミステリにあるような劇的などんでん返しは原理的に起こらないのだが、本書のように裁判官がAIならば、証拠の理解に時間を要しないため、臨時証拠の追加も認められるケースが増え、法廷の局面が引っくり返る場合もあり得るわけだ。本書のSF的設定は、日本の法制度と法廷でのどんでん返しとを両立させる上でも有効であり、実によく考え抜かれている（なお、著者は《小説現代》二〇二三年十一月号掲載の短篇「幽霊裁判は終わらない」では、死んだ被害者を再現したAIを証人とした裁判を描いている。AIと法廷ミステリの組み合わせにはまだまだ可能性がありそうだ）。

さて、本書刊行後の二〇二三年五月十三日、対話型AI「ChatGPT」を裁判官役とした模擬裁判のイヴェントが、実際に東京大学の第九十六回五月祭で行われ、法曹界からも注目を集めた。検事役や弁護士役を人間が務めたあたりも共通しており、本書からインスパイアされた企画とも考えられる（著者と作家の安野貴博がこの模擬裁判の翌日に東京大学で行った対談は、《ＳＦマガジン》二〇二三年八月号に掲載された）。日本の場合は判例の電子化などデジタル面の環境整備が遅れているので実現のハードルは高いとされるものの、中国やアメリカではＡＩの裁判官や弁護士を導入した試みが既にあるという。こうした動きに着目するミステリ作家もおり、中山七里は『有罪、とＡＩは告げた』（二〇二四年）において、ＡＩ裁判官が人間の裁判官と何ら変わらない判決文を書くようになった時、人間の裁判官の存在意義はどうなるのか――という問いを投げかけている。

折しも、本書が刊行された二〇二二年は、ＡＩの開発史において記念すべき年だった。先述の対話型ＡＩ「ChatGPT」がこの十一月に登場したのだ。それまでにも人間と会話（チャット）できるＡＩは数多く存在したものの、いずれも応答は人間同士のそれのような自然さには程遠かった。ところが「ChatGPT」のスムーズな会話能力は、そうした過去のＡＩの印象を覆すものだったのだ。一方、サイバー犯罪者に悪用される可能性もあるなど、「ChatGPT」（に限った話ではないが）の今後の運用には懸念される面もある。

そんな年に刊行された本書は、時期的にはそういった技術革新のまさに直前のタイミングで発表された小説ながら、ＡＩの社会進出とその問題点を鋭く衝いた物語として、現在と地続きの近未来を説得力豊かに描いてみせた。先述の安野貴博との対談では、「ＡＩが進歩していく現代に、ＳＦ作家の方々はどういう役割を果たすべきだとお考えでしょうか」という主催者の問いに対し、著者は「作家がというより、これからＡＩ社会を生きる人々すべてがどう対処するかという話になってしまいますが、ＡＩは使う人と使わない人に分かれて、一時的に能力が開いていくと思います。けれど、そこからまたその差が縮まっていくと思うんですよね。たとえば、みんなガスの仕組みはよくわからなくてもガスコンロで火を付けることはできる、みたいな感じで。ＡＩにより色々なことに対して能力差が縮まっていくと思っていて、小説だってそうですよね。そうなるとみんなが技術的には同じくらい面白い小説を書けるわけだから、あとは価値観での勝負になる。『俺が面白いと思うものを見てくれ』みたいなことを率先して示していくのがＳＦ作家が果たせる役割というか、歩める道の一つなのかなとは思っています」と答えている。エンジニアとしての専門知識とエンタテインメントとして物語を盛り上げる技術とを兼ね備えた著者が今後、テクノロジーの進化の速度とどのように競い合いながらＳＦ作家ならではの価値観を提示してゆくのか、これほどスリリングな楽しみはなかなかないだろう。

二〇二四年二月

本書は、二〇二二年五月に早川書房より単行本として刊行された作品に新たな解説を付し、改題・文庫化したものです。

著者略歴　1990年東京都生，『人工知能で10億ゲットする完全犯罪マニュアル』で第8回ハヤカワSFコンテスト優秀賞を受賞し，デビュー

HM=Hayakawa Mystery
SF=Science Fiction
JA=Japanese Author
NV=Novel
NF=Nonfiction
FT=Fantasy

AI法廷の弁護士

〈JA1569〉

二〇二四年四月十日　印刷
二〇二四年四月十五日　発行

（定価はカバーに表示してあります）

著者　竹田人造
発行者　早川浩
印刷者　西村文孝
発行所　株式会社 早川書房
郵便番号　一〇一 - 〇〇四六
東京都千代田区神田多町二ノ二
電話　〇三 - 三二五二 - 三一一一
振替　〇〇一六〇 - 三 - 四七七九九
https://www.hayakawa-online.co.jp

乱丁・落丁本は小社制作部宛お送り下さい。
送料小社負担にてお取りかえいたします。

印刷・精文堂印刷株式会社　製本・株式会社フォーネット社

ISBN978-4-15-031569-6 C0193

本書は活字が大きく読みやすい〈トールサイズ〉です。